AU BOUT DU TUNNEL

L'auteur

Carlos García Miranda est le scénariste de la série à succès *El Internado* (vendue dans 30 pays). Il maîtrise suspense, action et écriture cinématographique comme personne. Il tient un blog de chroniques littéraires sur le *Huffington Post* :

http://www.huffingtonpost.es/carlos-garcia-miranda/.

CARLOS GARCÍA MIRANDA

N'Y ENTREZ JAMAIS, VOTRE DOUBLE VOUS Y ATTEND.

AU BOUT DU TUNNEL

Traduit de l'espagnol par
Vanessa Canavesi

POCKET JEUNESSE
PKJ·

Titre original :
Conexo

Publié pour la première fois en 2015
par Destino Infantil y Juvenil

Loi n° 49-956 du 16 juillet 1949 sur les publications
destinées à la jeunesse : mai 2016.

ISBN 978-2-266-26163-0

Pour tous ceux qui sont perdus dans l'univers

Monsieur Vernon,

Nous acceptons d'avoir sacrifié un samedi entier en retenue puisque vous pensez que nous avons fait quelque chose de mal. Mais nous trouvons absurde le sujet de dissertation que vous nous avez donné : « Qui pensez-vous être ? » Vous nous voyez comme vous voulez bien nous voir. Nous, nous avons trouvé une définition très simple : chacun de nous est à la fois un surdoué, un athlète, une détraquée, une fille à papa et un délinquant.
Ça vous va ?

Signé : Le Breakfast Club

(John Hughes,
The Breakfast Club)

1

Accident de train (Conexo)
https://www.youtube.com/watch?v=SaajxAvve?akl

AgustínPoderes – 109 vidéos
20 385 025 vues
Mise en ligne le 18/02/2016

Infos :
Incroyable ! Un élève a filmé l'accident du train de Conexo avec son portable. Les images sont impressionnantes. Âmes sensibles S'ABSTENIR !

Ricky met sa casquette et contemple son reflet dans l'écran de son iPhone. Armé de son plus beau sourire, il s'adresse à la caméra :

— Hello ! Je suis à la gare de Conexo, il est exactement…

Gros plan sur l'horloge de la gare.

— … 15 h 30, et je m'apprête à monter… là-dedans. (Il filme le train en le longeant.) Je me casse à la montagne avec le lycée !

Sur le quai, une foule d'adolescents s'agglutinent, skis et snowboards dans les bras. Ricky tombe sur Cerro, un brun au nez aquilin. Un check, et ils repartent.

— Dis quelque chose à mes abonnés YouTube, demande Ricky en braquant son smartphone sur Cerro.

— Salut, les dix abonnés de Ricky.

— Attends, avec ça j'en gagne dix autres direct !

Zoom sur les fesses de Ruth et de Nerea, un peu plus loin. Leurs minces silhouettes se ressemblent, à ceci près que Ruth est châtain foncé et Nerea presque blonde.

— Allez, montez, les presse Irène, la prof. Laissez vos skis dans les rangements à l'entrée !

Ricky et Cerro rejoignent les filles et grimpent dans l'avant-dernière voiture.

— On va prendre un carré pour être ensemble, déclare Nerea.

— Et Sam et Anna ? entend-on Ricky demander derrière la caméra.

— Ils sont dans le couloir. J'ai l'impression qu'ils se font la gueule…

Ricky abandonne ses trois amis et part filmer le couple en pleine dispute.

— Et il a fallu que tu attendes maintenant *pour me raconter ça et me pourrir le voyage ? reproche la fille au grand costaud.*

— Mais qu'est-ce que ça peut te faire, à toi, que je quitte l'équipe ? C'est juste que ça me prend trop de temps et je… je voudrais faire d'autres trucs.

— Quels trucs ? À part arrêter des buts, t'es bon à rien.

— Ah ouais ? Et sur quoi tu te bases pour dire ça ?

— Ton QI.

Ricky pouffe en zoomant sur un Sam stupéfait.

— Tu sais quoi ? Si tu laisses tomber l'équipe du lycée, je te largue, menace Anna sans le regarder.

Plan de profil : sa queue de cheval blonde dégage son visage aux traits parfaits. Sam aperçoit Ricky.

— Eh, mec, à quoi tu joues ?

Anna se retourne et se met à geindre.

— Argh, arrête ça tout de suite ! Je suis super mal maquillée !

— Ricky, tire-toi, on est occupés.

La main de Sam cache l'objectif.

— Faux. J'ai plus rien à te dire, Sam. Tu sais ce que tu dois faire…

Ricky, caméra à la main, poursuit Anna dans le wagon.

— Oh, mais regardez qui est là ? s'écrie-t-il soudain. Les gothiques de service !

Plan rapproché sur Noël et Eva en train de s'installer à l'avant de la voiture.

Anna en rajoute une couche :

— Ils vont au ski ou à un enterrement ?

Le téléphone de Ricky scanne Eva et Noël de la tête aux pieds. Tous deux sont plutôt grands, mais leurs slims noirs leur donnent l'air d'asperges. Eva porte un sweat gris trop large pour elle ; Noël, un tee-shirt noir à l'effigie d'un album des Smashing Pumpkins, Mellon Collie and the Infinite Sadness.

— C'est quand tu veux, la geek, s'impatiente Anna, bloquée dans le passage.

— Tu peux attendre deux secondes ? réplique Eva, un sourcil levé.

— Eva, commence pas… souffle Noël.

— Ouais, tu ferais mieux d'écouter ton copain punk, menace Anna en croisant les bras.

Noël dissimule ses yeux verts sous sa frange coupée en biais.

Eva sort sa tablette de sa valise, puis s'écarte pour laisser passer Anna et Ricky.

— Pourquoi est-ce qu'on ne l'a pas envoyée en maison de redressement ? demande Anna à la caméra.

Ricky marche à reculons vers la fin de la voiture, l'objectif braqué sur Eva et Noël. La fille, aux cheveux courts – et frisés comme des milliers d'escargots noirs –, lève son majeur à son intention. En arrière-plan on voit arriver Sam.

— La nouvelle est là, lui glisse Ricky avant de zoomer sur le visage d'une fille mince qui vient d'entrer dans le wagon.

Elle a les lèvres rouges, une tresse blonde et un nez retroussé.

— Elle s'appelle Sabrina, non ?

— Aucune idée. Pousse-toi…

Sam passe devant la caméra. On l'entend interpeller Anna (« Il faut qu'on parle ! »).

Ricky reste planté dans le passage. Sa nouvelle cible : Sabrina. Elle échange deux mots avec la prof, sourit et s'engage dans le couloir, traînant sa valise jaune moutarde. Le siège à côté de Noël est libre. Sabrina l'a vu, Noël a vu qu'elle l'a vu. Il baisse les yeux. La jeune fille déboutonne son manteau, fait le geste de s'asseoir… mais Eva se faufile à côté de Noël.

— C'est pris, lance-t-elle à Sabrina en la foudroyant du regard.

— Eh, toi ! La nouvelle ! l'appelle Ricky. Viens t'asseoir avec nous ! Ces deux-là sont trop bizarres…

Mais Sabrina a déjà tourné les talons et s'installe sur la banquette voisine.

Ricky poursuit sa route vers la fin du wagon. Cerro et Nerea sont assis côte à côte, Ruth face à eux.

— S'te plaît, Nerea, mets-toi à côté de moi… insiste celle-ci.

— Pas question, elle est très bien ici ! s'exclame Cerro en glissant son bras autour de la taille de la jeune fille.

— Aïe, arrête ! glousse Nerea.

Ricky s'assied sur le siège libre près de Ruth et filme Sam et Anna, de l'autre côté du couloir. Elle feuillette son magazine l'air de rien tandis qu'il se ronge les ongles, absorbé dans la contemplation de la fenêtre. Sur la vitre est indiqué en grosses lettres noires : « Issue de secours ».

Long coup de sifflet suivi de la fermeture des portes. Le visage de Ricky apparaît de nouveau à l'écran :

— Ça y est, on démarre !

Le tournage reprend pendant la nuit : Nerea et Cerro sont en train de s'embrasser fougueusement. Gros plan sur les mains du garçon qui remuent sous le pull de Nerea.

— Cerro, tu gères grave ! le félicite Ricky.

Coupé dans son élan, le couple se sépare.

— Mets pas ça sur YouTube, hein ? Sinon mon père me tue… le supplie Nerea.

Ricky tourne son iPhone vers Ruth. L'image tressaute, comme s'ils passaient sur un nid-de-poule.

— Il va un peu vite, ce train, non ?

La jeune fille a le front collé à la fenêtre contre laquelle frappe la grêle.

Mise au point sur le paysage extérieur : rien que des nuages noirs menaçants. L'unique lumière provient d'une tour de guet, au loin.

— Elle fait flipper, cette montagne, commente Ricky.

Au son des sangles des bottes de Gabi, la caméra pivote. Le garçon entre dans le champ.

— Mon pote, j'ai ce que tu voulais…

Ricky abandonne son iPhone sur son siège. On ne voit plus que le toit du wagon, Ricky de profil et les longs cheveux de Gabi qui tombent sur son blouson en cuir.

— Génial, file-les-moi, s'impatiente Ricky.

— Pas si vite. Mes cinquante balles d'abord.

— Tiens.

Gabi échange le billet contre cinq stylos remplis de poudre blanche et repart vers la porte. Ricky range la drogue dans sa veste, se rassied et continue son reportage.

— Anna et Sam reviennent, indique Ruth d'un signe de tête vers le fond du couloir. Ils ont passé leur voyage à se disputer dans les toilettes…

En effet, Sam tire une mine de six pieds de long. Mais il y a plus intéressant : Gabi, quatre rangs plus loin, s'est fait arrêter par la prof.

— Argh. Si Irène le chope, on peut dire adieu à notre petite fête…

Le smartphone enregistre la discussion :

— Laissez-moi retourner à ma place ! proteste Gabi. J'ai rien fait !

— Montre-moi ce qu'il y a dans ton sac, exige la prof.

— Pourquoi vous me faites jamais confiance ? C'est une obsession, ma parole ! Tout ça parce que je suis redoublant…

— C'est ça, c'est une obsession. Mais si tu ne me montres pas ce qu'il y a dans ton sac, je te renvoie à Conexo dès qu'on arrive.

— Allez-y, vérifiez ! Y a rien d'autre que mes affaires. Mon portable, mes chewing-gums et ça…

Gabi ouvre son Eastpak bleu un quart de seconde, prêt à s'échapper. Irène le rattrape par le bras.

— Reviens ! Laisse-moi regarder correctement.

Le garçon se dégage d'un coup sec. La caméra le suit tandis qu'il se précipite vers la rame suivante. Il pile en comprenant qu'il s'agit de la fin du train.

— Merde…

Gabi se retourne et pose les yeux sur Sam. La fenêtre !

— Qu'est-ce que tu fabriques ? s'indigne celui-ci alors que le redoublant lui grimpe dessus, un petit marteau à la main.

En deux coups, la vitre est tombée. Sam et Anna sont couverts de morceaux de verre. Des rafales de vent chargées de grêle s'engouffrent dans le wagon.

— C'est pas vrai ! s'exclame Irène en accourant.

— Mais t'es malade ! rugit Sam en empoignant Gabi par le col.

— Me touche pas, Musclor, l'avertit l'autre.

L'image se fait soudain plus sombre. Le train est entré dans un tunnel et prend un virage serré à toute vitesse. Parmi le tumulte des curieux, Ricky filme la bagarre qui éclate entre Gabi et Sam.

— Ça suffit ! Arrêtez ! tente de les séparer Irène.

Un coup l'atteint au visage. La prof vacille et se retient à la première chose qui lui tombe sous la main : la poignée d'arrêt d'urgence. Les freins crissent, de plus en plus fort. Sur l'image tremblotante, les valises dégringolent ; les élèves hurlent. Le téléphone de Ricky fait un vol plané et vient se fracasser contre une paroi.

Noir.

COMMENTAIRES (6 sur 1 342)

Balpuente il y a 5 minutes
Ouah !!!!!! Ça me rend triste, ce qui s'est passé. Combien y a eu de morts, au final ?

HaterBiggGarcía il y a 12 minutes
Fake.

Teresaefe il y a 1 heure
Moi j'aime bien le blondinet musclé. Sa copine est jolie mais elle a l'air chiante !

María Kinsella il y a 1 heure et 10 minutes
C'est qui le mec avec le tee-shirt des Smashing Pumpkins ? J'espère qu'il est pas mort dans l'accident. Il était mignon ;)

Pkunzip il y a 1 heure et 55 minutes
Ils l'avaient supprimée mais ils viennent de la publier à nouveau. Et c'est pas un fake.

Dani Lebowski il y a 2 heures
Ça devrait être censuré. Je ne comprends pas qu'ils ne l'aient pas supprimée de YouTube.

2

— Noël… Noël, réveille-toi !

Eva le secoua jusqu'à ce qu'il sorte du sommeil.

— Qu'est-ce qui se passe ? On est arrivés ?

— Je viens de voir une vidéo…

— C'est pour ça que tu me réveilles ?

Le garçon décolla sa tête de la vitre contre laquelle frappait la grêle. Il était gelé.

— … notre train va avoir un accident ! hurla Eva. On nous voyait monter dedans, à la gare. Ensuite on était dans la montagne, pendant l'orage…

La jeune fille se pencha par-dessus son ami pour observer le paysage. Noir complet. L'unique lumière provenait d'une tour, au loin. Eva sentit son cœur se serrer. Tout correspondait au film.

— Gabi cassait une vitre, il se battait avec Sam, et je ne sais pas pourquoi mais… le train a déraillé !

— Hein ? Tu délires !

— C'est la vérité, je te jure ! J'ai reçu un mail en montant dans le train et je n'ai pas pu le lire à cause du réseau. Je crois que c'est Ricky qui filmait.

Eva se tourna vers l'arrière du wagon et réprima un cri. Ricky brandissait son smartphone devant ses camarades.

— C'est dingue ! s'exclama-t-elle avant de se rasseoir.

— Bah, il a dû t'envoyer ça pour rire…

— Sûrement pas, c'était l'accident de *ce* train ! Regarde…

Elle s'apprêta à mettre en marche le lecteur de la tablette mais Anna lui colla un coup de genou en passant dans le couloir, Sam sur ses talons.

La tablette glissa aux pieds de Sabrina, la nouvelle. Celle-ci se leva.

— C'est à vous ?

Eva ne répondit pas. Elle venait d'entendre des cris à l'arrière du train.

— Laissez-moi retourner à ma place ! protestait Gabi. J'ai rien fait !

— Montre-moi ce qu'il y a dans ton sac, exigeait la prof.

— Il va se passer quelque chose… murmura Eva sans desserrer les lèvres. Maintenant !

— Hein ?

Comme Eva ne prenait toujours pas la tablette, Sabrina la déposa sur son siège. L'autre assistait, catastrophée, à la scène qui se déroulait quelques mètres plus loin.

— Allez-y, vérifiez ! Y a rien d'autre que mes affaires, se défendit Gabi. Mon portable, mes chewing-gums et ça…

Il ne la laissa jeter qu'un bref coup d'œil et tourna les talons.

— Reviens ! Laisse-moi regarder correctement.

Le garçon esquiva la prof d'un geste brusque. Mais avant qu'il ait le temps de s'échapper, Eva bondit de son siège et lui arracha son sac des mains.

— Eh ! De quoi tu te mêles ?

Cramponnée au sac, elle se mit à courir vers la rame suivante, heurtant au passage Sam et Anna, presque revenus à leurs places.

— Ça va pas, la tête ! lança Anna en manquant de tomber.

Eva était parvenue à la locomotive arrière ; là, il n'y avait rien d'autre que des placards abritant les appareils de contrôle. Prise au piège, elle s'accroupit contre le mur.

— Mais qu'est-ce que tu fous, t'es cinglée ? brailla Gabi.

Eva se roula en boule sur le sol, le sac serré contre sa poitrine. Irène, Sam et Anna surgirent, suivis de près par Noël et Sabrina. Noël se fraya un passage et s'accroupit près d'elle.

— Tu te sens bien ?

— Qu'est-ce qui t'a pris, Eva ? demanda la prof.

— Tu allais le jeter par la fenêtre ! expliqua Eva à Gabi. (Sans lâcher le sac, elle se tourna vers Sam, effarée de voir qu'il portait le même jogging que dans la vidéo.) Et ensuite vous vous disputiez tous les deux…

Le train entra dans un tunnel incurvé. L'inclinaison obligea le groupe à se tenir aux parois du wagon. Eva se redressa et aperçut les entrailles de la montagne.

— C'était ici, dans ce tunnel… Le train déraillait dans ce tunnel ! hurla-t-elle.

— Qu'est-ce que tu racontes ?

— Je vous le jure ! Je l'ai vu dans une vidéo !

— Et moi dans *Destination finale*, se moqua Gabi. C'est quoi, ta drogue ?

— Elle est bipolaire, j'en étais sûre ! Elle a dû oublier son traitement, conclut Anna avant de s'adresser à la prof : Madame, je refuse de voyager avec une folle !

— Arrête, tu ne vois pas qu'elle ne va pas bien ? intervint Sabrina.

— Toi, la nouvelle, mêle-toi de tes oignons ! répliqua Eva.

— Bon, *Carrie*, ça suffit. Rends-moi mon sac.

Gabi essaya de le lui arracher, mais Eva s'y cramponnait comme s'il contenait une bombe.

— Vas-y mollo, mec, c'est qu'une fille…

Sam se mit à tirer Gabi par les épaules.

D'un geste vif, celui-ci réussit à récupérer son dû ; dans la manœuvre, son coude ricocha sur le visage de Sam.

— Enfoiré !

Ils se ruèrent l'un sur l'autre. Irène tenta de les séparer, en vain.

— Arrêtez... Arrêtez tout de suite !

La prof reçut un coup au moment où le train amorçait un nouveau tronçon de la courbe. L'impact la projeta à l'entrée du compartiment. Elle se retint à la première chose qui lui tomba sous la main.

La poignée d'arrêt d'urgence.

— Non... Non ! s'époumona Eva.

Crissement de freins sur les rails. Le groupe se cramponna aux parois qui commençaient à céder. Le couloir articulé s'ouvrit sous les pieds d'Irène. Sam plongea en avant et l'attrapa par les poignets.

— NE ME LÂCHE PAS !!! hurla-t-elle.

Peine perdue. Les cris s'évanouirent en même temps qu'Irène disparaissait sous le train.

Une à une, les voitures sortirent des rails. Celle où voyageait le reste de la classe alla se fracasser contre les murs du tunnel. Dans le wagon de queue, Eva, Noël, Sabrina, Anna, Gabi et Sam ne respiraient plus. Il y eut une explosion.

Et ce fut l'obscurité et le silence.

Gabi reprit conscience en sentant une truffe humide lui renifler le visage. Il ouvrit les paupières, mais la poussière lui brouillait la vue. À peine put-il discerner la queue d'un animal blanc dans la pénombre. Groggy, il toussa pour expulser la fumée noire de ses poumons.

— À l'aide !

La voix d'Anna lui parvint de derrière des monceaux de plastique et de fer.

Gabi se leva tant bien que mal et buta sur le corps de Sam.

— Réveille-toi, Musclor ! fit-il en le poussant du pied. Ta copine est coincée là-bas.

— Anna ! s'exclama Sam en entendant les plaintes de sa petite amie.

Le bruit qu'il fit en écartant la ferraille ranima Noël et Sabrina, échoués près de la porte cassée de la locomotive.

— Ça va ? demanda le garçon.

— Je crois que oui. Et toi ?

Noël acquiesça, tremblant, et jeta un coup d'œil alentour.

— Où est Eva ?

— Ici.

L'impact l'avait éjectée sur les rails. Par chance, elle n'avait que quelques égratignures sur son visage maculé de poussière noire.

— Qu'est-ce qui s'est passé ?

— L'accident… tu l'avais vu ! Tu savais qu'on allait…

Noël n'osa pas finir sa phrase. Sabrina non plus, et encore moins Eva, la plus terrifiée de tous.

— Par ici ! Venez m'aider ! appela Sam.

En conjuguant leurs efforts, ils finirent par extraire Anna des décombres.

— Est-ce que ça va ? lui demanda son copain en l'aidant à se redresser.

Anna toussa jusqu'à retrouver son souffle. Tout son corps était endolori.

— Comment tu savais qu'il allait y avoir un accident ? s'égosilla-t-elle pourtant. Comment tu le savais ?

— C'est vrai, ça, comment t'as fait ? T'as des pouvoirs, ou quoi ? renchérit Gabi.

— Quelqu'un m'a envoyé une vidéo sur Internet. On voyait tout l'accident.

— Comment c'est possible qu'on t'envoie le film d'un truc qui ne s'est pas encore produit ? s'étonna Sam.

— Sais pas. C'était peut-être pas le même accident.

— Qui te l'a envoyé ?

— Aucune idée…

— Tu as vu l'adresse mail ?

— Pas fait attention. C'est pas quelqu'un que je connais, en tout cas.

— Est-ce qu'il y avait un nom ?

— J'en sais rien, je te dis ! cria Eva à Sabrina avant de s'écarter du groupe.

— Cette fille est malade… Le train a déraillé à cause de toi ! vociféra Anna.

Sam tenta de calmer le jeu :

— Il faut qu'on appelle les secours… (Il tâta ses poches, sans succès.) Quelqu'un a un portable ?

— Non. J'ai laissé le mien à ma place…

— Moi aussi.

L'Eastpak de Gabi, lui, était toujours là. Le garçon l'exhuma des décombres et en sortit son iPhone. Mais l'écran était brisé et il n'y avait pas de réseau.

— Merde. Ça marche pas.

— Il nous servira de lampe, déclara Sam. Venez, faut qu'on aille aider les autres.

Éclairés par la seule lueur du téléphone, ils descendirent du wagon et progressèrent sur les rails. Le tunnel était aussi sombre qu'un puits de pétrole. Le vent s'y engouffrait en hurlant.

Intrigué, Sam devança le reste du groupe et se mit à courir.

— C'est impossible… dit-il quelques secondes plus tard en arrivant au bout du tunnel.

Noël, Gabi et les filles le rejoignirent, consternés. Ils n'avaient remarqué aucune trace de l'accident, eux non plus.

Le train avait disparu.

3

— On est entrés dans ce tunnel de nuit. Comment c'est possible qu'il fasse déjà jour ?

Sam et les autres regardaient avec perplexité le soleil darder ses rayons à travers l'épais brouillard matinal. Il faisait froid, mais seuls les sommets étaient enneigés.

— On a dû rester inconscients toute la nuit, supposa Noël. (Il jeta un œil à sa montre : les aiguilles s'agitaient en tous sens.) Vos montres aussi sont devenues folles ?

Sabrina était la seule avec lui à en porter une. Les chiffres du cadran changeaient sans arrêt.

— Bizarre, dit Gabi. J'ai l'impression qu'on était dans le train il y a à peine cinq minutes. Et hier soir tout était enneigé, non ?

Alentour s'étalaient quelques flaques, mais pas de neige.

— À moins qu'il n'ait pas neigé de ce côté du tunnel...

— N'importe quoi ! s'emporta Anna. Vous l'avez vu comme moi : le train a explosé. Et maintenant il a disparu. Dis-pa-ru !

— Qu'est-ce qui nous arrive ? renchérit Sabrina, la mine effarée.

— Eh ! du calme. Il doit y avoir une explication.

Sam observait les environs comme si la réponse se trouvait parmi les immenses arbres de la montagne.

— Le train n'a peut-être pas disparu... dit Eva, penchée à l'entrée du tunnel.

— Qu'est-ce que t'en sais ? Quelqu'un t'a envoyé une vidéo ? se moqua Gabi.

— Imagine qu'il y ait plusieurs galeries à l'intérieur, comme dans le métro. Notre wagon a pu être dévié...

— Ce n'est peut-être pas la seule sortie, en effet, convint Sam.

— Je rêve ou t'es en train de donner raison à cette cinglée ? lança Anna.

— Il pourrait vraiment y avoir plusieurs tunnels, insista-t-il. Difficile de distinguer les parois, là-dedans. Il fait trop noir.

— Et ça va pas s'arranger : mon portable vient de rendre l'âme, gémit Gabi devant son écran noir.

— On pourrait fabriquer une torche ! proposa Sabrina.

— Mais bien sûr, parce qu'on est des tribus des soixante-dixième Hunger Games... ironisa Anna.

— J'ai été scoute, la rembarra la nouvelle. On a simplement besoin d'une branche, de résine pour le combustible... et d'un morceau de tissu pour la mèche.

Ils se mirent à fouiller dans les arbustes près des rails. Noël et Eva rapportèrent une grosse branche sèche, tandis que Sam et Gabi raclaient le tronc d'un arbre avec des pierres pour en extraire la sève. Adossée à l'entrée du tunnel, les bras croisés, Anna était la seule à ne pas participer.

— Reste plus qu'à savoir qui va sacrifier une de ses fringues, dit-elle quand ils se réunirent de nouveau.

L'air était glacé. Personne n'avait envie d'ôter ses vêtements. Sabrina ne portait qu'une robe à fleurs, un cardigan et des collants en laine. Sam avait une polaire fourrée, un pantalon de jogging et des baskets. Anna était vêtue d'un slim, d'un pull rose brodé dans le dos et de bottines à talons. Eva et Noël, en sweat et blouson en jean, avaient les pieds gelés dans leur Converse et Vans noires. Sabrina avait le même problème avec ses ballerines.

Gabi, bien à l'abri dans sa veste en cuir, sortit son briquet de son sac.

— Je passe mon tour, puisque je fournis déjà le briquet.

— Alors on tire à pile ou face ?

— Ne comptez pas sur moi. Même pas pour une chaussette, les avertit Anna.

— J'ai un tee-shirt sous ma polaire, je vais l'enlever, se dévoua Sam.

— Quel héros, lança sournoisement Gabi. Et un vrai cliché sur pattes, aussi…

Sam retira son tee-shirt, dévoilant son torse musculeux quelques secondes.

— Je rêve ou tu es en train de mater mon mec ? Mince alors, t'es pas lesbienne en fait… lança Anna à Eva, qui détourna les yeux, les joues rosissantes.

Le garçon remit sa polaire et déchira son tee-shirt d'un coup sec. Sabrina le couvrit de résine et l'enroula au bout du bâton.

— Et voilà, dit-elle après avoir enflammé la torche.

Sam s'en empara et les guida à l'intérieur du tunnel. Ils parcoururent le chemin rocailleux au milieu de la voie ferrée, avec pour seul fond sonore l'écho de leurs pas et les crépitations de la torche. Une fois dépassé leur wagon renversé, les rails prirent la forme d'une courbe de plus en plus serrée. Les murs donnaient l'impression de vouloir les engloutir.

— C'est de la lumière, là-bas ? demanda Eva à Noël, à l'arrière.

Quelque chose de petit et bleu flottait dans les airs.

— Ça doit être une bestiole… Viens, la pressa-t-il pour ne pas perdre les autres.

Le virage finit par s'ouvrir sur une ligne droite, menant le groupe à l'extrémité du tunnel.

— Pas de traces de l'accident, fit Sabrina d'un air dépité.

— On est peut-être arrivés à une entrée différente de celle qu'a prise notre train ? s'aventura Sam.

— Non, c'est le bon endroit. Juste avant le tunnel, on est passés devant cette tour.

Eva leva les yeux vers le sommet du versant. Une tour de guet perçait parmi les arbres.

— Pourquoi on fait confiance à une fille qui a vu une vidéo imaginaire ? lança Gabi.

— Elle a raison, moi aussi j'ai vu cette tour dans le train, la défendit Sabrina.

— Mais il se passe quoi, dans cette foutue montagne ? C'est un truc de fous !

La confusion qui régnait dans le groupe se transforma en crainte : personne n'était capable d'expliquer ce qui se passait.

— Ou alors on est…

Eva laissa sa phrase en suspens.

— Morts, compléta Sam.

Gabi se mit à ricaner.

— Mince alors ! J'ai toujours cru que le paradis serait rempli de canons. C'est pas contre vous, les filles, mais vous êtes pas mon genre.

— On se croirait plutôt en enfer… frissonna Eva.

Anna s'approcha… et lui flanqua une gifle.

— Ça t'a fait mal ? Ben voilà, t'es pas morte. Dommage…

La main plaquée sur sa joue brûlante, Eva haletait comme un cheval sauvage. Elle se jeta sur Anna. Elles roulèrent sur le sol, jusqu'à ce que les garçons les séparent.

— Ça suffit, Anna ! Tu peux arrêter ton comportement minable ?

Surprise du ton autoritaire de son petit ami, Anna le repoussa et s'éloigna pour crier de rage. Eva partit dans l'autre sens en tapant des pieds.

Noël la rattrapa.

— Eva ! C'est fini, maintenant ! Où tu vas ?

— Loin de cette furie !

— Tu comptes partir seule dans la montagne ?

— Parce que tu ne viens pas avec moi ? Miss Balayage 2015 t'a ensorcelé, ma parole.

— Qu'est-ce que tu racontes ?

Noël l'obligea à s'arrêter, la mine grave.

— Il se passe trop de choses bizarres pour qu'on se sépare des autres.

— C'est vrai que c'est mieux de rester ensemble à se battre dans la boue…

— D'accord, Anna ne nous facilite pas les choses. Mais toi non plus, répliqua-t-il sur un ton plein de reproche. Penser qu'on est morts ne nous aidera pas à sortir d'ici. Ce qu'il faut, c'est trouver une explication logique aux événements.

— Mais de quelle explication tu parles ? On est entrés dans ce tunnel de nuit dans un train rempli de gens. Et maintenant tout a disparu !

— Il s'est peut-être écoulé plus de temps qu'on ne pense… Les secours sont venus et ils ont sorti le train, bredouilla Noël.

— Tu crois vraiment qu'on peut faire disparaître un train plein de cadavres en une nuit ? Et pourquoi personne n'a vu notre wagon ?

— Tu préfères penser qu'on est fous ? Ou… morts ?

La jeune fille soutint son regard. Noël avait raison. S'énerver ne servait à rien. Elle soupira et rejoignit les autres, Noël sur ses talons. Sam leur exposa le plan qu'ils venaient de mettre au point.

— Puisque personne, apparemment, n'a l'intention de venir nous chercher, on va aller jusqu'à la tour.

— Quand on est passés devant en train, elle était allumée, rappela Sabrina. Il doit y avoir quelqu'un, là-bas.

— Génial, alors on part en excursion ! s'écria Gabi avant d'enfiler son sac à dos.

— Ce n'est pas très loin. Une bonne demi-heure de marche, je dirais, annonça Sam.

Il éteignit la torche et la déposa à l'entrée du tunnel.

Ils progressèrent sur la voie sous un soleil trop faible pour les réchauffer. Le froid ne tarda pas à leur glacer les os. Sam les menait à un rythme soutenu. Eva, Noël, Sabrina et Gabi le suivaient à une douzaine de mètres. Anna, fâchée contre son petit ami, traînait les pieds à l'arrière.

— On est en train de contourner la montagne, protesta soudain Gabi. Pourquoi ne pas couper à travers champs ? On mettrait moins de temps.

— Fausse bonne idée. La montagne doit être pleine de nappes d'eau à cause de la neige d'hier, répondit Sabrina. En revanche... je suis la seule à avoir la sensation qu'on n'avance pas ?

En effet, la tour était comme figée sur l'horizon.

— Marcher en montagne, ce n'est pas comme marcher sur une route rectiligne. C'est de la physique de base, la reprit Eva.

Noël lui lança un regard assassin.

— Quoi ? Tu ne disais pas qu'il fallait penser positif ? se défendit-elle avec sarcasme.

Sam, devant eux, s'immobilisa.

— Bizarre... dit-il en observant le ciel bleu qui surplombait la colline.

— Qu'est-ce qui se passe ? Pourquoi tu t'arrêtes ?

— Regardez : il n'y a pas un seul oiseau.

— C'est vrai, ça, on n'a entendu aucun animal...

— Ras le bol des théories de l'Apocalypse ! s'exclama Gabi. J'en ai vu un dans le tunnel quand je me suis réveillé, alors détendez-vous. C'est pas encore la fin du monde.

— Bien sûr qu'il y a des animaux ! Ils doivent se cacher, c'est tout, raisonna Sabrina. Il y a peut-être des chasseurs dans le coin.

— Ce qui augmente nos chances que quelqu'un nous trouve... conclut Gabi avant de reprendre la route.

Les kilomètres défilaient. Il n'y avait toujours pas la moindre trace d'animaux et la tour semblait aussi loin qu'au départ.

— Ça fait des heures qu'on marche, dit Anna avant de s'asseoir sur les rails. Est-ce qu'on peut enfin admettre qu'on ne va nulle part ?

Les autres l'imitèrent. C'était indéniable : la tour paraissait se déplacer en même temps qu'eux.

— On fait quoi maintenant, *Jack* ? demanda Gabi à Sam.

— Je suggère qu'on se repose un peu avant de repartir. Tu as de l'eau dans ton sac ?

— Non, mais j'ai des chewing-gums, répondit-il en sortant un paquet.

Il en fourra un dans sa bouche sans en offrir aux autres.

— Au pire, la montagne est pleine de flaques.

Sabrina désignait les alentours.

— Pas question que je boive de cette eau, fit Anna avec une moue dégoûtée.

— C'est toi qui vois, ma chérie, mais ta peau délicate va se déshydrater… railla Gabi.

Le garçon fut le premier à quitter les rails. Quelques pas sur la terre mouillée suffirent à le rapprocher d'une flaque. Il se baissa pour prendre de l'eau dans ses mains mais s'arrêta en voyant un animal l'observer entre les arbustes. Un renard blanc.

— Au moins un mystère résolu. Notre montagne a un animal.

— Où ça ?

— Là, dans les arbustes.

Mais le renard avait disparu.

— Bah ! Il a dû prendre peur.

Désaltéré, le groupe revint sur la voie ferrée. Perclus de douleur et de froid, ils reprirent tout de même espoir en atteignant un virage en pente. Enfin un horizon différent. Plus de tour dans leur champ de vision.

— Cette fois, on progresse, hein ? s'écria Sam en accélérant l'allure.

Cent mètres plus bas, fin du virage. L'angoisse leur noua la gorge. La tour avait réapparu… aussi distante qu'au début.

— Oh ! non… Ne me dites pas que c'est… notre torche… bredouilla Eva.

Sur la branche, les restes du tee-shirt de Sam le leur confirmèrent : les rails qu'ils avaient suivis durant des heures les avaient ramenés à leur point de départ.

L'entrée du tunnel.

4

— On a dû se perdre. C'est pour ça qu'on est revenus ici, conclut Sam.

— Tu ne peux pas te perdre quand tu suis des voies ferrées sans la moindre bifurcation, rétorqua Eva.

— Si, c'est possible si tu viens d'avoir un accident et que tu es encore sous le choc. En vrai, je ne sais même pas comment on tient sur nos pieds.

— Sam, s'il te plaît ! s'écria Anna. Ce qui nous arrive n'a aucune explication rationnelle !

— Et pourtant il doit y en avoir une, non ?

— Si quelqu'un recommence à dire qu'on est morts, je lui colle mon poing dans la figure, les menaça Gabi.

— On devrait continuer à marcher tant qu'il fait jour.

— Pas question de faire un pas de plus sur ces rails qui tournent en rond !

— Mais si on reste plantés là à se demander ce qui se passe, on va finir congelés ! En plus, on n'a rien à manger.

En entendant Sabrina, Gabi lâcha la fermeture Éclair de son sac. Le Snickers qu'il gardait à l'intérieur lui faisait plus qu'envie... mais il décida d'attendre de se retrouver seul pour ne pas avoir à le partager.

— Et d'où tu veux qu'on sorte la nourriture, mademoiselle je-sais-tout ? demanda-t-il l'air de rien à la jeune fille.

— Si on s'enfonce dans la montagne, on trouvera peut-être

un arbre fruitier, répondit-elle en regardant les hauteurs. Et logiquement, il devrait y avoir un refuge au sommet.

La scout était formelle : ces refuges servaient aux alpinistes en cas d'urgence. Elle leur assura qu'ils y trouveraient de quoi se restaurer.

— Le sommet est enneigé, objecta Eva. Comment on va faire avec nos baskets ?

— On passera par la forêt. Les branches des arbres retiennent la majeure partie des flocons, déclara Sabrina.

— Super. Maintenant il faut faire de l'alpinisme, pesta Anna. Pourquoi on n'attend pas ici ? Un train finira bien par passer.

— Et comment on l'arrête ? dit Sam. Non, Anna, on doit continuer.

Il voulut la prendre dans ses bras, mais elle s'écarta.

— Moi je ne suis pas super partante pour grimper là-haut, insista Eva. Et si on ne trouve pas le refuge et qu'on doit passer la nuit dans la neige ? Peut-être qu'on devrait réessayer d'atteindre la tour.

— Il ne nous reste que quelques heures de soleil. On peut marcher la moitié du temps, et si on ne trouve rien, on redescend passer la nuit dans le tunnel, proposa Sam.

— S'il y a de quoi bouffer là-haut, ça me va, dit Gabi.

Noël aussi était d'accord.

Eva le dévisagea, gênée qu'il donne raison à Sabrina.

— Bon, d'accord, se résigna-t-elle. Sauf que cette fois, on va dans l'autre sens. Regardez le ciel…

Au-dessus de l'horizon des nuages gris roulaient, menaçants.

Le groupe prit la direction du sommet. La neige n'apparut que quelques heures plus tard. La température baissait à mesure qu'ils montaient – leur allure aussi, et le soleil allait bientôt disparaître. Anna fut la première à ressentir les effets du froid. Elle refusa de continuer ; Sam la chargea sur son dos, ce qui les relégua à l'arrière. Eva et Gabi progressaient en silence, persuadés qu'ils ne trouveraient jamais le refuge. Eva était de plus en plus remontée contre Noël, qui ouvrait la marche avec Sabrina. Armée d'une pierre, cette dernière griffait certains troncs d'arbres en guise de repères.

— Encore quelques mètres et, si on ne trouve pas le refuge, on retourne au tunnel, lui dit Noël en relevant sa frange pour observer le ciel qui s'obscurcissait.

L'orage qu'ils cherchaient à éviter venait d'éclater.

— Tu as raison. Je ne sens presque plus mes pieds. À moins que… on n'ait pas besoin de rebrousser chemin. J'ai l'impression qu'on va retomber sur l'entrée du tunnel d'un moment à l'autre.

— Pareil. Mais ne dis rien aux autres. Surtout pas à Eva, elle s'emporte à la moindre occasion.

— Ne t'inquiète pas, je crois qu'elle ne veut pas avoir affaire à moi.

— Ne lui en veux pas. Elle a peur, c'est tout. Entre ce qui s'est passé, la vidéo et tout…

— Ouais. La pauvre… Vous vous entendez bien ?

Sabrina détourna le regard pour qu'il ne voie pas à quel point sa réponse l'intéressait.

— En fait, c'est ma seule amie, confessa Noël. Comme elle dit, ce qui nous lie, c'est notre incompréhension du monde.

— Ça doit être rassurant, d'être embarqué dans cette galère avec quelqu'un que tu connais bien…

Sabrina s'éloigna pour marquer un arbre.

Noël l'observa. Elle était seule, perdue au milieu de nulle part avec cinq inconnus.

— Nous aussi, on peut apprendre à se connaître.

Sabrina sourit.

— Peut-être, n'empêche qu'on ne sera pas amis pour de vrai. Tu peux tout dire à un ami, mais à quelqu'un que tu connais à peine…

— Vas-y, demande-moi ce que tu veux. Je te promets de te répondre comme à une amie.

— Le groupe que tu as sur ton tee-shirt. C'est ton préféré ?

— Oui, enfin, surtout leurs premiers albums.

— Je suis d'accord.

Et à l'unisson :

— Ce qu'ils font maintenant, ça craint.

— Tu t'y connais en musique ? interrogea Noël après un moment.

— Pas beaucoup, mais mon père a une collection de CD impressionnante. Tu aimes quoi, à part ça ?

— The Cure, Nirvana, The Jesus and Mary Chain, Hole…

— Rien de plus… moderne ?

— Je préfère les anciens groupes, surtout ceux des années 1990. Eva dit que je suis un gars de trente-cinq ans dans un corps d'adolescent.

— À première vue, j'ai l'impression qu'elle a raison… Et les beuveries, c'est pas vraiment ton truc, hein ?

— Euh, c'est pas comme si j'en avais souvent l'occasion… avoua Noël, gêné. Anna organise parfois des soirées chez elle le vendredi, mais je ne suis pas invité.

— Si c'est chez Anna, je crois que tu ne perds pas grand-chose.

— Le week-end, je regarde plutôt des séries avec Eva. Conexo est une ville microscopique, on s'ennuie à mourir.

— J'adore regarder des séries ! Et c'est quoi la chanson que tu écoutes le plus… en privé ?

Sabrina eut une moue espiègle.

— Comment ça ?

— Je veux dire, celle que pour rien au monde tu n'avouerais écouter…

Il ramena sa frange sur les yeux.

— Je sais pas, j'en ai pas.

— Tu vois ! Je te l'avais dit : on peut être copains, mais pas amis, fit-elle en haussant les épaules.

Elle s'éloigna pour marquer d'autres troncs d'arbres. Noël soupira et la rattrapa.

— D'accord… J'aime bien le dernier titre de Justin Timberlake. Mais je ne le chante pas, hein !

— Cool ! lança-t-elle avec un sourire en coin. J'adore !

Noël se frotta les mains.

— Bon, à mon tour d'en savoir plus sur toi !

À cet instant, Sabrina détala à toutes jambes, une expression radieuse sur le visage.

— Le refuge !

Construit sur des pilotis en pierre ancrés dans la pente, l'abri était composé d'une seule pièce et d'une unique fenêtre couverte de givre. Il n'y avait rien d'autre qu'une grande étagère.

— De l'eau ! s'extasia Anna devant la demi-douzaine de bouteilles sur les rayonnages.

Tout le monde se jeta dessus et but avec avidité. Sam dénicha aussi plusieurs boîtes de barres énergétiques qu'ils dévorèrent goulûment. Bilan de l'inventaire : des duvets, un kit de premiers secours, des gourdes, un carnet, un crayon, une boussole et une carte de la région.

Ils la déplièrent sur le sol et s'agenouillèrent autour.

— La route est là. (Sam désigna un trait rouge sur la carte.) C'est une nationale qui rejoint l'autoroute de Conexo.

— Génial ! ironisa Gabi. On n'a plus qu'à prendre notre bagnole garée dehors.

— Réfléchis ! S'il y a une route, il y a forcément des voitures qui circulent. Il faut qu'on la trouve.

— Ne comptez pas sur moi pour faire un pas de plus, déclara Anna avant d'ôter ses bottines transformées en éponges.

— Alors qu'est-ce qu'on fait ? On attend qu'on vienne nous chercher ?

— Tu crois que beaucoup de gens passent par ici ? demanda Noël à Sabrina.

— Aucune idée. En revanche, il devrait y avoir… (La jeune fille écarta un tas de couvertures et poussa un cri triomphant :) Une radio !

Elle retira la housse de protection. L'appareil était relié à un groupe électrogène.

— Tu sais comment fonctionne ce truc, l'intello ? demanda Gabi.

— Il faut juste tourner les boutons, non ?

Eva s'en chargea. Lorsqu'elle abaissa le grand levier, le cadran s'illumina, la radio se mit à grésiller. Gabi tritura les boutons jusqu'à ce qu'une étincelle jaillisse et lui brûle le bout des doigts.

— Génial, tu l'as bousillée ! lança Anna.

— Mais je l'ai à peine touchée ! se défendit-il en suçotant ses doigts engourdis par la décharge.

Sam remit en route le générateur et ralluma la radio.

— Ça marche ! (Il tourna la molette avec précaution pour chercher un signal.) Rien. On ne capte rien…

Eva prit l'émetteur relié au poste et enfonça le bouton.

— Est-ce que vous me recevez ? Nous sommes des passagers du train de Conexo. Nous sommes perdus dans la montagne. À vous, dit-elle en singeant ce qu'elle avait entendu dans les films.

Ils attendirent une réponse en silence. Le haut-parleur n'émettait qu'un constant bourdonnement.

— Nous avons survécu à l'accident dans le tunnel, reprit Eva. Nous avons marché dans la montagne et nous sommes parvenus au sommet, dans ce refuge. Nous avons besoin d'aide !

Elle répéta son message depuis le début, en vain.

— Peut-être qu'on ne s'y prend pas comme il faut. Ces vieux machins sans écran tactile… dit Noël.

— Essayons encore, s'obstina Sam en s'emparant de l'émetteur. De toute façon, on va passer la nuit ici et on rejoindra la route demain. Je suis sûr qu'une voiture finira par passer.

— Ben oui, comme les trains… Ce qui se passe dans cette montagne n'est pas normal, gémit Eva.

— Sans parler de ce qui se passe dans ta tête de mythomane, riposta Anna d'une voix hargneuse.

Eva l'ignora et regarda par la fenêtre. Elle poussa un cri étouffé.

— Qu'est-ce qu'il y a ?

Des centaines d'animaux encerclaient le refuge. Chevaux, cerfs, sangliers, chèvres, écureuils, lapins, lièvres… sans compter les dizaines d'oiseaux dans les arbres.

Tous très calmes, tournés vers eux… les fixant du regard.

5

Ils s'éloignèrent de la fenêtre et se serrèrent au centre de la pièce, terrorisés.

— Pourquoi est-ce qu'ils nous zieutent comme ça ? souffla Anna.

— Aucune idée…

Soudain, un croassement déchira le ciel. Les oiseaux piaillèrent. Sangliers, cerfs, tous se mirent à hurler. Une terrifiante symphonie sauvage.

— C'est quoi, ce bordel ? pesta Gabi avant de se diriger vers la porte.

— Non, attends ! cria Sabrina. Et s'ils entraient ?

— Bah, c'est que des animaux…

Le garçon ouvrit, déterminé à leur faire peur. Les cris lui vrillèrent les tympans, jusqu'à ce que tous les regards se plantent sur lui. Silence de mort. Même le vent s'était tu. Les rapaces fusèrent vers le ciel et tous les animaux déguerpirent.

— Ça y est, ils sont partis, déclara Gabi en rentrant.

Le groupe scrutait les environs comme un capitaine après une tempête.

— Bizarre, reprit Gabi. On dirait que quelque chose les a fait fuir…

— C'est toi qui leur as fait peur, espèce d'abruti ! lança Anna.

Il y eut un coup de tonnerre dans le ciel gris, suivi d'un

gigantesque rideau de pluie. Frissonnants, ils se pelotonnèrent sous les couvertures.

— Ils ont dû sentir l'orage, c'est pour ça qu'ils sont partis. Les animaux sentent ce genre de choses…

Nouveau coup de tonnerre, plus assourdissant. Les murs du refuge tremblèrent. La pluie était diluvienne. L'orage ne se calma qu'au milieu de la nuit. Tous dormaient à même le sol, gelés malgré leurs duvets. Ils avaient organisé des tours de garde : d'abord Sabrina et Noël, Sam ensuite. Une couverture sur les épaules, le footballeur faisait les cent pas entre la fenêtre et la radio.

— Nous avons survécu à l'accident du train de Conexo, est-ce que vous me recevez ? dit-il pour la énième fois dans l'émetteur.

Toujours le même bourdonnement. Sam soupira, exténué, et s'empara du carnet et du crayon. Il avait dessiné Eva, couchée à un mètre de lui. Anna avait beau dire, sans le préméditer, la jeune fille leur avait sauvé la vie. Si elle ne les avait pas conduits à l'arrière du train… Sam voulut retoucher les ombres sur le portrait mais s'arrêta net. Eva venait d'ouvrir les yeux. Il repoussa le cahier. Personne n'était au courant de sa passion, pas même Anna. Voilà pourquoi il voulait arrêter le football : pour prendre des cours de dessin. Le seul professeur qu'il avait eu jusque-là, c'était YouTube.

— C'est mon tour, non ? demanda Eva, à moitié endormie.

— Je ne sais pas. Aucune idée de l'heure qu'il est…

La jeune fille sortit de son duvet, se recoiffa et frotta le tatouage sur sa nuque. Sam la rejoignit à la fenêtre.

— Il pleut beaucoup moins… Est-ce que tu as vu d'autres animaux ? demanda Eva.

— Non. Je n'ai rien entendu du tout. À part les ronflements de ton pote…

Eva sourit et leva les yeux vers la lune – aussi ronde et blanche qu'une immense perle.

— Si on n'était pas dans une situation aussi merdique, je serais aux anges ! C'est la lune la plus incroyable que j'ai jamais vue !

— C'est à cause de la neige, je crois. Les peintres disent que les plus belles lunes sont celles qu'on voit au sommet des montagnes.

Eva planta ses yeux dans ceux de Sam. La lune les faisait briller comme de l'eau claire.

— Les peintres ? répéta-t-elle.

— Oui, enfin... c'est ce qu'on nous a dit en cours, mentit-il en détournant la tête.

— Tu as fait ton tour tout seul ? demanda Eva en désignant du menton Anna, recroquevillée dans son sac de couchage.

— Oui, Anna est très fatiguée. À cause du froid, tout ça...

Bien sûr, sa copine avait refusé de rester éveillée. Sam n'avait pas protesté. Eva imaginait très bien la scène. Après une journée passée avec eux, elle les cernait un peu mieux, et son opinion avait changé : Sam était quelqu'un de bien. Peut-être était-il simplement avec la mauvaise personne.

— On dirait que je vais monter la garde seule, moi aussi.

Le binôme d'Eva, Gabi, dormait à poings fermés, son sac à dos en guise d'oreiller ; Eva ne savait même pas s'il avait l'intention de participer. Sam en décida autrement. Il s'approcha de lui et lui donna de petits coups à l'épaule :

— Debout, Gabi. À ton tour de veiller.

Pas moyen de le tirer du sommeil. Sam lui arracha sa couverture, mais le garçon aux cheveux longs n'ouvrit pas les yeux pour autant.

— Dégage, Musclor... J'ai jamais dit que j'allais surveiller quoi que ce soit.

Impassible, le garçon remonta sa couverture et manifesta son intention de se rendormir.

— Laisse tomber, Sam, souffla Eva.

Mais il fit « non » de la tête. Passer des heures seul dans

l'obscurité n'avait rien d'une partie de plaisir (il était bien placé pour le savoir).

— Va te faire voir ! brailla soudain Gabi.

Sam venait de verser un litre d'eau sur sa tête. D'un bond, Gabi l'attrapa par le col et le plaqua contre le mur. Les parois et le sol vibrèrent. Les autres se réveillèrent aussitôt. Sam eut beau s'agiter, son adversaire avait une poigne d'acier. Il était le plus vieux, et le plus grand, bien qu'un peu moins costaud que lui.

— C'est *toi* qui vas te faire voir ! cria Sam. T'as pas encore pigé qu'on est tous dans le même bateau ? Qu'il faut qu'on reste soudés pour se sortir de ce putain d'endroit ?

Gabi serra les poings.

— Tu t'en fous peut-être parce que personne ne t'attend chez toi, mais nous, on a des parents qui s'inquiètent pour nous !

Gabi bouillonnait de rage. Il envoya valser le footballeur – qui alla s'écraser contre le mur.

— Arrêtez ! s'égosilla Eva.

Mais elle n'eut pas besoin de s'interposer. Sam n'avait plus envie de se battre. Il regretta aussitôt ses paroles : tout le monde au lycée savait que les parents de Gabi ne s'occupaient pas de lui. Son père, plein aux as, était alcoolique et refusait de se soigner. Et sa mère fermait les yeux, y compris sur la souffrance de Gabi. Sam avait visé juste : personne ne l'attendait chez lui.

— Pardon, s'excusa-t-il, sincère. C'est pas ce que je voulais dire.

Gabi, de rage, balança son sac contre le mur, puis alla s'asseoir près de la radio.

— Allez, c'est bon. Au lit, les princesses, bougonna-t-il.

Sam s'enroula dans un duvet. Anna voulut l'enlacer, mais il lui tourna le dos et ferma les paupières, les dents serrées. Eva vint s'asseoir à côté de Gabi. Elle croisa le regard de Noël, qui semblait inquiet de la voir seule avec Gabi. Elle l'ignora. Au moment de la répartition des rôles, Noël avait clairement laissé entendre qu'il préférait se mettre avec Sabrina. Même s'il avait agi par compassion pour elle, Eva lui en voulait de l'avoir laissée tomber.

Elle chercha un signal sur la radio. Gabi, quant à lui, sortit un stylo de son sac, un Bic sans cartouche et rempli d'une poudre blanchâtre. Sous le regard perplexe de sa voisine, il retira le capuchon du stylo, le fourra dans une de ses narines et aspira la poudre. Il voulut en offrir à Eva (« Allez, ça va pas te tuer. C'est juste de la caféine... »). Elle refusa et jeta un œil à l'intérieur de l'Eastpak. Plus d'une vingtaine de stylos identiques. Dire que c'est ainsi qu'avait commencé leur périple, à cause de ce fichu sac qu'Irène voulait fouiller !

— J'y crois pas. Tu as fait tout ça pour de la caféine en poudre !

— Eh, les gens de la classe n'ont qu'à pas me payer comme si c'était de la pure ! se défendit-il, revigoré par sa dose.

Eva secoua la tête et se concentra sur la radio. Elle prit l'émetteur et répéta :

— Nous avons survécu à l'accident de train de Conexo. Vous me recevez ?

Peine perdue.

— Bon, ben, y a plus qu'à tuer le temps... dit Gabi.

Seule occupation à la ronde : un cahier sur le sol. Il s'en empara, l'ouvrit et tomba sur un portrait féminin.

— Tu as un admirateur, la Joconde, fit-il à Eva avant de lui passer le cahier.

Sidérée, elle contempla le dessin.

— C'est Noël qui a fait ça ? Il se passe quoi entre vous, au juste ? Vous êtes de vrais pots de colle. Fais gaffe, j'ai l'impression que la blonde va te le piquer...

— De quoi tu te mêles ?

Eva était convaincue que ce n'était pas Noël : il ne savait pas dessiner. En revanche, Sam avait fermé ce cahier en vitesse quand elle avait ouvert les yeux. Sam... ! La façon dont il l'avait dessinée la surprit ; elle ne se voyait pas comme ça. Le portrait était beau, très beau. Elle observa le garçon, allongé sous son duvet, les yeux clos. Elle eut la sensation de le voir pour la première fois.

Cinquième oiseau en papier pour Gabi, centième message radio pour Eva.

— Nous avons survécu à l'accident du train de Conexo, est-ce que vous me recevez ? répétait-elle sans conviction.

Gabi lui prit l'émetteur des mains.

— Laisse-moi faire. Tu ferais mourir d'ennui n'importe qui. Comment tu veux que quelqu'un réponde ?

Gabi s'éclaircit la voix et approcha l'émetteur de sa bouche.

— « *I'm gonna swing from the chandelier, from the chandelieeeer, I'm…* »

Mais avant que Gabi ait pu terminer son refrain, une étincelle jaillit de l'émetteur.

— Merde ! s'exclama-t-il en le lâchant.

Sur sa main était apparue une trace noirâtre, et le poste était dans le même état.

— Génial, marmonna Eva.

— Quoi ? C'est pas moi ! C'est ce truc qui m'en veut.

Eva ralluma le générateur et souleva le bouton ON/OFF. La radio fonctionnait toujours, même si l'émetteur était hors d'usage.

— Ben voilà, on ne va plus rien pouvoir envoyer, maintenant.

— Pour le public qu'on avait…

— Tu peux arrêter de tout prendre à la légère ?

— Chuut !

Gabi plaqua sa main sur la bouche d'Eva, qui la retira aussi sec.

Le garçon scrutait la fenêtre. Eva se concentra.

— Tu veux que j'écoute quoi ? Le clapotis de la pluie ? murmura-t-elle.

— Y a une bête qui gémit, souffla Gabi.

Le son plaintif se rapprocha.

— J'entends rien, désolée.

Gabi tendit l'oreille. Le gémissement s'était tu. Intrigué, il se leva et se dirigea vers la fenêtre. Le gémissement recommença, tout près. Gabi essuya la vitre embuée du revers de la main. Il était là, dans l'obscurité de la nuit.

— C'est ce renard blanc. Encore...

C'était l'animal qu'il avait aperçu dans le tunnel après l'accident. Et qu'il avait ensuite repéré dans les arbustes, près de la voie de chemin de fer.

— Quel renard blanc ? demanda Eva en s'approchant à son tour.

Dehors, il n'y avait que des fourrés sombres et de grosses flaques de pluies.

— Tu ne le vois pas ?

— Tu es sûr que ce n'était que de la caféine, dans ton stylo ? demanda Eva, suspicieuse.

Gabi regarda une nouvelle fois le renard, l'estomac noué. Statue immaculée dans la neige, il gardait les yeux rivés sur lui.

— Sans déconner... J'y crois pas !

— Gabi, où tu vas ?

Le garçon ouvrit la porte du refuge et sortit dans la tempête. Les coups de tonnerre redoublèrent. Il s'arrêta à quelques pas du mystérieux animal.

— Gabi, reviens ! chuchota Eva à la porte pour ne pas réveiller les autres.

Nouvel éclair à l'horizon. Comme guidé par cette lumière évanescente, le renard blanc s'enfonça dans les fourrés. Gabi, hypnotisé par les yeux sombres de l'animal, s'éloigna et descendit la colline.

Gelée, Eva se roula en boule à même le sol, impuissante. Que faire... réveiller Noël ?

Pour la première fois, la radio capta un signal.

— Vous… vez… co…

Le haut-parleur émit des sons entrecoupés et distordus. Eva courut à l'émetteur :

— Nous sommes élèves au lycée de Co… !

Elle s'interrompit en se rappelant qu'il était cassé.

— Rah !

La voix grésillait toujours. Eva tripota frénétiquement le bouton de l'aiguille sur le cadran.

— Pouv… nir… ne… o… ne… vez… à…

Elle y était presque.

Son cœur s'emballa quand elle comprit enfin ce que renvoyaient les ondes. La voix d'une vieille femme répétait inlassablement la même phrase.

« Vous ne pouvez pas revenir à Conexo. »

6

Au matin, le déluge était terminé : les rayons du soleil perçaient enfin entre les sommets. La pluie avait emporté avec elle le froid et une bonne partie de la neige, et les arbres flottaient désormais sur une mer de boue géante.

Devant l'entrée du refuge, Sam, Noël et les trois filles se préparaient à rejoindre une route. Gourdes, vivres, carte : ils n'avaient plus qu'à décider de leur itinéraire.

— Tous les ruisseaux débouchent sur le barrage. La route passe juste au-dessus, expliqua Sabrina. Suivre le cours d'une rivière est le plus sûr moyen de ne pas se perdre.

— Laquelle on choisit ? demanda Sam. Il y en a deux.

— Celle qui prend sa source à l'ouest a beaucoup moins de méandres, répondit-elle.

— Et qu'est-ce qu'on fait, pour Gabi ?

Le garçon n'avait pas reparu depuis la veille.

— Attendons-le un peu. S'il avait eu l'intention de partir pour de bon, il aurait pris son sac, non ?

Sam portait l'Eastpak bleu à l'épaule, bourré de barres énergétiques, d'une boussole et du kit de premiers secours.

— Il ne t'a pas dit où il allait, Eva ?

— Non ! Il a juste parlé d'un renard blanc et il lui a couru après. Mais il n'y avait aucun renard. En tout cas, j'en ai pas vu.

— T'es sûre que c'était pas plutôt un ours polaire ? se moqua Anna.

— Ça, c'est à cause de la poudre qu'il ingurgite en permanence, affirma Noël.

— C'est juste de la caféine, répliqua Eva. Cela dit, c'était très bizarre…

— T'aurais dû nous réveiller !

— Et vous auriez fait quoi ? Vous seriez sortis en plein déluge interplanétaire ?

Sam hocha la tête ; Eva avait raison. À quoi bon le chercher ? Le sol était détrempé. Impossible de repérer la moindre trace.

— C'est vrai que c'était mieux de nous laisser dormir pour pouvoir bousiller la radio en paix, râla Anna.

— C'est Gabi qui l'a cassée ! Combien de fois dois-je le répéter ? OK, tu as fini ton rapport ?

Eva n'avait aucune envie d'aborder le sujet, d'autant qu'elle leur avait caché le plus important : le mystérieux message leur enjoignant de ne pas revenir à Conexo. La voix de la vieille femme avait disparu avant qu'elle ait eu le temps de réagir. De toute façon, ils ne l'auraient pas crue. Elle n'était pas sûre d'y croire elle-même… Depuis l'affaire de la vidéo, Anna la prenait pour une parano. Pas question d'apporter de l'eau à son moulin. Et que penseraient Sam et Sabrina ? Elle n'avait confiance qu'en Noël, mais pas moyen de se retrouver seule avec lui dans cet endroit.

— Je suis désolée pour Gabi, reprit Sabrina. Si on veut avoir le temps de trouver la route et de revenir, il faut partir maintenant…

S'ils ne croisaient personne, ils seraient bien obligés de remonter au refuge avant la tombée de la nuit.

— On reviendra le chercher quand on aura trouvé de l'aide, renchérit Noël.

— Allez, Sam, on s'en va ? geignit Anna en nouant sa queue de cheval.

— L'est, c'est par là ? demanda-t-il à Sabrina en pointant du doigt l'endroit où Gabi avait disparu.

Elle fit « oui » de la tête. Sam s'empara de la carte.

— Et cette rivière de l'est, tu dis qu'elle mène aussi au barrage ?

— Oui, mais ça prendra deux fois plus de temps...

— Pas question que je me fatigue deux fois plus pour aller chercher ce type, commenta Anna.

Sam soupira.

— On va se séparer. Je choisis le deuxième chemin.

— Quoi ? Non, tu viens avec moi, exigea Anna.

— Ne t'inquiète pas, je ne mettrai que quelques heures de plus. Rendez-vous au barrage...

— Ou pas. Je te jure que si une voiture passe, je ne t'attends pas.

Elle lui arracha la carte des mains et s'éloigna vers la rivière, furieuse.

— Anna... Anna, attends !

Elle avait disparu dans les fourrés.

— Ne la laisse pas seule, s'il te plaît, dit Sam à Sabrina. Toi, tu sais te déplacer en montagne.

— Je ne sais pas si c'est une bonne idée de se séparer, déclara Noël. Il se passe trop de trucs... surnaturels.

— Je viens avec toi, Sam, lança soudain Eva.

Elle se sentait responsable de ce qui arrivait à Gabi, et se soustraire aux piques d'Anna pendant quelques heures ne serait pas du luxe.

— Tu es sûre ?

Noël ne voulait pas l'abandonner, mais il ne voulait pas non plus laisser Sabrina seule avec Anna.

— Ouais, ne t'en fais pas. On se retrouve à la route.

— Suivez la rivière. Elle n'a pas d'affluents. De toute façon, vous avez la boussole. Vous savez vous en servir ? demanda Sabrina.

Sam acquiesça.

— Tant mieux, parce que Anna a décidé qu'on garderait la carte…

Elle tressa rapidement ses cheveux et s'aventura à son tour dans les fourrés. Sam donna la moitié des barres énergétiques à Noël, qui les fourra dans toutes les poches qu'il trouva.

— Tout le monde a de l'eau dans sa gourde ? Alors on y va.

Boussole en main, Sam prit la direction de l'est. Eva et Noël s'attardèrent devant le refuge.

— Dépêche-toi, elle est en train de t'échapper… dit Eva avec un sourire. T'inquiète pas, j'ai Rick Grimes avec moi.

— Qu'est-ce que je donnerais pour être sur mon canapé devant un épisode de *The Walking Dead*… !

— Avec un peu de chance, ce soir, on s'ennuiera à la maison, comme d'habitude.

Noël se força à sourire et regarda Eva courir derrière Sam. Elle se retourna une dernière fois et croisa son regard. Pour la première fois de leurs vies, ils prenaient des chemins séparés.

Sabrina, Noël et Anna dévalaient la colline au bord de la rivière – qui avait gagné au moins six mètres de large depuis le début de la descente. La végétation, de plus en plus épaisse, formait une barrière naturelle autour d'eux. Se jouant de la boue dans laquelle s'enfonçaient ses pieds, Anna était la seule à ne pas ralentir la cadence. Elle avait cassé les talons de ses chaussures sous l'effet de la fureur et distançait les autres d'une dizaine de mètres.

— Pourquoi je me sens obligée de la consoler ? demanda Sabrina à Noël.

— Parce que tu ne la connais pas assez et qu'elle n'a pas pourri la moitié de ton enfance et de ton adolescence.

— C'est vrai qu'elle est plutôt antipathique. Cependant, elle doit se sentir aussi seule que nous. Son copain vient de la laisser tomber.

— Hum… pour ça, il faudrait qu'elle soit humaine. J'en

doute. Mais je ne crois pas non plus que ce soit une vraie méchante. C'est surtout une emmerdeuse de première.

Sabrina lui décocha un regard noir.

— C'est ce que dit Eva. Mais bon, tu n'as qu'à vérifier par toi-même.

Sabrina inspira un grand coup et accéléra le pas jusqu'à se retrouver près d'Anna, qui s'était arrêtée pour ramasser une branche.

— Ça va ? Pas trop fatiguée ?

Pas de réponse. Pas un regard. Elle continua son chemin en se servant du bâton comme canne.

— Tu aurais dû voir mon ex. Il me lâchait tout le temps pour aller boire des verres avec ses potes, raconta Sabrina. Au moins, le tien a une bonne raison.

— C'est ça, c'est un héros, répliqua Anna, les yeux fixes devant elle.

— En tout cas, il en a le physique…

Anna dévisagea Sabrina, le front plissé.

— Euh, c'est pas du tout mon genre, c'est…

— Ouais, j'ai cru comprendre que tu préférais les originaux comme Noël. Vous allez bien ensemble.

Ce fut au tour de Sabrina de froncer les sourcils. Elle revint à la charge :

— Ça fait longtemps que vous êtes ensemble, Sam et toi ?

Anna s'immobilisa et la scruta, bras croisés.

— Écoute-moi bien, mademoiselle je-suis-nouvelle-et-je-veux-être-sympa. Je ne te connais pas, et c'est pas parce qu'on est paumés au milieu de nulle part qu'on va devenir amies. En clair : je ne t'apprécie pas.

— Eh, attends une seconde, tu ne m'apprécies pas ou tu ne veux pas me connaître ? demanda Sabrina, abandonnant toute amabilité. Pour m'apprécier, il faudrait déjà que tu me connaisses.

— Pas besoin de te connaître pour savoir qui tu es. Tu es une fille à papa qui ne supporte pas que les gens la rejettent.

J'imagine que tes parents voulaient un garçon et que tu as débarqué avec tes poupées et tes robes… À propos, celle que tu portes te grossit.

Un dernier regard méprisant et Anna poursuivit son chemin. Noël ne tarda pas à rejoindre Sabrina.

— Alors ?

La jeune fille, sidérée, resta sans voix quelques secondes avant de lâcher :

— Cette nana est une vraie vipère.

Moue de Noël : « Je t'avais prévenue ! »

— Le pire, c'est qu'elle ne changera jamais.

Soudain, Anna s'arrêta au bord de l'eau, les sourcils froncés. Tous les poissons sautaient en se tortillant, comme s'ils étaient en train de se battre contre le courant.

— Eh, la scoute ! Viens voir ce qui se passe là-dedans.

— Mais qu'est-ce qu'elle croit ? pesta Sabrina. Que je vais lui reparler comme si de rien n'était ?

— Attends… Il y a vraiment quelque chose qui cloche, on dirait, déclara Noël.

Ils s'approchèrent de la rive.

— L'eau est censée dévaler la montagne, non ? interrogea Anna.

Désarçonnée, Sabrina acquiesça d'un signe de tête.

— Eh bien, cette rivière la remonte.

— Quoi ? C'est impossible.

Sabrina plongea la main dans l'eau froide et nota la pression du courant. La rivière remontait bel et bien la montagne.

— C'est impossible, répéta-t-elle.

— Bien sûr que c'est impossible. C'est contraire à toutes ces foutues lois de la physique !

Anna se mit à faire les cent pas.

— On est peut-être désorientés et on remonte la montagne sans le savoir ? s'aventura Noël.

— Comme quand on était « désorientés » sur les rails et

qu'on est revenus à l'entrée du tunnel ? Regarde cette maudite colline ! On en vient !

Le sommet les surplombait, à demi couvert de neige.

— Au moins, ces poissons sauteurs ne nous regardent pas de travers, plaisanta Sabrina pour alléger l'atmosphère.

Anna secoua la tête d'un air désespéré et reprit la route.

— On ferait mieux de pas trop réfléchir et de continuer à chercher la route, reprit Sabrina. Ce n'est pas comme si ce qui se passait dans la rivière pouvait nous affecter.

Mais plus bas, la rivière s'étalait sur toute la largeur du versant. Sabrina en déduisit qu'elle était sortie de son lit à cause du déluge de la veille. Problème : le tracé de la carte était obsolète. La rivière se divisait en centaines de ruisseaux. Lequel suivre pour atteindre la route ? Sans parler des kilomètres et de la fatigue accumulés dans leurs jambes. Le courant les avait fait déraper tant de fois qu'ils étaient trempés ; il avait beau faire plus chaud que la veille, leurs muscles étaient raides.

Anna ne ralentissait pas le rythme : elle ne pensait qu'à trouver une voiture et déguerpir. Elle aperçut enfin le bout de la rivière. Elle courut aussi vite qu'elle put, le cœur battant, jusqu'à atteindre la terre ferme.

— Il était temps !

Son soulagement fut de courte durée. Ce nouveau paysage était encore plus désolant que celui qu'ils laissaient derrière eux.

— Une route inondée ? La poisse ! se lamenta Noël.

Sabrina observa l'eau qui leur arrivait aux chevilles. De petites vagues ondulaient sur l'asphalte, comme au bord de la mer.

— Une seconde...

— Qu'est-ce qui se passe ?

Pour toute réponse, Sabrina s'avança sur la route.

— Mais où elle va... gémit Anna.

Sabrina accéléra le mouvement et prit un virage. Le barrage !

Ils se trouvaient au-dessus. L'eau déferlait sur l'immense mur en béton censé retenir le courant.

— Qu'est-ce qui te prend ? demanda Noël en courant derrière elle.

Anna les rejoignit en pestant contre son pantalon trempé.

— J'ai pigé ! s'exclama soudain Sabrina. C'est le mascaret !

— À tes souhaits, dit Anna.

— C'est une sorte de longue vague déferlante qui se forme quand le flux et le reflux se rencontrent, répondit-elle du tac au tac. Ça arrive quand un barrage ne peut plus contenir l'eau et la rejette vers le bas. L'orage a dû le faire déborder. Regardez.

— Mystère résolu. Génial ! s'exclama Anna en sortant une barre énergétique de la poche de la veste de Noël. Tu n'aurais pas pu y penser plus tôt ? Tu nous as fait marcher pendant des heures jusqu'à une route inondée où personne ne passe !

— Tu sais à quoi je pense là, Anna ? Retourner au refuge et t'y laisser en plan, lança Sabrina.

— Je n'ai pas besoin de toi, qu'est-ce que tu crois ? rétorqua Anna tout en mâchant. Avec le coup du barrage, c'est évident que ton manuel de la parfaite montagnarde, c'est de la merde.

— Punaise, Anna... T'en as pas marre d'être aussi chiante ? siffla Noël qui lui tourna le dos.

— Va te faire voir, espèce d'attardé social.

Et elle fit demi-tour.

Noël rejoignit Sabrina, qui piétinait l'eau avec rage.

— Je ne la supporte plus, fulmina-t-elle.

— Moi non plus. Mais il faut qu'on reste ensemble.

— Pourquoi ? Je ne...

Sabrina s'arrêta net.

Ils étaient parvenus au bout du barrage. Noël eut le souffle coupé en levant les yeux vers l'autre côté de la chaussée.

— Une voiture !

Un 4 × 4 était garé près du barrage.

— À l'aide ! brailla Noël en courant à toutes jambes.

— Au secours !

Entendant leurs cris, Anna déboula à son tour. Le trio traversa le courant tant bien que mal, manquant de tomber dans le précipice à plusieurs reprises.

Une fois de l'autre côté, ils ne risquaient plus rien. Ils s'approchèrent de la voiture accidentée ; elle avait dû heurter le garde-corps. Noël ouvrit la porte du conducteur. Stupeur.

— Qu'est-ce qu'il y a ? Il n'y a personne ? haleta Sabrina.

Son sang se glaça en découvrant l'occupant du siège avant, inconscient.

Gabi.

7

— Gabi… Gabi !

Noël le secoua par les épaules jusqu'à ce qu'il revienne à lui. Il battit des paupières plusieurs fois, confus.

— Ça va ? Tiens, bois un peu d'eau, dit Noël en détachant la gourde de sa ceinture.

Gabi prit d'abord une petite gorgée, puis but à longs traits. Il se palpa l'arcade sourcilière : elle était couverte de sang séché.

— Qu'est-ce qui t'est arrivé ? demanda Sabrina.

— Je crois que j'ai eu un accident…

— Et on peut savoir d'où sort cette voiture ? s'enquit Anna.

— Elle appartient à l'Office national des forêts, regardez, dit Noël en montrant le logo sur le capot.

— En fait, je l'ai trouvée…

Gabi ne termina pas sa phrase. Les événements de la veille étaient encore flous dans son esprit.

— Eva dit que tu t'es enfui au milieu de la nuit en courant après un renard, déclara Sabrina.

Le garçon sentit un frisson en se rappelant l'animal.

— Mais non, rien à voir… mentit-il. La radio était esquintée, j'ai pensé qu'il valait mieux aller chercher de l'aide.

— Quoi ? C'était le déluge ! Arrête de nous raconter des histoires, le rembarra Anna.

Noël regarda Sabrina d'un air entendu. Gabi leur cachait quelque chose.

— Je suis parti parce que j'en avais envie, OK ? J'ai trouvé un moyen de transport, c'est bien ce qu'on cherchait, non ?

— Mais où est-ce que tu l'as trouvé ?

— Il... était garé au pied de la tour.

— Tu as réussi à aller jusqu'à la tour ? s'étonna Noël.

— Oui. Les rails se sont tenus tranquilles, cette fois.

— Et il n'y avait personne dans la tour ?

— Non, répondit-il d'un ton sec.

— Ni dans la voiture ? insista Sabrina.

— NON ! beugla Gabi. Il pleuvait des cordes, d'accord ? Si ça se trouve, le garde forestier est rentré chez lui cette nuit-là, qu'est-ce que j'en sais, moi ?

Il descendit de voiture pour s'éloigner de leurs questions oppressantes et découvrit un panorama désolant.

— La vache ! Sacré foutoir ici !

Noël et Sabrina discutaient à voix basse. Gabi mentait, mais comment lui faire dire la vérité ? Pendant ce temps, Anna explorait le 4 × 4. Sous la radio, des câbles pendaient... comme si on les avait arrachés.

— Gabi ! Tu nous prends pour des débiles profonds ? Cette voiture... tu l'as volée !

— De quoi tu parles, Barbie ? J'ignore à quoi servent ces câbles. Et regarde : j'ai les clés.

Il fit tinter le trousseau.

— Tu veux me faire croire que le conducteur est parti se balader en laissant les clés sur le contact ?

Noël et Sabrina attendaient sa réponse, retranchés derrière Anna.

— Ou alors, il a été surpris par l'orage et il n'a pas pu revenir à sa voiture. Qu'est-ce que j'en sais, moi ? Fiche-moi la paix. Je n'ai pas à me justifier.

— Tu disparais en pleine nuit et on te retrouve inconscient à l'autre bout de la montagne, déclara Sabrina. Dis-nous au moins comment tu as atterri ici.

Gabi inspira une énorme bouffée d'air.

— J'ai suivi la route. Il tombait des cordes et il y avait un vent démentiel. Quand je suis arrivé au barrage, l'eau a fait valdinguer le 4 × 4, et pas qu'un peu ! Je suppose que je suis resté inconscient plusieurs heures.

— Tu supposes ? répéta Anna, la bouche tordue.

— Oui, je suppose. Je ne me souviens de rien, répliqua-t-il pour clore le sujet. Où sont passés M. Muscle et la voyante ?

Sabrina lui apprit qu'ils avaient emprunté un autre chemin pour partir à sa recherche.

— Ils devraient être là dans deux heures, ajouta Noël en grelottant. On va les attendre.

Gabi n'avait aucune intention de faire le pied de grue. Il tournait frénétiquement la tête d'un côté et de l'autre de la route, comme s'il s'attendait à voir débarquer quelqu'un.

— J'sais pas trop... On ferait mieux de s'en aller vite fait.

— Ouais, qu'ils aillent se faire voir, lâcha Anna.

— Qu'ils aillent se faire voir ? protesta Sabrina, scandalisée. Tu veux abandonner ton copain ?

— On ne bouge pas tant qu'ils ne sont pas revenus, intervint Noël d'un ton ferme. Et puis, une voiture finira peut-être par passer.

— Je ne crois pas, non. Je suis resté des heures ici et vous êtes les seuls à vous être pointés. On dirait qu'ils ont coupé l'accès... Puisqu'on a une voiture, autant aller chercher de l'aide nous-mêmes.

— Eh, Sam et Eva sont partis dans la montagne à cause de toi ! s'énerva Sabrina.

— Je ne leur ai rien demandé.

— Comment tu peux être aussi égoïste ?

— Qu'ils s'en aillent s'ils en ont envie. Toi et moi, on bouge pas d'ici, trancha Noël.

— Putain... (Gabi regarda la montagne en frissonnant.)

Bon, d'accord, on attend jusqu'à la tombée de la nuit. Ensuite, on rentre et au lit.

— Merci, murmura Sabrina.

— Oh, c'est surtout parce que je me sens trop mal pour conduire... dit Gabi en palpant son sourcil.

Le garçon leva les yeux vers le soleil de l'après-midi.

« Plus que deux heures et tout sera terminé », se dit-il.

Sam et Eva marchaient sous ce même soleil, le long de la rivière de l'est. À cause de l'inondation, ils ne savaient plus quel affluent suivre pour atteindre le barrage.

— Et maintenant, on va où ? demanda Eva à Sam, qui consultait la boussole.

— Je ne sais pas... mais il faut absolument qu'on trouve ce barrage, répondit-il, à bout de forces.

Plus que la fatigue, c'était le poids de la culpabilité qui l'épuisait. La culpabilité d'avoir abandonné Anna.

— En plus, on n'a même pas retrouvé Gabi. Ce qui se passe dans cette montagne est hallucinant... s'exclama Eva avant de s'effondrer sur une grosse pierre.

Le garçon sortit de son sac deux barres énergétiques et lui en tendit une.

— Pour une fois, je suis contente de ne pas être seule quand il se passe quelque chose de bizarre, dit Eva en déchirant l'emballage. Comme ça, quand on le racontera aux autres, on sera deux à se faire traiter de paranos.

Sam comprit l'allusion et tenta de la réconforter.

— Anna parle toujours sans réfléchir. Ne fais pas attention à ce qu'elle dit...

— Je me fiche complètement de l'avis d'Anna et de ses copines. Ou du tien.

Gêné, Sam détourna la tête. Il aurait aimé lui dire qu'il admirait qu'elle soit si différente des autres. Mais il mangea sa barre en silence.

Une fois leur encas terminé, ils se levèrent, prêts à se remettre en route. Sam consulta de nouveau la boussole. Les aiguilles tournèrent plusieurs fois avant d'indiquer le nord.

— D'après ce truc, le barrage est dans cette direction.

Sam désigna un des affluents. Le courant était si fort qu'ils avaient toutes les chances de se noyer. Eva s'en approcha et plongea une branche dans l'eau. Elle dut la tenir à deux mains pour qu'elle ne lui échappe pas.

— On devrait chercher un autre chemin, cria-t-elle à Sam. On ne pourra jamais traverser. On va se faire emporter !

— À moins qu'on grimpe sur ce tronc d'arbre et qu'on saute de l'autre côté ! proposa-t-il en mimant ses paroles.

Quelques mètres plus loin, un énorme tronc flottait à la surface, pointé vers le ciel comme un canon. Un peu plus d'un mètre le séparait de l'autre rive. Eva refusa catégoriquement.

— Tu as peur ? Allons, ce n'est pas la mer à boire...

— Pour moi, si. Je te signale que je suis dispensée de sport depuis mes treize ans.

— Tu en es largement capable ! insista-t-il. Tu y arrivais, avant, tu gagnais même des médailles...

Eva resta interdite. Elle-même se souvenait à peine du temps où, avant de se peindre les ongles en noir, son passe-temps favori était de faire des pirouettes sur un tapis. Mais elle avait grandi, ses formes avaient commencé à poindre sous son justaucorps en lycra et ses complexes avaient gagné la partie. Fini la gymnastique.

— Comment tu sais que j'ai fait de la gym ?

— Bah... Ça fait des années qu'on est dans la même classe, non ?

Elle haussa un sourcil.

— Ça fait des années qu'on est dans la même classe et qu'on ne se dit même pas bonjour !

Sam détourna le regard et recentra la conversation sur l'exécution de son plan.

— C'est bon, je vais essayer, capitula-t-elle.

En avançant vers le tronc, Eva étudia Sam discrètement. Elle avait toujours été invisible à ses yeux. Enfin... c'est ce qu'elle croyait. Et ce dessin qu'il avait fait et qu'elle gardait dans la poche de son pantalon ? Elle eut soudain un sentiment étrange, comme si... comme s'il lui plaisait. Elle secoua ses cheveux frisés. N'importe quoi. Sam réunissait *tous* les critères qu'elle avait en horreur chez un garçon. Numéro 1 : sortir avec la fille la plus détestable de la classe.

— Je passe en premier, proposa Sam. Prête ?

Eva frotta son tatouage, puis acquiesça de la tête. Sam grimpa avec précaution sur le tronc incliné. Par chance, les racines étaient enfouies dans le sol et il paraissait stable. Eva le suivit en se concentrant pour ne pas glisser. Le garçon attrapa la manche de son sweat.

— Vas-y doucement, dit-il en avançant à petits pas sans la lâcher.

Soudain l'eau s'agita. En prenant garde de ne pas tomber, ils progressèrent sur le tronc glissant. Ce n'étaient que quelques mètres, mais il leur semblait que la distance avait triplé. Ils reprirent leur souffle en atteignant le bout de l'arbre.

— J'y vais, annonça Sam après s'être assuré qu'Eva tenait en équilibre.

Il la lâcha. Après avoir jeté son sac à dos sur l'autre rive, il se baissa pour prendre de l'élan et sauta.

— À toi !

Eva s'avança lentement jusqu'à l'extrémité du tronc. Elle déploya les bras et regarda l'eau en dessous. Ce n'était pas un saut difficile, mais les flots étaient déchaînés. Elle recula d'un pas.

— Saute, Eva. Tu peux le faire, l'encouragea Sam, la main tendue.

Elle étira le bras et frôla le bout de ses doigts. Sam se pencha davantage et attrapa sa main.

Tout à coup, l'eau se mit à bouillonner. La terre gronda, comme si un séisme s'annonçait. Eva regarda alentour, terrorisée. Sam la tira sur la rive au moment où le courant déchaîné emportait le tronc. Enlacés, ils roulèrent sur le sol, qui semblait s'être ouvert sur leur passage. Ils fermèrent les yeux de toutes leurs forces tandis que la terre les engloutissait dans un fracas assourdissant. Ils eurent l'impression d'être montés sur une grande roue endiablée.

Et tout s'arrêta.

Ils restèrent serrés l'un contre l'autre quelques secondes, le cœur battant à tout rompre. Sam souleva les paupières.

— Tu vas bien ?

— Oui, bredouilla Eva.

Ils se levèrent, se débarrassèrent de la terre qu'ils avaient sur eux. Sam ramassa son sac quelques mètres plus bas. La rivière était de nouveau paisible. La montagne avait recouvré son calme, même si l'air était plus froid et la lumière beaucoup moins forte. Eva et Sam réprimèrent un frisson en levant les yeux au ciel.

À la place du soleil, il y avait la lune.

La nuit était tombée d'un coup.

8

Noël, Anna, Gabi et Sabrina patientaient sur le bas-côté, à l'intérieur du 4 × 4, à moitié camouflés par un arbre touffu. De là, ils ne risquaient pas de se faire emporter par le courant et pouvaient surveiller les lieux. Le froid était tombé en même temps que la nuit.

— « *Suavemente, besame, que quiero sentir tus labios, besandome otra vez !* »

— Je t'ai demandé de la boucler, ronchonna Anna.

Rien à faire. Gabi poussait la chansonnette, ses doigts pianotaient sur le volant. Le regard langoureux, il ouvrit la bouche et fit tourner sa langue comme un moulin en regardant Anna.

— Tu me dégoûtes, grimaça-t-elle.

— D'accord, à toi. Tu n'as qu'à chanter du Miley Cirus. Je fais les chœurs : « *I came in like a wrecking ball !* »

— Mon Dieu. Si seulement cette fichue radio pouvait capter quelque chose… gémit-elle en tripotant frénétiquement les boutons.

Peine perdue. Les yeux de Sabrina se posèrent sur les câbles arrachés, sous le poste.

— Tu es sûr que tu ne sais pas à quoi ils servent ?

— Et allez, c'est reparti… soupira Gabi.

Sabrina se tourna vers Noël, occupé à désembuer la vitre avec sa manche. Eva et Sam n'avaient toujours pas reparu.

— Mais qu'est-ce qu'ils font ?

Un éclair lui répondit, suivi d'un coup de tonnerre qui déchira le ciel.

— Il va encore tomber des cordes, prédit Gabi. On se tire. Désolé pour vos potes, mais j'ai déjà attendu plus que prévu.

— Ouais, allons-nous-en, approuva Anna en se calant dans son siège.

— Ça ne te fait rien d'abandonner ton copain ? l'attaqua Sabrina.

— Non, ça ne me fait pas rien, petite maligne. Mais me les peler ici ne le fera pas réapparaître. Si c'est si important pour toi, tu n'as qu'à rester.

— Noël ? demanda Gabi après un coup d'œil dans le rétroviseur.

Le garçon avait le nez collé au carreau. Dans l'obscurité de la nuit, on ne distinguait même pas les arbres. Sinistre.

— Je ferai ce que tu décideras, lui chuchota Sabrina.

Rester dans la montagne n'était pas une bonne idée : ils n'avaient pas de torche, pas de vêtements de rechange et la pluie redoublait. Et ils ne savaient pas par où commencer les recherches. Anna avait raison : attendre ne les ferait pas revenir.

— Mec, c'est du suicide, insista Gabi. On va chercher de l'aide et on revient.

Noël serra les dents, en colère contre lui-même : il n'avait pas le courage de rester dans la montagne et de chercher Eva.

— Allons-y, céda-t-il.

— Youpi, on rentre à la maison ! s'écria Gabi en se frottant les mains pour se réchauffer.

— Tu es sûr que tu te sens de conduire ? demanda Sabrina.

Son entaille à l'arcade sourcilière avait cessé de saigner depuis longtemps, mais le souvenir cuisant de la nuit passée lui donnait des frissons. Il se força à sourire.

— Oui, aucun problème. En plus, je parie que vous ne savez même pas conduire dans Mario Kart.

— Eh ! Moi je sais ! protesta Noël.

— Alors prends le volant.

— En fait, j'ai pas le permis. Je n'ai jamais été sur la route, avoua Noël à mi-voix. Mon père est chauffeur de taxi et m'a obligé à apprendre, mais je suis nul. L'autre jour, j'ai planté sa bagnole.

— Adjugé : je conduis. J'ai pas le permis non plus, mais j'en ai dans le pantalon, lâcha Gabi en tournant la clé dans le contact.

Le moteur démarra. Le garçon donna quelques coups d'accélérateur sans lâcher le frein à main. La voiture rugit. Il mima un tigre avec sa bouche avec un petit coup d'œil à Anna.

— Impressionnant... fit-elle avec dégoût. Arrête de te la péter et tâche de ne pas finir dans le décor, cette fois.

Gabi alluma les phares. La route qui sinuait entre les parois de la montagne s'illumina. Il relâcha le frein et la voiture réintégra la route. La pluie mitraillait la carrosserie.

— Ils n'avaient qu'à suivre la rivière... Je ne comprends pas ce qui a pu leur arriver, murmura Sabrina à Noël.

— Ce que je ne comprends pas, c'est comment on a pu les laisser partir seuls.

Le 4 × 4 gagna en vitesse. Noël lança un dernier regard par la lunette arrière.

— Eva ! glapit-il en la voyant courir avec Sam après la voiture.

Gabi aussi les avait aperçus dans le rétroviseur ; il freina net. Noël s'acharna sur sa portière bloquée, tout comme Sabrina.

— Stop ! Calmez-vous !

Gabi descendit pour leur ouvrir. Noël détala à toutes jambes, suivi de près par son amie.

— Ça va ? demanda Noël à Eva quand il arriva devant elle, terriblement soulagée de la voir.

— Oui...

Anna descendit à contrecœur, plus préoccupée par la pluie

que par Sam. Elle ne lui adressa pas un regard. Gabi s'approcha sans un mot.

— Vous avez de l'eau ? leur demanda Sam. Nos gourdes sont vides.

— Oui, dans la voiture, répondit Noël.

— Mon sac ! Rends-le-moi, aboya Gabi.

— On est partis à ta recherche et c'est tout ce qui t'importe ?

Sam fit signe à Eva de laisser courir et rendit son sac à Gabi d'un grand coup dans l'abdomen. L'autre le balança sur son siège, l'air de rien.

— Vous vous êtes perdus ? demanda Sabrina aux deux autres.

— Le chemin s'est un peu compliqué… expliqua Eva entre deux gorgées d'eau.

— Vous avez trouvé les gardes forestiers ? s'étonna Sam en désignant le logo sur le capot du 4 × 4.

— Non, juste leur bagnole, répliqua Gabi.

— C'est Gabi qui l'a trouvée, ajouta Sabrina. On partait chercher de l'aide…

— Vous partiez ?

— Oui, mais pour chercher de l'aide.

— Tu allais me laisser ici, Anna ?

— Comme toi quand tu es parti avec la parano de la classe ! se défendit-elle.

— Vous voyez ce qui tombe ? s'emporta Gabi en montrant le ciel. On vous a attendus ici pendant des heures. On a failli mourir d'ennui !

— Des heures ? Ce n'était quand même pas si long, vu ce qui s'est passé, lança Eva.

— Comment ça, « ce qui s'est passé » ?

— Vous ne vous êtes rendu compte de rien ?

Sam et Eva échangèrent un coup d'œil incrédule.

— De quoi on aurait dû se rendre compte ?

— La… la secousse a été brutale, et ce qui s'est passé ensuite…

— Quelle secousse, Sam ? demanda Anna. Traîner avec la folle ne t'a pas arrangé.

— On n'a rien remarqué de spécial, dit Noël. On n'a pas bougé de la voiture.

— Combien de temps ? demanda Eva.

— Au moins quatre heures, répondit Sabrina.

Sam et Eva échangèrent un regard de stupeur. Pour eux, le jour s'était transformé en nuit profonde à peine quelques minutes auparavant.

— C'est dingue… laissa échapper Sam.

— Quoi ?

Eva, du coin de l'œil, le supplia de ne rien dire. Ils ne les croiraient jamais.

— Rien, on a juste perdu beaucoup plus de temps qu'on ne pensait…

Eva le remercia d'un sourire discret.

— Bon, maintenant qu'on est tous là, on peut y aller ?

Gabi et Anna regagnèrent leurs sièges et les trois autres se serrèrent à l'arrière. Au moment d'appuyer sur l'embrayage, Gabi se figea.

Le renard blanc venait de traverser.

— Qu'est-ce que tu attends ?

— Y a un truc sur la route ?

Gabi réfléchit un instant. Puisqu'il était le seul à voir l'animal…

— Non, rien, rien du tout, mentit-il.

— Alors vas-y !

L'animal s'arrêta à la lisière du halo des phares. Il fixa Gabi et se mit à trotter sur l'asphalte. Le garçon appuya sur l'accélérateur.

La voiture suivit le renard dans la nuit.

9

Le gymnase est désert. Eva s'assoit sur le tapis, sort son ruban rouge de son sac et ôte ses baskets. Dernière vérification : justaucorps et chignon bien en place. Elle choisit une chanson sur son iPod, Intro, *des WW, et se place pieds nus au centre du tapis. Le ruban au sol, elle cambre le dos jusqu'à frôler le revêtement avec ses doigts. Son corps forme une sphère parfaite. Les premiers accords de la guitare électrique retentissent, perdus dans une douce atmosphère de synthétiseur. En parfait équilibre, Eva attrape le ruban et le fait danser en cercle. Son corps tourbillonne, lui aussi, comme une grande roue illuminée par une étincelle rouge. La guitare se fait plus forte ; Eva tournoie sur le tapis. Son pied imite la pointe d'un compas tandis que sa main fait onduler le ruban. Quand les chœurs se font entendre, la gymnaste le lance en l'air. Elle le rattrape après trois roulades au sol, gracieuses mais énergiques. Les instruments se taisent un à un. Eva pirouette à l'infini, en équilibre sur la demi-pointe, entourée de spirales rouges. Les mouvements de ses poignets se font plus délicats : elle finit enveloppée dans le ruban, comme une fleur refermée. Fin du morceau. Des applaudissements retentissent à l'autre bout du gymnase.*

— Tu ne devrais pas être en train de réviser chez toi ?

— J'ai dû choisir entre faire des maths ou te voir dans ton justaucorps. J'ai eu du mal, crois-moi.

Dans le lecteur MP3, la deuxième chanson de la playlist « spécial Noël » démarre : c'est Be My Baby, *des Ronettes.*

Eva quitte les tapis, sort sa serviette de son sac de sport et essuie son front en sueur. Elle scrute Noël : il a une égratignure sur le bras.

— Et avant de venir me chercher, tu as été faire le mariole…

— J'avais besoin de me défouler un peu.

— Ouais, moi aussi j'ai eu une journée difficile.

Ils échangent un regard angoissé.

— Elle m'a envoyé un mail… dit-il d'un ton grave. Elle arrive demain.

Eva lit avec une extrême attention le message que lui montre son petit ami sur son smartphone.

« Je crois que le mieux serait que je vienne à Conexo, surtout depuis ce qui s'est passé entre toi et moi. »

Elle lui rend son téléphone sans le regarder.

— Mais, Eva… Je la connais à peine ! La seule chose qu'elle veut, c'est comprendre ce qui s'est passé, comme nous.

— Elle ne vient pas pour ça, Noël. Lis entre les lignes ! Elle vient vérifier si tu n'es pas l'homme de sa vie !

Eva ramasse son sac de sport et s'apprête à partir. Noël la retient par le bras.

— Eva…

Il l'enlace. Elle se laisse faire et l'étreint à son tour. Lentement, ils remuent au rythme des violons et des chœurs.

Noël susurre à son oreille :

— « Say you'll be my darling… My one and only baby. »

Portée par la chanson, elle finit par sourire. Ils s'agenouillent et roulent ensemble sur le sol, le ruban autour d'eux.

— Je me fiche de ce qui s'est passé avec elle là-bas. Ici, ma seule vie, c'est toi.

La jeune fille se laisse embrasser sur les lèvres. Il la dévore des yeux.

— Je t'aime. Pour toujours, dit-il.

— Moi aussi je t'aime.

Eva pose sa tête sur le torse du garçon. Son cœur bat en rythme avec la musique. Son sang se glace en imaginant qu'il pourrait battre aussi fort pour une autre fille.

Sabrina.

« *Be my little baby (my one and only baby)...* »

La radio avait enfin capté une fréquence. À leur grande surprise, il n'y avait aucune information sur l'accident. Noël, coincé entre Eva et Sabrina, se retourna vers la lunette arrière, ruisselante. La montagne était loin. Il avait encore peine à croire qu'ils avaient réussi à s'en aller.

— Ils en mettent, du temps ! fit Sabrina en scrutant l'abri en tôle de la petite station-service dans laquelle ils s'étaient arrêtés.

Gabi, Sam et Anna étaient partis chercher de l'aide. Ils revinrent, la mine déconfite.

— Il n'y avait personne ? demanda Eva.

— Si, il y avait le gars typique des stations d'essence dans les films d'horreur, expliqua Gabi.

— Il nous prend pour des junkies qui ont volé une voiture, continua Sam en s'installant à côté d'Eva.

— Si tu étais resté sagement dans la voiture... lança Anna à Gabi. Avec ta tête de délinquant, pas étonnant qu'il ne nous ait pas crus.

— Tu t'es vue... ? On a tous une sale tête.

Après plusieurs jours dans la montagne, leurs vêtements étaient en piteux état et leur visage maculé de boue.

— Bref, ce type nous a royalement ignorés, conclut Sam.

— Et pas moyen de passer un coup de fil pour prévenir la police ? demanda Sabrina.

— Il prétend qu'il n'a pas le téléphone, répondit Sam en surveillant l'abri du coin de l'œil.

La porte était maintenant cadenassée, lumières éteintes.

— Et vous n'avez rien trouvé à manger ?

— Non, mais ça vaut mieux. Tout ce qu'il y avait était périmé depuis les années 1990.

— Mais ça fait des jours qu'on est perdus ! Il faut prévenir quelqu'un ! s'emporta Eva. C'est ridicule. Je vais aller lui parler. Gabi, ouvre-moi.

— Non ! Il dit qu'il a un fusil.

— Et alors ? Il ment, comme pour le téléphone.

— Pourquoi tenter le diable ? Fichons le camp.

— Tu as raison, acquiesça Sam. On demandera de l'aide sur la route principale. Ici, c'est mort.

Gabi se cala dans son siège, son Eastpak sur ses genoux.

— Donne, il y a de la place derrière, dit Sam.

Gabi accepta – non sans hésitation – puis il décolla une mèche mouillée de son visage.

— On va changer cette musique à la noix.

Il tripota les boutons de la radio.

Jusqu'à ce qu'une étincelle lui brûle les doigts.

— Aïe !

— Mais qu'est-ce que t'as avec les radios ? Tu t'es pris la foudre, ou quoi ? s'étonna Eva.

— Non... j'ai les mains mouillées, c'est tout.

Sam plongea à l'avant pour régler l'appareil.

— Bon, ben, ça marche plus. Maintenant c'est sûr, on n'aura jamais de nouvelles de l'accident...

— Tu remarqueras qu'on n'en a pas eu beaucoup jusque-là. Ils ne passaient que des chansons pourries... commenta Gabi en tournant la clé dans le contact.

Mais il eut beau essayer, impossible de démarrer.

— Merde !

Il tira le levier qui commandait le capot, puis sortit du véhicule.

— Où tu vas ? Tu vas encore casser quelque chose ! cria Anna.

Sam passa l'Eastpak à Eva, se contorsionna jusqu'au siège

avant et descendit à son tour. Gabi avait la tête plongée dans les entrailles de la voiture.

— Qu'est-ce qui s'est passé ?

— Je sais pas, j'ai l'impression qu'il y a eu un court-circuit et que la batterie a fondu...

— Et tu sais comment réparer ça ?

— Hum, pas vraiment... mentit Gabi. Tu veux bien regarder ?

Mieux valait éviter tout autre incident électrique.

— Je vais voir s'il y a une autre batterie dans le coffre, dit Sam.

Gabi l'écoutait à peine. Il regardait ses mains, atterré.

Sam dénicha un tas de trucs dans le coffre : gilets de sécurité, triangle, extincteur, bougies d'allumage... et dans le fond, un sac à dos bleu marine. Poussiéreux et usé, comme rongé par les intempéries. Il le secoua et l'ouvrit.

— Bizarre...

Il contourna la voiture et s'approcha de la fenêtre d'Eva. Elle essaya d'abaisser la vitre. Elle était bloquée.

— Sam, qu'est-ce qu'il y a ?

Pas de réponse. Le garçon avait le regard rivé sur le sac de Gabi qu'Eva tenait entre ses mains. Un Eastpak bleu.

Identique à celui qu'il venait de trouver dans le coffre.

10

— Sam, qu'est-ce qu'il y a ? répéta Eva plus fort.

Le garçon dissimula le sac entre ses jambes.

— Rien, je cherchais des outils dans le coffre. On va réparer ça...

Elle acquiesça en silence. Sam s'avança vers Gabi et saisit le sac par les lanières.

— Gabi...

Le garçon s'affairait, la tête sous le capot. Il avait retiré sa chemise et s'en servait comme d'un gant pour manipuler les câbles. Il croisa les fils avec précaution et la voiture démarra.

— Yes ! s'exclama-t-il, triomphant.

Les phares s'allumèrent. Gabi leva les yeux et remarqua enfin Sam. Son sourire s'effaça ; il lui arracha l'Eastpak des mains.

— Qu'est-ce que tu fous avec ça ?

— Je l'ai trouvé dans le coffre. C'est toi qui l'as mis là ?

— Est-ce que les autres l'ont vu ?

Gabi avait pris un ton menaçant.

— Non, je suis le seul. D'où tu sors ça ?

— Qu'est-ce que ça peut te faire ?

Sam rattrapa Gabi avant qu'il ne balance le sac aux ordures.

— Soit tu me racontes, soit tu devras t'expliquer devant tout le monde. Alors ?

L'autre réfléchit une seconde puis lâcha :

— Je l'ai trouvé dans la montagne. Près du tunnel.

— Quand ?

— Hier soir.

— Hier soir ? Quand tu as quitté le refuge ?

Acquiescement.

— Qu'est-ce qui s'est passé ? Tu ne nous as rien raconté. Ni où tu étais, ni d'où tu as sorti cette voiture… rien !

Le cœur de Gabi se serra. Personne ne croirait à cette histoire puisque lui-même n'y croyait pas.

— Mec, c'est pas le même sac, dit-il à Sam.

— Si !

— C'est la même marque, la même couleur, mais ça s'arrête là. Tu vois ? (Il lui mit le sac abîmé sous le nez.) Le mien est neuf, je l'ai acheté juste avant de partir. Va voir. Il est dans la voiture.

Sam lui arracha le sac des mains, l'ouvrit et brandit les stylos remplis de poudre blanche. Certains étaient brisés.

— Gabi, tu vendais les mêmes au lycée !

— Peut-être, mais ce sac n'est pas à moi. Regarde, il y a un nom dessus.

Quelqu'un avait inscrit au feutre indélébile « G. Araujo » sur l'étiquette.

— « G. Araujo » ? répéta Sam.

— Mon nom à moi, c'est Castro. Gabi Castro.

Sam relut plusieurs fois comme s'il espérait voir le nom changer.

— Je te jure que ce sac n'est pas à moi. Un, je n'écrirais jamais mon nom à l'intérieur, et deux, c'est pas mon écriture.

— D'accord, et les stylos ? Ils sont remplis de poudre, comme par hasard !

— Ce n'est pas moi qui ai inventé ce truc. Tu n'as jamais vu *The Faculty* ?

Sam fit non de la tête.

— Un des personnages fabrique sa came lui-même et la garde dans des stylos. Je suppose que ce G. Araujo a eu la même idée. En plus, ce qu'il y a là-dedans, c'est pas de la caféine. J'ai essayé, et je t'assure que c'est beaucoup plus fort.

Sam le regarda dans les yeux. Il semblait sincère.

— Ça n'a aucun sens…

— Ça en aurait plus si mon sac avait été… cloné ? Je te dis qu'il n'est pas à moi. Regarde comme il est vieux.

— Et pourquoi tu l'as pris ?

— Aucune idée. Je suppose que ça m'a surpris autant que toi. Mais si j'avais su…

Le klaxon de la voiture retentit. Anna s'impatientait.

— C'est bon, vous avez démarré. C'est quoi, le problème, maintenant ?

Gabi fit un geste à Sam pour lui signifier de ne pas s'en mêler. Il s'approcha de la fenêtre.

— Rien, ça y est. On vérifie deux, trois trucs et on s'en va.

Anna l'étudia, intriguée par son amabilité soudaine.

— OK, mais dépêchez-vous.

Elle remonta la vitre sans cesser d'observer Gabi. Celui-ci rejoignit Sam.

— Mec, c'est juste une coïncidence. Oublie ça… Le raconter aux autres ne ferait qu'empirer les choses.

Le klaxon retentit de nouveau. Sam hésita, mais il n'eut pas vraiment le temps de réfléchir : Gabi lui arracha le sac et fila vers la pompe à essence, deux mètres plus loin. Dos à la voiture, il le jeta dans une poubelle.

— C'est bon, on s'en va.

Sam se posait toujours la question lorsqu'il remonta dans la voiture : fallait-il ne rien dire aux autres ?

— Qu'est-ce qui se passe ? demanda Sabrina.

— Rien, on vérifiait que le moteur fonctionnait bien, répondit Gabi en fermant sa portière.

— Et qu'est-ce que tu viens de jeter ? demanda Anna avec suspicion.

— Putain, il faut toujours que tu sois au courant de tout… c'étaient des pièces cassées.

Sam, à l'arrière, ne broncha pas. Eva toutefois remarqua que quelque chose le gênait.

— Ça va ? murmura-t-elle.

Dans le rétroviseur, Gabi croisa le regard de Sam.

— Oui, répondit celui-ci.

Avec un clin d'œil dans le rétro, Gabi enfonça l'accélérateur et prit la direction de Conexo.

L'aube se levait lorsque le 4 × 4 dépassa le panneau « Bienvenue à Conexo ».

— Enfin, soupira Noël.

Grand sourire à Sabrina. Avec Gabi, ils étaient les seuls éveillés.

— Quel est le premier truc que tu vas faire en arrivant chez toi ? voulut savoir la jeune fille.

— Serrer mes parents dans mes bras, leur demander de garder leurs questions pour demain, dévaliser le frigo et prendre un long bain avec mon casque sur les oreilles…

— Justin Timberlake te manque ? se moqua-t-elle.

Noël croisa les bras, feignant d'être fâché, puis rit aux éclats.

— Et toi ?

— Plus ou moins pareil. J'échange la musique contre des bougies parfumées. Et avant d'entrer dans le bain, j'allumerai l'ordinateur, répondit Sabrina.

— Internet t'a manqué ?

— Sans plus. Je pensais t'ajouter sur Facebook… dit-elle avec un sourire malicieux.

« Même dans la pire des situations, il y a toujours quelque chose de bon à prendre », répétait la mère de Noël quand il ratait un examen ou était coincé chez lui le week-end. Effectivement : si le train n'avait pas déraillé, il n'aurait jamais connu Sabrina. À ses côtés, étrangement, sa timidité maladive s'envolait. Presque comme avec Eva. Mais ce drôle de picotement au bout des doigts, il ne le ressentait qu'avec Sabrina.

Elle aussi était attirée par lui, et elle était contente de pouvoir tourner la page de l'histoire avec son ex. Noël n'avait rien à voir avec lui : il était intéressant, cultivé, comme s'il était plus âgé… et innocent à la fois. Elle en était sûre : il n'aurait jamais osé l'ajouter sur Facebook de lui-même.

— Tu sais quoi ? Tu devrais te couper un peu les cheveux, dit-elle avec un regard scrutateur.

— Ça me va pas, la frange ?

Sabrina l'écarta doucement. La voiture fit un bond, comme s'ils étaient passés sur un nid-de-poule. Gabi agrippa le volant.

— Ça te va super bien. Sauf que c'est dommage qu'on ne voie pas plus tes yeux verts.

— Si vous voulez, je vous vends des capotes, lâcha Gabi. (Un œil sur le rétroviseur, il n'avait pas perdu une miette de la scène.) J'en ai des parfumées, des striées et à effet retardateur. Quelque chose me dit que c'est celles-là qu'il te faut, vieux.

Pétrifié, Noël détourna le regard. Il réveilla Eva pour lui dire qu'ils touchaient au but du voyage. Sam et Anna ouvrirent les yeux à cause des cris exaltés de Gabi :

— On y est, on y est !

En réalité, il avait l'étrange sensation que l'entrée de Conexo arrivait trop vite. Comme si la distance entre la montagne et la ville avait diminué… Il mit cette impression sur le compte du manque de sommeil et poursuivit sa route avec le sourire.

— Si un jour on m'avait dit que je serais content de revoir cette ville…

Le front collé contre la vitre, Eva opina du menton. Elle s'était toujours sentie à l'étroit à Conexo. Mais pour la première fois de sa vie, elle était heureuse d'y retourner.

— On a failli ne jamais revenir, déclara Noël.

— Surtout Sam et moi, lâcha Eva.

Ne sachant que dire pour se faire pardonner, Noël préféra

contempler le paysage. Ils roulaient sur l'avenue Nexo, l'artère principale du centre.

— Au fait, quel jour on est ? demanda Gabi.

— On est partis un lundi, donc on doit être mercredi, calcula Sabrina.

— On se croirait dimanche... commenta Gabi. Personne ne bosse aujourd'hui ?

À cette heure matinale, le centre-ville aurait dû grouiller de monde. Or l'avenue était déserte.

— Il est peut-être trop tôt, dit Noël.

L'horloge du tableau de bord indiquait obstinément 3:33 depuis l'épisode de la station-service.

— Bizarre qu'il n'y ait même pas une voiture. Et toutes les boutiques sont fermées, fit remarquer Sam. Allons bon, qu'est-ce qui se passe ici ?...

Eva ne pouvait s'empêcher de se rappeler le mystérieux message qu'elle avait reçu la veille : « Vous ne pouvez pas revenir à Conexo. » Pourtant, au feu rouge suivant, l'angoisse générale s'envola.

— Une voiture !

Une Golf Volkswagen rouge vif apparut sur la droite, traversa le carrefour et prit l'avenue dans l'autre sens, vers la sortie de la ville.

— Mystère résolu. Conexo ne s'est pas transformée en scène de film post-apocalyptique, claironna Anna en triturant sa queue de cheval grasse.

— Peut-être qu'il est plus tôt qu'on ne le croit, répéta Noël sans quitter des yeux les boutiques fermées.

— Allez, je suis dans un bon jour, je vous ramène chez vous, annonça Gabi. Je dépose qui en premier ?

— Moi d'abord, je suis la première sur la route ! s'écria Anna avant même de savoir où vivaient les autres. Aux Peupliers.

Gabi hocha la tête.

— Je n'en attendais pas moins de toi. Les Peupliers, c'est la classe…

— Attends, Gabi, intervint Eva en posant la main sur son épaule.

Il ralentit en bougonnant.

— Qu'est-ce qu'il y a, encore ?

— Vous avez vu cette pancarte ?

Regards des deux côtés de la rue. Sur chaque store et chaque porte de commerce, on avait collé une affiche plastifiée.

— La mairie a dû la leur offrir pour qu'ils indiquent leurs horaires, supposa Gabi. On arrête de jouer aux détectives, maintenant ?

Eva insista. Ils étaient trop loin pour lire, et elle ne pouvait pas descendre tant que Gabi ne lui ouvrait pas de l'extérieur.

— Pas question de s'arrêter, je me casse ! l'avertit le garçon.

Mais Eva ne voulut rien savoir. Gabi finit par freiner et ouvrit sa portière. Sam descendit avec elle, aussitôt suivi de Noël. Pas question de laisser son amie seule encore une fois. Sabrina l'imita.

— Gabi, viens, on s'en va ! cria Anna, restée seule à bord.

Mais le garçon ne se pencha à l'intérieur que pour couper le moteur. En réalité, il n'avait aucune envie de rentrer chez lui. Il observa les autres : Noël courait vers Eva et Sam, immobiles devant l'affiche accrochée sur la devanture d'un cybercafé. On aurait dit qu'une Gorgone venait de les pétrifier.

— Y a écrit quoi ?

Noël se fraya un passage jusqu'au papier.

— C'est… pas possible…

— Quoi ? demanda Sabrina.

Elle porta les mains à sa bouche en lisant la pancarte.

Eva courut à la boutique voisine. Même affiche. Sam et Noël la rejoignirent, au bord du malaise.

— Ça dit la même chose ?

Eva acquiesça, la mâchoire tremblante.
— C'est dingue… Il s'est passé un an depuis l'accident ?

FERMÉ DEUX JOURS POUR CAUSE DE DEUIL. COMMÉMORATION DU PREMIER ANNIVERSAIRE DE L'ACCIDENT DU TRAIN CONEXO-MONTE ALBO.

11

— T'es sérieux ? Tu es en train de me dire qu'on a voyagé dans le temps ?

Anna rit à gorge déployée ; c'était la seule à prendre à la légère ce qui se passait. Devant la porte du cybercafé, Sam, Noël et les deux autres filles relisaient l'affiche, abasourdis. Même Gabi avait la voix chevrotante.

— On se calme ! On... on est en train de paniquer, là ! Les voyages dans le temps, c'est dans les films.

— Mais bien sûr ! Le convecteur temporel était caché dans les toilettes du train. On a voyagé dans le temps quand la prof a tiré la chasse.

Anna rit à sa propre blague... Elle fut la seule.

— Anna, c'est pas drôle. Tu ne vois pas ce qui est écrit partout ? Un an. Il s'est écoulé un an depuis l'accident !

— Redescends sur Terre, Sam. C'est une erreur, c'est évident ! Ils ont dû se tromper en imprimant les affiches...

— Une erreur sur toutes les affiches de la ville ? Bizarre... commenta Eva.

— Mais ce serait possible, non ? insista Noël.

— Oui, concéda Sam en faisant les cent pas devant la boutique. Mais franchement, j'ai du mal à y croire...

— Et moi j'ai du mal à croire que je sors avec quelqu'un comme toi, lança Anna.

— Qu'est-ce que tu as dit ? s'étrangla Sam, les yeux exorbités.

Il voulut l'attirer à l'écart. Elle resta plantée sur place.

— C'est quoi le rapport avec ce qui nous arrive ? lui demanda-t-il à voix basse, même si tout le monde entendait leur conversation.

— Une erreur d'impression te choque. Par contre, un voyage dans le temps… tu trouves ça normal.

— C'est pas normal, non, mais ça expliquerait tout, rétorqua-t-il en lui faisant signe de baisser d'un ton. Tout ce qui nous est arrivé jusque-là est, d'une manière ou d'une autre, lié au temps. Quand on marchait sur les rails, on avait l'impression de revenir en arrière. La vidéo enregistrée avant l'accident…

— Quelle vidéo ? J'hallucine, le coupa Anna avant de toiser Eva avec dégoût. Tu crois cette grosse mytho ?

Excédée, Eva s'avança et la défia :

— Répète ça encore une fois et je te jure que je t'arrache ta queue de cheval, espèce de garce !

— Eh, du calme…

Sam entraîna Eva loin des autres et Noël leur emboîta le pas.

— On aura beau le lui répéter cent fois, Anna ne nous croira jamais. Elle est très terre à terre, tenta de l'excuser Sam.

— Elle a raison ! Une faute de frappe est plus probable qu'un voyage dans le temps, dit Noël.

— Pour une fois, ton imbécile de copine n'a pas tort, lança Eva à Sam.

— Ne va pas trop loin, quand même. C'est ma copine…

— C'est elle qui va trop loin ! Tu ne dois pas beaucoup t'aimer pour sortir avec une fille pareille.

— Pardon ?

Eva se mordit la langue, même si elle brûlait d'envie de lui demander pourquoi il sortait avec Anna. Que lui trouvait-il ? Elle était belle, mais pas au point que l'on supporte son constant mépris – dont tout le monde faisait les frais, d'ailleurs. En plus, Sam n'avait pas l'air d'attacher une grande importance au physique. Maintenant qu'elle le connaissait, Eva était persuadée qu'Anna ne le méritait pas. Mais elle avait aussi découvert qu'il n'en avait pas conscience et que, à dix-sept ans, même les gens populaires manquent parfois de confiance en eux.

— Non, rien, désolée, s'excusa-t-elle.

Sam haussa les épaules, l'air indifférent. Le trio se concentra sur le sujet qui les préoccupait.

— Voyons voir. Les affiches disent qu'un an a passé. Mais ça n'a aucun sens qu'on ait voyagé dans le temps, récapitula Noël.

— Non. Surtout que c'est physiquement impossible. Gabi a raison, ça n'existe que dans les films, reconnut Eva.

— Et ce qui nous est arrivé dans la montagne ? rappela Sam. C'est peut-être physiquement impossible, pourtant c'est comme si le temps s'était accéléré.

— De quoi tu parles ?

Eva lança un regard assassin à Sam.

— Qu'est-ce qu'il veut dire ? Dis-moi ! insista Noël.

— On ne sait pas vraiment ce qui s'est passé, répondit Eva d'un ton évasif.

— On traversait la rivière et, d'un coup, tout s'est mis à trembler. Genre tremblement de terre, raconta Sam à voix basse. Et juste après, il faisait nuit.

— C'est comme si plusieurs heures étaient passées en une seconde. Super flippant, ajouta Eva.

— Pourquoi on n'a rien remarqué ? On n'était qu'à quelques mètres !

— C'est pour ça qu'on n'a rien dit, s'empressa-t-elle de se justifier. Ça ne servait à rien de vous embrouiller encore plus...

Pas question de déclencher une nouvelle dispute. Heureusement, Noël ne broncha pas.

— Alors le temps ne s'est accéléré que pour vous, c'est ça ?

Les deux autres haussèrent les épaules, incapables de lui fournir une explication.

— Sam, on s'en va maintenant ? cria Anna. Ou tu continues à papoter avec tes nouveaux potes *geeks* ?

— Je ne la supporte plus, glissa Eva à Sam, qui soupira.

Le trio rejoignit les autres.

— Le plus simple serait de demander à quelqu'un la date d'aujourd'hui, comme ça on sera fixés, proposa Sabrina.

— « Excusez-moi de vous déranger, je crois que j'ai voyagé dans le temps. Vous pourriez me dire en quelle année on est ? » Ils vont nous prendre pour une bande de cinglés ! s'exclama Gabi.

— En plus, y a pas un chat par ici, ajouta Noël.

— Normal. Il y a eu beaucoup de victimes dans cet accident, et tout est fermé parce que les gens sont en deuil. Point final.

Anna murmura à Sam que, à cause d'Eva, ils étaient en train de voir des fantômes là où il n'y en avait pas.

— Et si on rentrait chez nous fêter le fait d'être encore vivants ? continua-t-elle. On n'aura plus à parler aux chelous de la classe.

Sam soupira de nouveau tandis que sa copine le tirait par le coude et l'entraînait à la voiture. Eva l'attrapa par l'autre bras.

— Sam, non. On ne peut pas rentrer chez nous. On ne devrait pas être ici. Ils nous ont prévenus.

Il fronça les sourcils.

— Qu'est-ce que tu racontes encore ? demanda Gabi.

Consciente qu'elle ne pouvait plus faire marche arrière, Eva finit par avouer ce qu'elle avait entendu dans le refuge.

— C'était une vieille femme… Elle nous disait de ne pas revenir à Conexo.

— Ça, c'est la meilleure ! s'esclaffa Anna. Sérieusement, tu devrais rentrer chez toi prendre ton traitement. Tu dérailles complètement, là.

— Que disait ce message, exactement ? interrogea Sam.

— Qu'il ne fallait pas qu'on revienne à Conexo. Il est passé en boucle pendant une minute, puis il a cessé. Et je n'ai pas pu répondre parce que l'émetteur était cassé.

— *Mea culpa*, déclara Gabi, la main sur la poitrine. Mais bon, ça n'explique pas pourquoi tu as attendu tout ce temps pour nous le dire.

Eva haussa les épaules.

— Tu as pensé qu'on ne te croirait pas, c'est ça ? supposa Sam.

— Évidemment qu'on ne l'aurait pas crue... Encore une tentative pathétique pour attirer l'attention.

Sans crier gare, Eva colla son poing dans la figure d'Anna.

— Prends-toi ça ! pouffa Gabi.

Un peu sonnée, Anna se jeta sur Eva. Sam s'interposa.

— Ça suffit, Anna !

— Qu'est-ce qui te prend ? Elle vient de me frapper ! rugit-elle en se tenant la mâchoire. Il est hors de question que je reste une minute de plus avec cette bande de tarés. Je me tire. Tu viens avec moi, oui ou non ?

Sam porta les mains à son crâne, pris entre deux feux.

— Il s'est passé des choses qui n'ont aucun sens. C'est mieux qu'on prenne tous un moment pour y réfléchir, non ?

— Je te l'ai déjà dit dans le train. Réfléchir, c'est pas ton truc.

— Waouh... laissa échapper Gabi.

Sam explosa :

— Pour qui tu te prends ? J'en ai marre de me faire rabaisser sans arrêt ! Si je suis si stupide, qu'est-ce que tu fiches avec moi ?

— Je n'en sais rien, en fait, rétorqua Anna en croisant les bras. Et je crois que le mieux c'est d'arrêter tout de suite.

Sam haussa les sourcils, stupéfait. Les autres ne savaient plus où se mettre, sauf Gabi, que le spectacle divertissait beaucoup.

— Tu penses sincèrement que c'est le meilleur moment pour rompre avec moi ? bredouilla Sam.

— Oh ! non. J'aurais dû le faire bien avant, quand tu as amorcé ta crise existentielle et que tu t'es mis à dessiner dans tes cahiers...

Sam serra les dents pour ne pas lui sauter à la gorge.

— Et tu sais quand c'était ? Pile quand j'ai commencé à te tromper avec Roberto ! cria Anna à pleins poumons.

En moins d'une seconde, les yeux de Sam passèrent de la consternation à la rage. Il prit la première chose qu'il trouva – une poubelle accrochée à un réverbère – et s'en servit de punching-ball jusqu'à ce que Gabi intervienne.

— Eh, champion... Laisse cette poubelle, c'est pas sa faute si ta copine est une traînée.

Sam se déchaîna sur lui et lui fit lâcher prise. Eva ne parvint pas à le calmer non plus.

— Barrez-vous, bordel !

Sam fila comme une flèche et disparut à l'angle de la rue.

Les autres dévisageaient Anna qui encaissait le coup, le visage impassible.

— Tu es encore plus garce que tu en as l'air, dit Gabi.

— Tu me ramènes chez moi ou bien j'y vais à pied ? répliqua-t-elle.

— Attends deux secondes, alors, répondit-il à contrecœur. Je me pisse dessus.

Gabi prit la première à gauche et quelques pas plus tard, il pénétra dans un parc. Le vent froid du matin faisait onduler la cime des arbres. Il eut l'étrange impression que les oiseaux piaillaient plus fort sur son passage. Un homme, au loin, promenait son chien. Il aurait pu l'interroger sur cette histoire d'accident de train ; mais il redoutait sa réponse. Il s'enfonça dans un bosquet d'arbustes aux feuilles mouillées par la rosée. Avant d'avoir pu ouvrir sa braguette, il sentit le feuillage bouger, comme si un animal remuait en dessous. Il écarta les branches et aperçut un pelage blanc.

— J'hallucine ! Pas encore toi…

À l'intérieur de la voiture, les autres patientaient dans un silence glacial.

— On devrait aller chercher Sam, murmura Eva à Noël.

Le message de la vieille femme tournait en boucle dans sa tête.

— On peut dire que Samuel t'a vraiment tapé dans l'œil, lança Anna. T'es dans ta phase hétéro, ou quoi ?

— Et toi, quand est-ce que tu passes par une phase d'intelligence ? répliqua Sabrina.

Surprise qu'elle l'ait défendue, Eva lui adressa un sourire reconnaissant.

— J'ai tellement hâte que tout s'arrête pour ne plus jamais avoir à vous parler…

Anna focalisa son attention sur le rétroviseur droit de la voiture. Sur le trottoir, un garçon de son âge faisait son jogging. Elle reconnut aussitôt la silhouette en survêtement noir et orange fluo.

— Impossible.

— Qu'y a-t-il ? demanda Noël.

Pas de réponse. Noël, Sabrina et Eva escaladèrent les sièges avant pour sortir. Anna était déjà descendue de voiture, morte de peur. Sur les trois autres visages se dessina la même expression.

— C'est impossible, il vient juste de partir ! bredouilla Eva.

Le garçon courait à toute allure.

C'était le portrait craché de Sam.

12

Gabi retrouva son souffle en découvrant qui se cachait dans les arbustes : un labrador au pelage cannelle.

— Tu m'as fait peur, sale cabot !

Il se pencha pour lui caresser la tête, mais le chiot essaya de le mordre. Sur la défensive, il ne cessait de grogner.

— Otto !

Un enfant d'une huitaine d'années émergea des arbustes. Il avait la peau très pâle, les cheveux blancs comme neige et les yeux sombres. Il portait une grosse doudoune, une montagne enneigée dessinée sur la poitrine. Le chiot courut se réfugier entre ses jambes.

— Otto a un sale caractère, dit Gabi à l'enfant.

Puisque l'enfant était seul, Gabi en profita pour lui demander :

— Dis-moi, petit, si je te pose une question, tu me promets de ne le répéter à personne ?

Pas de réponse. Regard noir intense.

— Je suis sûr que tu le sais, on a dû te le dire à l'école. Tu peux me donner la date d'aujourd'hui ? L'année et tout…

L'enfant, mutique, le fixait toujours. À croire que ses paupières aux cils blancs étaient paralysées.

— Génial, je suis tombé sur LE gamin taré de Conexo…

Gabi renonça et commença à s'éloigner. C'est alors qu'il

reçut un coup dans le dos. L'enfant venait de lui jeter une pierre.

— Mais qu'est-ce qui te prend ?

Autre coup, au visage cette fois. Gabi retint un cri et effleura son arcade sourcilière. La plaie s'était rouverte. Sa main se couvrit de sang en un instant. Le petit, sans le quitter des yeux, ramassa une autre pierre, beaucoup plus grosse...

Sam courait sur le boulevard, *Idioteque* de Radiohead à fond dans les oreilles. Il leva les yeux de ses baskets fluo et aperçut Anna, à côté d'une voiture. De dos, Noël et deux autres filles.

— Ça ne doit pas être lui, hasarda Noël avec peu d'entrain.

— Comment ça ? C'est exactement lui ! s'exclama Eva avant de détourner les yeux, tétanisée.

— Bizarre... Je vais chercher Gabi, dit Sabrina avant de partir au pas de course.

Sam n'était plus qu'à quelques mètres. Eva et Noël firent volte-face. Le garçon se préparait à changer de trottoir. De toute évidence, il cherchait à les éviter.

— Sam ! appela Anna.

Une voiture empêcha le garçon de traverser, et il dut remonter sur le trottoir. Anna le rattrapa.

— Comment tu as fait pour te changer ?

À cause de ses écouteurs, il ne l'entendit pas. Anna le scruta, tremblante. Tout chez lui était identique à Sam : visage anguleux, yeux bleus, cheveux blonds courts. Jusqu'à l'odeur de son corps en sueur.

Il fit un mouvement pour traverser. Anna l'agrippa par le tee-shirt.

— Qu'est-ce que tu veux ? lança-t-il d'un ton sec.

Intrigué par la façon dont le regardait la jeune fille, Sam enleva ses écouteurs. Noël et Eva les rejoignirent.

— Sam, c'est toi ? risqua Noël.

— Comment ça, c'est moi ? (Il étira ses bras dans son dos.)

D'accord, ça fait un an que tu ne m'as pas parlé, mais quand même…

— Un an ? répéta Noël en tournant un regard affolé vers Eva.

— Vous rentrez de soirée ? Vous avez dû prendre une sacrée cuite !

— Mais tu viens juste de nous quitter… dit Eva, abasourdie.

— Hein ?

Sam la dévisagea. Il porta la main à sa bouche en découvrant qu'elle avait les cheveux courts et des hirondelles tatouées dans le cou.

Et en voyant le bras de Sam, Anna réprima un cri. Eva et Noël se mirent à trembler. Sam portait une prothèse orthopédique au bras droit.

— Qu'est-ce… qu'est-ce qui est arrivé à ton bras ? demanda Noël.

— Je dois y aller… fit Sam, contrarié.

Il piqua un sprint pour traverser la rue. Un dernier coup d'œil et il disparut là où était parti le Sam qui était avec eux en arrivant à Conexo.

— C'était qui, ça ? Une chose est sûre, c'était pas Sam… marmonna Anna, épouvantée. Il lui manquait un bras !

— Il a dit que ça faisait un an que je ne lui avais pas parlé.

— C'était lui, mais un an après l'accident de train, déduisit Eva.

— Qu'est-ce que tu racontes ?

— Je crois que la vidéo que j'ai vue correspondait à la première fois où s'est produit l'accident, clarifia-t-elle. Je ne sais pas pourquoi ni comment, mais je pense qu'il s'est produit à nouveau… Et là, on était dans la locomotive arrière et on a survécu. La première fois… peut-être pas. Peut-être que Sam a perdu son bras dans le premier accident de train.

— C'est arrivé deux fois… C'est pour ça qu'il y a deux versions de Sam ?

— Mais oui ! Si l'accident s'est reproduit, alors nous aussi…

— Et il y aurait d'autres gens chez nous ? Depuis un an ? demanda Noël.

Eva n'osa pas répondre. C'était de la folie.

— On n'était pas censés revenir à Conexo… leur rappela-t-elle.

— Ça suffit avec cette histoire ! Tu as tout inventé ! cracha Anna, les larmes aux yeux. Je veux rentrer chez moi.

— Anna, il vaudrait mieux ne pas rentrer tant qu'on ne sait pas ce qui se passe.

— Boucle-la, espèce de folle ! Vous tous, ne m'adressez plus la parole ! Laissez-moi tranquille ! hurla-t-elle.

Et elle détala.

— On ne peut pas la laisser faire ça, dit Noël.

Eva soupira, à bout de nerfs. Avant qu'ils aient pu décider quoi que ce soit, Sabrina réapparut avec un Gabi au bord du malaise, le visage et le tee-shirt imbibés de sang.

— Qu'est-ce qui s'est passé ?

— Aucune idée. Je l'ai trouvé comme ça à la sortie du parc, répondit Sabrina.

Ils l'aidèrent à allonger le garçon sur la banquette arrière. Eva alla chercher le kit de premiers secours trouvé au refuge et Sabrina nettoya sa blessure à l'arcade avec une compresse stérile.

— Qui t'a fait ça ? murmura-t-elle.

La lunette arrière du 4 × 4 éclata. Gabi releva la tête et aperçut le garçon en haut de la rue, une pierre à la main.

— Faut partir d'ici ! bredouilla-t-il.

Sa tentative pour se remettre debout échoua lamentablement.

— Noël, prends le volant ! cria Eva.

Le garçon réagit au quart de tour et bondit sur le siège

conducteur. Les mains tremblotantes, il passa la première et appuya à fond sur l'accélérateur. Mais les roues ne firent que patiner.

— Qu'est-ce qui se passe ?

Un projectile atteignit le capot. Eva comprit – à temps – que le frein à main était serré. Elle le relâcha et la voiture démarra en trombe. Noël s'agrippa au volant de toutes ses forces tandis que Sabrina fermait la portière.

— Attention ! hurla-t-elle en redressant la tête.

Noël manqua de peu le garçonnet occupé à caillasser le toit de la voiture.

— C'était qui, celui-là ? Qu'est-ce qu'il nous veut ? s'affola Eva sans le quitter des yeux.

— Je sais pas ! Je suis tombé sur lui dans le parc et il m'a m'attaqué, expliqua Gabi.

Il lâcha un cri quand Sabrina tamponna sa plaie à l'alcool.

Noël garda le contrôle tout le long du boulevard. Arrivé au rond-point, il jeta un coup d'œil aux pédales et freina à la dernière seconde. Trois sorties, trois quartiers différents : les Peupliers, les Chênes et les Pins.

— Qu'est-ce que je fais ?

— Il faut qu'on parte de Conexo, dit Eva.

— Pour aller où ? En plus, Sam est toujours coincé ici. Et il ne sait rien…

— Rien de quoi ? (Gabi réussit à se redresser sur son siège.) Eh ! Qu'est-ce qu'elle fout là, elle ?

Anna était en train d'enjamber la barrière de sécurité des Peupliers.

— Elle a dit qu'elle voulait qu'on lui fiche la paix.

— Eva, on ne peut pas la laisser rentrer chez elle, dit Sabrina. Imagine qu'il lui soit arrivé la même chose qu'à Sam ?

— Mais qu'est-ce qui est arrivé à Sam ?

Anna parcourait les rues bordées de peupliers que l'hiver avait dénudés. Tout son corps convulsait. Une rafale de vent la poussa en arrière lorsqu'elle s'arrêta devant sa maison, une des premières villas du hameau. Deux étages, d'immenses baies vitrées, c'était une des plus luxueuses de tout Conexo. Elle ouvrit le portail blanc à la hâte et courut sur les graviers. Elle enfonça la sonnette de l'entrée avec rage. Comme personne ne répondait, elle cogna contre la porte.

— Papa ! Maman ! Ouvrez-moi !

— Anna ! appela Noël depuis le 4 × 4 arrêté devant le jardin.

En l'entendant, Anna redoubla d'insistance.

— Je vais lui parler, dit Noël.

— Non, attends ! s'écria Eva.

Au même instant, la porte de la maison s'ouvrit.

Anna eut le souffle coupé en découvrant qui était venu l'accueillir. Une jolie blonde qui lui ressemblait comme deux gouttes d'eau. Leurs yeux se croisèrent, comme aimantés.

Avant d'avoir pu réagir, Anna se désintégra.

13

La fille arborait un débardeur rose et des bottes cavalières sur un jean slim. Typiquement le genre de vêtements qu'aurait pu porter Anna. Une main toujours sur sa bouche, elle fixait, épouvantée, l'espace vide face à elle. Anna s'était... volatilisée, comme si elle n'avait été qu'un hologramme. Médusée, son double promena son regard en quête d'éventuels témoins. Ses yeux se posèrent sur un 4 × 4 arrêté au milieu de la chaussée.

À l'intérieur, le cœur des quatre adolescents battait à tout rompre.

— Allons-nous-en !

Noël enfonça l'accélérateur. La voiture démarra en trombe.

— Cette fille était le sosie d'Anna, et Anna s'est... désintégrée ! Qu'est-ce que c'est que ces conneries ? cria Gabi.

Eva lui raconta en deux mots ce qui s'était passé avec Sam. Ou, plutôt, son double.

— Sam aussi ? répéta Gabi, abasourdi. C'est une blague ?

— Pas du tout. Tu l'as vu comme nous, il y a bien une deuxième Anna. On a probablement tous un double...

Pris de nausées, Noël se gara sur le bas-côté. Ils étaient désormais assez loin de la maison d'Anna.

— Alors on s'est dédoublés ? balbutia-t-il.

— Si on a voyagé dans le temps, c'est logique qu'on tombe sur nous un an après... réfléchit Eva à voix haute.

— Comme dans *Retour vers le futur*, dit Gabi. Sauf que c'est un film... On part en sucette, là, je vous le dis... !

— Mais pourquoi Anna a disparu en voyant son double ?

— Je sais pas... J'y comprends rien...

Eva frissonna.

— Sam n'est pas au courant ! Et son double est parti dans la même direction que lui ! s'exclama-t-elle. Il faut le retrouver.

— Tu peux conduire ? demanda Noël à Gabi.

Il se sentait incapable d'engager une course-poursuite dans Conexo.

Gabi ôta la compresse et palpa sa blessure. Elle avait cessé de saigner et ne le faisait plus souffrir. Les deux garçons échangèrent leurs places. Eva rappela à Gabi qu'il était vital qu'il conduise le plus vite possible ; chaque seconde perdue les éloignait de Sam.

— D'accord, mais par où on commence ?

— Le plus probable est qu'il soit allé chez lui, dit Sabrina.

— OK, opina Gabi, les mains sur le volant. Où est-ce qu'il habite ?

Personne n'avait jamais parlé à Sam avant l'accident. Ils ne savaient pas où le chercher.

Sam arpentait les rues sinueuses des Chênes. À chaque foulée, il dépassait un des arbres qui donnaient son nom au hameau. Ici, la plupart des maisons étaient mitoyennes, plus petites que celles des Peupliers et moins somptueuses, même si toutes avaient un jardin. Sam n'était plus très loin de chez lui. Une rue circulaire entourait un grand îlot fleuri. Les pavillons se ressemblaient tous : façade jaune, portes et fenêtres en bois, idem pour le toit. Sam traversa l'îlot, sorte d'énorme horloge, et sortit à douze heures pile. Il s'arrêta devant le portail, appela à l'interphone et attendit qu'on lui ouvre. Pas de réponse. Après deux tentatives, il décida de sauter le portillon. Le jardin, très coloré, était rempli de pots de fleurs. Surprenant : ils n'étaient pas là à son départ. Il contourna la balançoire et parcourut les deux mètres qui le séparaient de l'entrée. Il appuya sur la sonnette, patienta encore... Personne ne vint. Il colla son visage au verre poli de la fenêtre.

Aucun mouvement de l'autre côté.

À cette heure-ci, son père devait déjà être au travail, mais il espérait au moins trouver son grand-père. Au fond de lui, il aurait voulu que les deux hommes l'attendent, impatients de le retrouver après deux jours de disparition.

Sam gagna l'arrière de la maison.

— Depuis quand on a un jardinier ? demanda-t-il dans le vide.

Dans le jardinet arrière, tout était parfait – du magnolia couleur vanille aux arbres fruitiers, en passant par le gazon. Son père avait enfin décidé d'arranger le jardin, en friche depuis leur arrivée. Mais pourquoi le faire pile quand il avait disparu ? L'affiche placardée sur le cybercafé lui revint en mémoire. Est-ce qu'il s'était réellement écoulé un an depuis l'accident ?

— Ça n'existe pas, des choses pareilles.

Sans cesser de contempler le jardin, il monta les trois marches qui menaient à la véranda. La porte était fermée à clé. De l'autre côté, on apercevait le salon. Sam soupira, rassuré. Dans son fauteuil, dos à la baie vitrée, son grand-père regardait la télévision.

— Papi ! appela-t-il en frappant à la vitre.

Le vieil homme avait un casque sans fil vissé sur le crâne. Il était un peu sourd, cela lui permettait de monter le volume sans gêner les voisins.

La télévision diffusait des images de l'accident.

— Papi, ouvre-moi !

Mais il eut beau s'égosiller, son grand-père ne l'entendait pas.

— Je te dis qu'il ne vit plus aux Peupliers. Ça, c'était avant que son père soit viré.

Eva avait convaincu les autres d'arrêter de chercher Sam dans le quartier d'Anna. La voiture descendait de nouveau l'avenue Nexo.

— Il n'habite pas aux Pins non plus. Je ne l'ai jamais vu là-bas, dit Noël.

Eva et lui vivaient dans un quartier beaucoup moins huppé, des barres de petits immeubles et des rues bordés de pins.

— Ce qui est arrivé à son père n'était pas si grave. Il a retrouvé un boulot tout de suite après... continua Eva.

— Comment tu sais ce qui est arrivé à son père ? demanda Gabi. Avant l'accident, vous ne vous regardiez même pas...

Eva leur expliqua qu'elle avait entendu Anna le raconter à ses copines dans les toilettes.

— Il dirigeait une grosse boîte, mais les affaires allaient mal et elle a fermé. Il a retrouvé un travail rapidement, mais loin de Conexo et à un poste inférieur.

Elle se souvenait qu'Anna était déçue que le père de Sam ait accepté une telle place. Il avait dû vendre sa villa des Peupliers. Pour Anna, la famille de Sam n'était plus à la hauteur.

— Bref, elle s'est comportée comme une garce, conclut Eva. J'ai l'impression que leur rupture a quelque chose à voir avec ça.

— Tu es bien renseignée, pour une fille qui les connaît à peine... commenta Gabi.

Eva l'ignora.

— Par là. L'autre Sam a pris cette direction.

Gabi s'engagea sur la voie.

— Je connais ce chemin. Il mène aux Chênes.

Quelques minutes plus tard, la voiture pénétra dans le lotissement. Penchée en avant, Eva découvrait le quartier.

— Vous connaissez, ici ? C'est un vrai labyrinthe...

— Pas trop. Je suis des Peupliers, répondit Gabi.

— Moi j'habite ici, dit Sabrina. Mais ça ne fait qu'une semaine. J'ai à peine eu le temps d'en faire le tour à vélo.

— Et tu sais s'il y a des maisons plus… rustiques que celles-ci ? demanda Eva.

— Rustiques ? répéta Sabrina.

— Ouais, genre cabane.

Dans les toilettes, Anna avait ri aux éclats en apprenant à ses copines que la nouvelle maison de Sam ressemblait à une cabane.

— Je me souviens de très jolies villas en pierre avec un toit en bois.

Sabrina observa quelques secondes les alentours pour se repérer.

— Par là. Descends cette rue.

Gabi accéléra, guidé par Sabrina. Ils parvinrent à une sorte de rond-point distribuant une douzaine de maisons mitoyennes. Sam était en train de traverser l'îlot fleuri.

— Il est là ! s'exclama Gabi.

— Arrête-toi. C'est pas lui ! lança Eva. C'est l'autre !

Gabi se rangea sur le bas-côté.

— C'est incroyable, une copie conforme !

Le garçon acheva sa course devant chez lui. Il s'étira, haletant, et tourna la tête pour assouplir sa nuque. Il repéra alors la voiture qu'il avait déjà aperçue sur le boulevard. Après une seconde d'hésitation, il courut vers elle.

Gabi enclencha aussitôt la marche arrière. Il donna un brusque coup de volant et tira le frein à main. La voiture fit un dérapage à cent quatre-vingts degrés.

— Qu'est-ce que tu fabriques ? cria Eva en s'agrippant aux parois du véhicule.

— À ton avis ? Il faut qu'on s'en aille avant qu'il nous voie ! À moins que tu préfères prendre un café avec Sam *bis ?*

— Il a raison. Ça ne servirait à rien de lui parler… C'est Sam qu'il faut trouver.

— Si celui-là ne le trouve pas avant et ne le fait pas disparaître !

dit Eva avec effroi. J'espère que Sam n'est pas déjà rentré chez lui...

La voiture s'engagea dans une côte. De là-haut, on apercevait l'arrière des villas et leurs jardins.

Sam, toujours de l'autre côté de la véranda, s'échinait à attirer l'attention de son grand-père. Il s'empara d'un CD dans les branches d'un pommier, destiné à effrayer les oiseaux. De retour à la véranda, il capta un rayon du soleil et l'envoya sur la télévision. Pile quand le vieil homme se levait, un nuage vint cacher le soleil et le reflet s'évanouit. Le vieillard retourna s'asseoir.

— Merde !

Sam vit sa chatte Sirah entrer dans le salon et sauter sur les épaules de son grand-père. En le découvrant de l'autre côté de la vitre, elle se mit à feuler. Étrange : l'animal l'adorait. Mais il décida d'en profiter et la provoqua en tambourinant à la porte. Sirah souffla de plus belle, au point que le vieil homme dut se lever pour la calmer. Ses yeux suivirent ceux du chat et tombèrent enfin sur Sam.

— Papi ! Ouvre-moi !

Le vieil homme ôta son casque et s'approcha de la porte. Mais elle était fermée et il n'avait pas les clés. Il cria à travers la vitre qu'il allait les chercher et Sam acquiesça. Drôle de réaction, venant de son grand-père. Il avait quand même passé trois jours perdu dans la montagne... Or le vieillard n'avait pas du tout été surpris de le voir...

Il entendit du bruit dans le salon. Et ce qu'il découvrit lui coupa le souffle.

— C'est pas possible !

Un garçon était entré par la porte de devant. Sam reconnut son visage, sa peau, son corps... Identiques. L'unique différence résidait dans cette prothèse métallique, articulée sur ce qui restait de son avant-bras gauche. De l'autre main, il saisit une pomme sur la table et avança dans le salon en y mordant à belles dents. Le grand-père revint, les clés à la main. En voyant son petit-fils dans la maison, il fit la grimace, étonné. Sam lut sur ses lèvres qu'il lui demandait par où il était entré et comment il avait fait pour se changer aussi vite. « Je ne me suis pas changé, je viens d'aller courir », entendit Sam. Intrigué, le grand-père leva les yeux vers la véranda. Sam avait les mains collées à la vitre.

Son double tourna la tête à son tour.

14

— Qu'y a-t-il, papi ?

Sam numéro deux le suivit dans le jardin.

— C'est impossible... Tu étais là il y a à peine une seconde ! s'écria son grand-père.

— Moi ? Je n'ai pas mis les pieds dans le jardin !

Le vieil homme regarda son petit-fils en fronçant les sourcils. Il était confus, mais pas autant que Sam, retranché dans l'angle de la maison. Eva, le bâillonnant d'une main, le suppliait du regard de ne pas faire de bruit.

Un millième de seconde de plus et Sam se désintégrait. En le voyant dans le jardin depuis le 4 × 4, la jeune fille avait presque sauté en marche et s'était précipitée vers lui.

Sur les marches de la véranda, Sam numéro deux continuait d'observer le jardin avec méfiance.

— Ce garçon te ressemblait de façon frappante, insistait son grand-père.

— Qu'est-ce que tu racontes ? Peut-être qu'un voisin a fait tomber son ballon et est entré pour le récupérer...

Désorienté, le grand-père se mit à arpenter le jardin, se rapprochant dangereusement de la cachette d'Eva et de Sam.

— Il a dû partir par là, supposa-t-il.

Les deux amis écarquillèrent les yeux d'effroi en entendant ses pas. Mais Sam numéro deux retint son grand-père.

— Papi, y a personne ici. Tu as pris tes médicaments ?

— Non, pas encore, admit le vieillard.

— Alors viens, tu vas les prendre avec le petit déjeuner.

— Tu sais qu'on a trouvé un wagon de train abandonné dans le tunnel de l'accident ? Il l'ont dit à la télé, déclara le grand-père juste avant de verrouiller la porte.

Eva ôta sa main de la bouche de Sam et lui résuma la situation en deux phrases :

— On s'est dédoublés. Et si on tombe sur nos doubles, on se désintègre.

La voiture tomba en panne sèche à un kilomètre du lycée. Eva, Noël, Sam, Gabi et Sabrina la poussèrent sur le bas-côté, le plus à l'abri possible. Ils continuèrent à pied jusqu'au lycée, un grand bâtiment en béton aux immenses fenêtres. Il se trouvait dans une zone boisée, non loin des trois quartiers résidentiels, au sud de la ville. La grille de l'entrée principale portait la même affiche que les commerces du boulevard. Cela ne faisait plus aucun doute : Conexo était bel et bien en deuil pour un accident survenu l'année passée. L'endroit était désert. Seule une cafétéria était ouverte. Ils se firent la courte échelle pour sauter par-dessus la grille et décidèrent de contourner le bâtiment pour rejoindre le terrain de sport. Tout le monde avançait tête baissée à cause de la pluie. Une pluie fine, incessante, agaçante. Ils parvinrent au stade et s'engouffrèrent dans une sorte de tunnel qui descendait sous terre comme la tête d'un ver : l'entrée des vestiaires. La porte était verrouillée mais Gabi savait comment l'ouvrir ; il était habitué à sortir et à entrer du lycée à sa guise, et ce tunnel était son passage de prédilection. Il ôta la chaîne qui pendait à son cou, ornée d'une minuscule clé et d'un ange en argent dont la tête dissimulait un passe-partout. Gabi crocheta la serrure sans difficulté.

— Après vous, dit-il en leur tenant la porte.

Noël, l'air inquiet, désigna du regard un boîtier métallique placé en hauteur d'où émanait une lumière orange. L'alarme.

— T'inquiète, ça fait des mois que je m'en suis occupé, fanfaronna Gabi.

Les souterrains débouchaient sur le gymnase, une vaste salle aux parois couvertes d'espaliers, avec des matelas entassés dans un coin. Ils le traversèrent et suivirent le couloir qui menait à l'étage principal. La faible lueur du jour pénétrait par les fenêtres hautes, donnant une allure fantomatique aux casiers cadenassés. Leur chemin s'arrêta au CDI, en haut du bâtiment. L'espace était immense, sur deux étages ; au premier, dans une salle spacieuse au toit ouvrant, des murs couverts de rayonnages entouraient des tables en pin. Au second, un dédale d'étagères abritait les livres de la réserve. Une œuvre d'art abstrait, une sorte de menhir avec des bras et une tête, occupait le centre de la pièce ; elle touchait quasiment le toit du deuxième étage. Sam alluma les néons, d'un blanc criard au plafond et bleutés près des espaces de lecture. Ils se dirigèrent sans hésiter vers une douzaine d'ordinateurs dernière génération. Les lumières brillantes du routeur accroché au mur confirmèrent qu'ils étaient connectés à Internet. Eva prit place face à un écran, les autres en cercle autour d'elle. Après une mise en route qui leur sembla interminable, il fallut encore attendre que la page du moteur de recherche s'ouvre.

— Qu'est-ce que je tape ? demanda-t-elle en cliquant sur la barre de Google.

Sam s'empara du clavier et tapa à sa place : « Accident de train Conexo ». Les résultats les plus pertinents apparurent. La plupart renvoyaient à des articles de presse : « Tragédie dans la montagne », « Un train rempli d'adolescents déraille », ou encore « Conexo endeuillé par la catastrophe ». Tous les liens dataient de l'année antérieure à celle qu'indiquait l'horloge de l'ordinateur… sauf les plus récents. Notamment cette apparition mystérieuse d'un wagon dans le tunnel, l'avant-veille.

— Cette fois, ça ne peut pas être une erreur d'impression… dit Eva en s'affalant sur son siège.

— Mais comment on a fait pour voyager dans le temps ? demanda Sam en parcourant les gros titres.

— C'est n'importe quoi, lâcha Gabi avant de se percher sur le bord de la table. J'ai l'impression qu'un présentateur va surgir d'une seconde à l'autre pour nous dire que c'était une caméra cachée...

Sam cliqua sur une vidéo. Une fenêtre YouTube s'ouvrit : une journaliste aux cheveux noirs et à la peau très blanche racontait ce qui s'était passé devant l'entrée du tunnel. Le reportage datait de l'année précédente.

« Le train à destination de la station de ski Monte Albo transportait un groupe d'adolescents âgés de quinze à dix-huit ans. Il a déraillé dans ce tunnel aux alentours de vingt heures trente. »

Horrifiés, ils virent les équipes de secours s'affairer auprès de leurs camarades de classe.

— C'est Ruth ! s'exclama Sam en reconnaissant une des meilleures amies d'Anna.

Couverte de blessures, elle sanglotait, emmitouflée dans une couverture de survie, tandis qu'on la faisait monter dans une ambulance.

— Et lui, c'est Victor. Il prend des cours de guitare avec moi... (Le corps du camarade de Noël gisait sur un brancard, brûlé au troisième degré.) Mon Dieu, je peux pas y croire...

— La vache, c'est pire qu'un film d'horreur, commenta Gabi.

« L'impact a détruit tous les wagons, qui ont ensuite pris feu », déclarait la journaliste.

— Tous ? répéta Sabrina. Et le nôtre ?

— Ça dépend quelle fois, dit Eva. Va savoir ce qui nous est arrivé dans la vidéo qu'on m'a envoyée...

« Les opérations de sauvetage continuent ce matin. Le bilan du nombre de victimes ne cesse de s'alourdir. Angela Miranda, pour TeleConexo », conclut la reporter.

Eva chercha sur YouTube une vidéo qui ressemble à celle qu'on lui avait envoyée, filmée depuis l'intérieur du train. Elle ne trouva rien.

— Donc il y a eu des morts. Et si on… (Noël dut s'armer de courage pour poursuivre.) Et si on n'avait pas survécu à l'accident ?

— Qu'est-ce qu'on fait là à réfléchir à ces conneries ? intervint Gabi en descendant de la table.

— C'est pas des conneries, répliqua Sabrina. S'il manque un bras à Sam, il se peut qu'on… qu'on n'ait pas survécu au premier accident.

— Tu veux que je te montre à quel point je suis vivant ? lança rageusement Gabi.

Eva ratissa le Net à la recherche d'une liste de noms des victimes. La flèche de la souris se transforma en roue multicolore, jusqu'à ce que le résultat apparaisse enfin.

— Aucun nom de victimes.

— Normal, on est presque tous mineurs… ou était, se corrigea Noël.

— Pas besoin de liste, intervint Sabrina. Il suffit de regarder Facebook ou Twitter. Si on est morts, nos profils ne seront plus actifs depuis un an.

— Cool, et on n'a qu'à twitter « #zombisdeConexo » pour que tout le monde se rende compte qu'on est vivants ! Vous êtes des grands malades.

Gabi faisait les cent pas derrière eux.

— Tu préfères peut-être rentrer chez toi et donner une crise cardiaque à tes parents ? dit Eva à Gabi. Tu ne veux pas savoir ce qui t'est arrivé ?

Gabi détourna le regard et soupira. Sam s'approcha de l'écran, décidé.

— Je me lance. De toute façon, je sais déjà qu'il me manque un bras…

Il tapa « samcapitaine@gmail.com » sur l'écran d'accueil de Facebook et entra son mot de passe, « AnnaPalacios ». Un message d'erreur apparut à l'écran.

— « Mot de passe incorrect » ?

— Tu as dû le changer, suggéra Eva. Vu que ta copine… n'est plus vraiment ta copine… elle ne l'est sans doute plus un an plus tard, non ?

Il inscrivit son nom complet dans la barre de recherches : Samuel Kunt. Une des photos de profil correspondait. Il était en jogging dans une rue de Conexo, de dos. Le compte devait être protégé car ils ne voyaient presque rien.

— C'est quoi, ça ? s'étonna-t-il en découvrant la photo de couverture.

Un tableau.

— Tu aimes la peinture ? interrogea Gabi. Ça ne te va pas du tout.

Sam connaissait ce tableau qui faisait partie de la série des « Nymphéas » de Monet. Mais pour rien au monde il n'aurait avoué que c'était son peintre préféré. Même âgé d'un an de plus.

— Maintenant je comprends mieux l'histoire de la lune des neiges… laissa échappa Eva.

Elle fut la suivante à s'identifier.

— Vous pouvez regarder ailleurs ?

Les autres s'exécutèrent tandis qu'elle tapait : « gymnastiquerythmique ». Le site accepta et afficha son mur.

— C'est qui, celle-là ? lâcha-t-elle devant son profil.

Zoom sur la photo : au bord de la mer, une fille en minishort blanc et tee-shirt brodé bondissait sur le sable. Ses cheveux crépus et frisés lui arrivaient aux fesses. Elle était bronzée, maquillée et ne portait pas de tatouage. Toutefois, il n'y avait aucun doute : c'était bel et bien Eva.

— L'accident t'a transformée en bombasse ! dit Gabi en collant sa tête à l'écran.

— Quelle horreur ! s'exclama-t-elle.

— Je te trouve très bien, dit Sabrina.

Eva ferma l'image et agrandit sa photo de couverture : Ruth, Nerea, Anna et elle posaient dans la cour du lycée, bras dessus bras dessous, comme si elles étaient les meilleures amies du monde.

— Tu deviens amie avec elle en terminale ? s'étonna Noël.

Aucun des statuts postés ne lui correspondait. Elle ponctuait chaque photo de commentaires banals et affligeants. Le dernier post en date contenait un clip vidéo partagé par Noël, la veille.

— Ouf, au moins on se parle encore, soupira-t-elle avec soulagement. Et tu n'es pas mort non plus. Regarde la date.

C'était le clip de *Be My Baby*, des Ronettes. Rassuré, Noël prit la souris et cliqua sur son nom. Le garçon sur la photo lui ressemblait beaucoup, la frange en moins. Son mur était envahi de clips et de paroles de chansons d'Arcade Fire, de Depeche Mode ou de Nirvana. Il alla sur l'onglet « Photos » ; il en reconnut beaucoup, en concert ou en festival. Sur la plupart, Eva était avec lui.

— Vous avez l'air très proches, déclara Sam devant une photo d'eux à un concert.

— C'est bizarre, on ne sort jamais de chez nous ! s'exclama Eva.

Noël fronça les sourcils et cliqua sur un mystérieux album sobrement intitulé : « Trucs de ouf ».

— C'est quoi, ça ?

Une bande de garçons à vélo, skateboard ou rollers occupaient un skate-park, bonnets enfoncés jusqu'aux oreilles.

— Je n'ai jamais mis les pieds là-bas. Et encore moins avec ces gens… dit Noël en faisant défiler les images.

Il descendait une rampe, chaussé d'étranges rollers à deux roues montées sur une platine.

— Waouh, tu fais de l'agressif ! J'hallucine !

— Je fais du quoi ?

Selon Gabi, il s'agissait d'un type de roller extrême pratiqué sur des rampes quasi verticales ou en pleine ville. Avec pour seule protection la solidité des os...

— Comment tu veux que je fasse ça ? Je ne sais même pas patiner !

Sur la photo suivante, Noël exhibait fièrement ses hématomes au bras.

Clic sur une vidéo postée quelques jours auparavant : il se tient au sommet d'une rampe, rollers aux pieds. Tout le skatepark l'observe. Il s'élance sur ses patins et dévale la pente à toute vitesse. Une fois de l'autre côté, il tournoie dans les airs et retombe au creux de la rampe sous les applaudissements frénétiques des jeunes alentour.

— Ça ne *peut* pas être toi, commenta Eva.

— Incroyable ! s'extasia Sabrina.

Laissant Noël à sa perplexité, la jeune fille prit place au clavier. Avant de le déconnecter, elle remarqua sur la droite une invitation à un événement que Noël avait déclinée.

Elle fit dérouler la liste des participants.

— Regardez, il y a un hommage rendu aux victimes dans la montagne aujourd'hui. La plupart des gens de la classe vont y aller.

— Si tout le monde y est, on ne bouge pas d'ici, dit Sam.

— Apparemment il y en a un autre demain, à la gare de Conexo.

Eva montra l'écran : Noël avait accepté cet événement-là. Sam et elle aussi.

La cérémonie aurait lieu le matin ; on inaugurerait un monument à la mémoire des victimes.

— Voyons si j'en fais partie, dit Sabrina, inquiète de ne pas se voir dans la liste.

Sa photo de profil coïncidait avec son aspect actuel : elle portait une robe légère et une tresse. Assise dans l'herbe, elle souriait timidement à l'objectif.

— Rien de bizarre ? demanda Noël tandis qu'elle explorait la page.

— Je crois que non...

Malgré le décalage temporel, les statuts ressemblaient à ceux qu'elle écrivait d'ordinaire. Elle partageait les photos d'objets originaux ou de jolis paysages, affichait ses lèvres peintes en rouge, ses pieds sur le sable, un Frappuccino à son nom chez Starbucks.

— Tu aimes les selfies, on dirait, commenta Gabi. Ça ne m'étonne pas.

Ses amis avaient « liké » la plupart de ses photos. Elle s'arrêta sur celle de son anniversaire, où on la voyait souffler ses bougies en compagnie de ses parents.

— Il doit y avoir une erreur...

L'image datait de quelques jours avant le voyage au ski.

— C'est ma maison...

— Et alors ?

— Pas celle de Conexo, celle où j'habitais avant, quand mes parents étaient encore ensemble, expliqua Sabrina. Pourtant j'ai fêté mon anniversaire ici la semaine dernière, seule avec ma mère. Mes parents ont divorcé, c'est pour ça qu'on a déménagé.

— C'est impossible, dit Noël. On a bien sauté un an, non ?

Il interrogea Eva du regard, qui haussa les épaules d'un air circonspect. Sabrina eut beau faire défiler les photos, elle ne trouva que des images de sa famille au complet.

— D'après Facebook, mes parents n'ont jamais divorcé... et je n'ai jamais emménagé à Conexo !

— Alors...

Eva entortillait une boucle autour de son doigt et se creusait la cervelle. Elle avait lu des centaines d'histoires de ce genre, mais… c'était de la science-fiction…

— Qu'est-ce qui se passe, Eva ? demanda Sam.

La voix chevrotante, elle répondit :

— Je crois qu'on est dans un univers parallèle.

15

— L'accident n'a pas eu lieu deux fois. Il s'est produit dans deux mondes parallèles ! Dans l'un d'eux, on était dans un wagon qui s'est fracassé contre les parois du tunnel, il y a un an. (Eva désigna le CDI.) C'est arrivé dans ce monde, celui dans lequel on est maintenant.

Les quatre autres assis face à elle étaient pendus à ses lèvres.

— En tout cas, on est vivants, d'après Facebook… rappela Noël.

Eva acquiesça et poursuivit son explication.

— Et il y a eu un autre accident, celui qu'on se souvient tous d'avoir vécu. Celui-là a eu lieu dans le monde dont nous venons, celui où nous avons survécu parce que nous étions dans la locomotive. À l'évidence, changer de wagon nous a aussi fait basculer dans un autre monde et on a atterri ici…

— Tu crois qu'on a disparu du monde auquel on appartient ? demanda Sabrina.

— J'imagine…

Elle n'y avait jamais pensé.

— Mais c'est quoi, cette histoire de mondes parallèles ? C'est possible, un truc pareil ? demanda Sam.

— Eh bien, personne n'en a jamais vu, mais il y a des centaines de théories physiques qui démontrent leur existence, affirma Eva.

— Voyager dans le temps, c'était déjà beaucoup, mais le

coup du monde parallèle, c'est trop. Tu as trop regardé *Donnie Darko*, la voyante.

Gabi était assis sur une table, les bras croisés et les jambes ballantes, comme devant un professeur soporifique.

— C'est ce film avec la fille bizarre et le lapin géant ? Tu parles d'un navet ! J'ai rien compris, commenta Sam.

— Dans *Donnie Darko*, il y avait deux mondes parallèles qui se ressemblaient beaucoup. (Eva pensa à ce qui se passait dans le film.) C'est vrai que ça expliquerait pas mal de choses…

— Si ça se trouve on débloque complètement, dit Noël. On est dans la réalité, là, pas dans un film.

— Je ne sais pas si c'est le monde réel ou un monde parallèle, mais on dirait une mauvaise version du nôtre, lâcha Sabrina devant les photos de son double.

Elle apparaissait aux côtés de Rico, son ex-copain, qui semblait plus captivé par les bières sur la table basse que par elle. Elle secoua la tête en apercevant la mention « en couple avec Rico » dans sa biographie.

— C'est qui, celui-là ? interrogea Noël.

— Personne, répliqua-t-elle en fermant la fenêtre.

— Expliquez-moi une chose : si on est dans un monde semblable au nôtre, pourquoi est-ce qu'on est si différents ? demanda Sam. Noël fait du roller agressif, toi tu es…

— Une bimbo, tu peux le dire, lâcha Eva. Eh bien… il se peut que notre vie d'ici ait été différente.

— Comment ça, différente ?

— Réfléchis. C'est comme quand tu loupes le bus le matin et que tu dois attendre le suivant, commença Eva en faisant les cent pas devant les autres. Tu rates le cours de première heure, tu manques un contrôle important… Toute ta journée est chamboulée parce que tu as raté ton bus, OK ?

— Ta vie entière est chamboulée, ajouta Sam d'un air dramatique.

— À en croire Facebook, nous sommes les seuls à être différents dans ce monde, ajouta Sabrina.

— Non, je ne crois pas. Même si tout se ressemble, il se peut qu'il se soit passé des choses différentes, dit Eva en s'approchant de l'ordinateur. Gabi, toi qui cites toujours des titres de films, tu es calé en cinéma, non ?

— Pourquoi ?

— Donne-moi le nom d'un réalisateur dont tu connais tous les films.

— Quentin Tarantino. *Reservoir Dogs*, *Pulp Fiction*, *Jackie Brown*, *Kill Bill 1* et *2*, *Boulevard de la mort*, *Inglourious Basterds* et *Django Unchained*, répondit-il d'une traite. Tu veux aussi ceux où il est juste scénariste ?

Eva inscrivit « Quentin Tarantino » dans le moteur de recherche.

— Et voilà ! D'après Google, Tarantino n'a jamais tourné de films. Attends voir… (Elle cliqua sur le seul résultat pertinent et entra sur un site américain.) Vidéoclub Quentin Tarantino, Knoxville, dans le Tennessee. Tarantino tient un vidéoclub depuis vingt ans.

— Qu'est-ce que tu racontes ?

Gabi s'approcha de l'écran.

Il reconnut l'image de la boutique qui illustrait la page. Il devait s'agir d'une erreur, puisque Tarantino avait cessé d'y travailler bien des années avant de tourner *Reservoir Dogs*. Mais Eva était formelle : dans ce monde, Tarantino s'était contenté d'un job de loueur de vidéos.

— C'est bon, j'ai pigé, fit-il. C'est comme quand Batman débarque dans un autre monde et rencontre un autre Batman méchant. Dans la série du Multivers.

— Exactement : la théorie des multivers !

— C'était une blague, Eva, lança Gabi devant son enthousiasme débordant. C'est un *comics*. Une pure invention !

Eva ne tint pas compte de son intervention et poursuivit ses recherches jusqu'à trouver un article Wikipédia. Elle lut à voix haute :

— « Le multivers désigne l'ensemble des univers possibles, incluant le nôtre. Les théories scientifiques des univers parallèles parlent d'une hiérarchie de quatre niveaux ; à mesure que le niveau augmente, les altérations deviennent colossales. Dans le multivers de niveau I, les univers divergent seulement dans leurs conditions initiales, tandis que dans le multivers de niveau IV, les lois physiques elles-mêmes peuvent changer. »

— Vous êtes conscients que des gens comme moi passent leur temps à écrire des conneries sur Wikipédia ? lança Gabi. N'importe quel cinglé a pu pondre ça !

— Est-ce que ça dit comment on a pu arriver ici ? demanda Sam.

— Non… Gabi a raison. Le truc des univers parallèles, c'est juste une théorie, répondit Eva en passant son doigt sur la ligne qui l'expliquait. Pour parvenir à un univers parallèle, il faudrait traverser un trou noir ou un truc de ce genre. On serait désintégré sur le coup. C'est impossible… c'est de la science-fiction.

Eva s'appuya au dossier de la chaise.

— Je ne sais pas comment on est arrivés là…

— Moi, ça m'est égal. Ce que je veux, c'est partir et rentrer chez moi pour de bon, dit Sam en se levant. Alors, qu'est-ce qu'on fait ?

Eva haussa les épaules.

— On est coincés ici, alors ? s'affola Sabrina. Mais on ne peut pas rester là ! Il y en a d'autres comme nous ! Et si on les rencontre, on va disparaître, c'est sûr…

— J'ai vu mon double, rappela Sam, et je suis toujours là.

— C'est parce qu'il ne t'a pas vu. Anna s'est retrouvée nez à nez avec son sosie et elle a disparu. Tant qu'on ne tombe pas sur eux, tout va bien…

— Mais pourquoi on se désintègre en les voyant ? demanda Noël à Eva.

— Qu'est-ce que j'en sais, moi ? s'exclama-t-elle en se levant d'un bond. J'ai vu des histoires de ce style dans les romans de Philip K. Dick et dans les films, mais je n'y connais rien en physique.

— On pourrait chercher dans un bouquin ? On est dans une bibliothèque, il doit bien y avoir des livres de physique, non ?

Sam fila vers l'escalier.

— Là ça ne va plus, mais alors plus DU TOUT, s'écria Gabi en secouant la tête.

Mais le reste du groupe suivit Sam et s'enfonça dans le dédale de rayonnages, à l'étage. Noël trouva le premier la section « physique ».

— Il n'y a que des manuels scolaires, ici, déplora Eva en se dirigeant vers un poste à disposition pour consulter le catalogue.

Elle tapa « physique » dans la barre de recherche et parcourut la liste qui apparut à l'écran. Noël vint lui prêter main-forte.

— Regarde ça... *Théorie des mondes possibles*, lut-il sur l'écran.

— C'est une thèse qui a une dizaine d'années, précisa Eva en ouvrant la fiche détaillée. Auteur... Clara Brown.

— Vous avez trouvé quelque chose ? voulut savoir Sam, revenu bredouille avec Sabrina.

— Une thèse de doctorat. On dirait qu'elle parle de ce qui nous arrive... mais ça fait un mois qu'elle a disparu du CDI.

— Ça dit qui l'a empruntée en dernier ?

Il était seulement indiqué que l'exemplaire était perdu et n'était plus disponible.

— Il y a UN livre qui nous intéresse et, comme par hasard, il disparaît ? Bizarre, vous ne trouvez pas ?

— Carrément. Ça ne peut pas être une coïncidence.

Gabi était en haut de l'escalier et il s'approcha d'eux, l'air las.

— Quelqu'un est au courant, j'en mettrais ma main à couper, dit Eva.

— Oui, mais qui ?

— La vieille femme qui nous a demandé de ne jamais revenir ici, ou la personne qui m'a envoyé la vidéo dans le train. C'est peut-être la même.

— Je ne bougerai pas de Conexo. Il faut absolument qu'on enquête pour trouver qui c'est… dit Sam.

— Qu'on enquête ? Tu nous prends pour le Club des Cinq ? ironisa Gabi.

— Si le livre n'est pas au CDI, c'est que quelqu'un d'autre l'a, insista Eva. On pourrait chercher sur Internet. Si ça se trouve, il y a d'autres exemplaires…

— Oui, et on pourrait rester ici, enchaîna Sam. Il n'y aura personne au lycée aujourd'hui ni demain à cause des hommages…

— Je ne sais pas vous, mais moi je meurs d'envie de voir à quoi ressemblent nos doubles. Et si on allait à la gare, demain ?

— Non, Eva, c'est super dangereux ! s'alarma Noël.

— On ne craint rien si on ne s'approche pas… dit Sam.

— Et peut-être qu'on en apprendra plus sur ce qui se passe, compléta Sabrina.

Gabi refusa catégoriquement.

— Vous voulez aller aux commémorations du décès des gens de notre classe. Vous êtes tellement… macabres…

— Gabi, ne me dis pas que tu ne veux pas savoir comment tu es dans ce monde, intervint Sabrina.

— Peut-être qu'ici tu auras le bac du premier coup, se moqua Sam.

— Eh bien non, ça ne m'intéresse absolument pas, répondit-il en évitant leurs regards.

— Tu ne vas même pas te chercher sur Facebook ? lui demanda Eva.

— Je n'ai pas de compte, avoua-t-il.

— Ni sur Twitter ? demanda Sam avec méfiance.

— Si, j'ai un compte où je twitte que je deale, et je tague la police.

Il ne tenait pas à laisser de traces sur Internet.

— Je n'ai pas envie qu'on parle de moi. Je me fous des réseaux sociaux.

— Mais tu as au moins une adresse mail, insista Noël.

Gabi jura le contraire.

— Mon œil ! Je te crois pas. Ne pas avoir d'e-mail... ça, c'est vraiment impossible, dit Sam.

— Ce que vous êtes pénibles !

Sam regarda Gabi s'éloigner, le front plissé. Depuis l'épisode du sac dans la montagne, il avait l'impression que le garçon en savait plus qu'il ne voulait l'admettre. Il se rappela les initiales brodées à l'intérieur de l'Eastpak (« G. Araujo ») et ses yeux s'écarquillèrent.

— Le sac...

— Quel sac ? demanda Noël.

— Gabi, tu savais qu'on s'était dédoublés ! l'accusa Sam.

— Tu sais plus ce que tu dis, mec...

Sam l'attrapa par le revers de sa chemise et le plaqua contre une étagère.

— Qu'est-ce qu'il s'est passé la nuit où tu t'es enfui ? Tu as rencontré ton double ?

— Mais qu'est-ce qui te prend ? Lâche-moi !

Gabi essaya de s'esquiver, en vain.

— Sam, arrête !

— G. Araujo ! Tu l'as vu, oui ou non ? s'enquit Sam en lui frappant le dos contre l'étagère, d'où commencèrent à tomber des livres.

— Mais non, bordel ! Je ne sais même pas s'il existe !

Sam regarda Gabi dans les yeux. Il lui sembla qu'il disait la vérité. Il le lâcha et descendit l'escalier à la hâte. En le voyant depuis la balustrade se diriger vers les ordinateurs, Gabi se mit à courir derrière lui. Les autres suivirent sans comprendre. Face à l'écran, Sam retourna sur la page Facebook, inscrivit « Gabriel Castro » mais ne trouva aucun profil qui lui ressemble. Avant qu'il ait pu voir ce que donnait « Gabriel Araujo », Gabi le poussa de sa chaise.

— Qu'est-ce que tu fous ?

— Je te cherche sur Internet, dit Sam en s'agrippant à l'écran.

— Je ne veux pas regarder, alors je te défends de le faire, compris ?

Ils se jetèrent l'un sur l'autre. Gabi mit la main sur l'écran. Une gerbe d'étincelles jaillit.

— Argh ! hurla Sam.

L'écran explosa. Le court-circuit parcourut les câbles qui jonchaient le sol, jusqu'à parvenir au routeur, qui se mit à brûler.

— Écartez-vous !

Eva réagit au quart de tour. Elle s'empara de l'extincteur accroché à une colonne, enleva la goupille et éteignit l'incendie. Puis elle courut s'occuper de Sam. La paume de sa main était noire. De la fumée sortait de l'ordinateur.

— Tu l'as fait exprès… lança-t-elle à Gabi.

— Allez vous faire voir.

Gabi sortit en claquant la porte et descendit à l'étage inférieur. Les couloirs étaient de plus en plus sombres, comme si le ciel s'obscurcissait. Il passa devant le bureau de la vie scolaire et rejoignit la salle des profs et leurs bureaux. Un endroit qu'il connaissait bien : il ne comptait plus le nombre de fois où il y était venu pour voler les sujets des examens. Sur le mur du couloir, un routeur était allumé, indépendant des salles de classe et du CDI. Gabi entra dans le bureau d'Irène, la prof de philo, et s'assit face à l'ordinateur. Dans un tiroir, il dénicha une paire de gants en latex (Irène était allergique à la craie). En tirant un peu dessus, ils lui iraient parfaitement. Les mains protégées, il ouvrit une page Internet puis tapa « Gabriel Araujo mort accident train Conexo ».

16

Sam, Noël, Eva et Sabrina fouillaient les coulisses du théâtre à l'affût de quelque chose à se mettre sur le dos. Enlever les haillons qu'ils portaient depuis l'accident devenait plus qu'urgent.

— Pour rien au monde je ne porterai un costume *High School Musical*, déclara Eva.

— Mais c'est le seul à ta taille ! répliqua Sabrina.

— Je préfère garder mon jean pourri toute ma vie plutôt que mettre ce déguisement.

— Moi non plus, ça ne me plaît pas d'être habillé en joueur de basket, se plaignit Noël tandis qu'il replaçait sur son cintre le maillot rouge de Zac Efron.

Jean Valjean, Roméo et Juliette, Cyrano de Bergerac… Toute une panoplie de personnages aux costumes à nœuds, dentelles ou froufrous qu'ils ne pourraient jamais porter en public.

Sabrina montra à Eva sa dernière trouvaille :

— Les blousons roses de *Grease*… c'est revenu à la mode ! Si on les porte par-dessus nos vêtements, personne ne remarquera qu'on est déguisées.

— Parle pour toi ! Moi c'est en m'habillant en fille normale que je vais avoir l'air déguisée.

Eva prit tout de même le costume en soupirant. Sabrina n'avait pas tort : cette robe et cette veste étaient les seuls vêtements potables. Mais au moment où elle allait s'avouer vaincue, elle dénicha une robe plus classique : blanche, simple, avec des fleurs brodées au niveau du col.

— La robe de Baby dans *Dirty Dancing* ! s'exclama Sabrina. J'adore ce film.

Pour la première fois, Eva sourit franchement à Sabrina. *Dirty Dancing* était son film préféré. Sa mère et elle se le passaient en boucle depuis toujours – et c'était une des rares activités qu'Eva pouvait partager avec elle sans se disputer.

— Elle t'ira super bien ! se réjouit Sabrina.

— Je suppose que c'est ce qu'il y a de plus normal par ici. Et si je la mets avec mes Converse, ça fera moins bizarre, ajouta Eva.

— J'ai trouvé des pulls à moitié troués, mais on peut les mettre par-dessus nos affaires, dit Sam à Noël en lui tendant un chandail bordeaux. Et qu'est-ce que vous pensez de ça ?

Il brandit une chemise en satin noir et un pantalon à pinces assorti.

— Vous savez qui c'est ?

— La question, c'est plutôt : est-ce que tu sais danser ? demanda Sabrina, amusée.

— Mieux vaut que je trouve autre chose, dit Eva, qui s'était rendu compte qu'il s'agissait du costume de Johnny, le partenaire de Baby dans *Dirty Dancing*.

Nerveuse, elle se remit à fouiner parmi les vêtements.

— Pourquoi ? demanda Sam en s'emparant de la robe qu'elle avait dans les mains. Elle est bien, celle-là, et elle n'a ni rubans ni corset. Tout ici date de l'époque de Marie-Antoinette…

Sabrina eut beau fouiller, rien ne lui convenait. Elle dégota finalement une robe bleue à carreaux Vichy accompagnée d'une chemise blanche bouffante, de chaussettes fines et de talons rouges à paillettes. Le costume de Dorothy, dans *Le Magicien d'Oz*.

À l'aide de ciseaux dénichés dans un placard, elle découpa les manches de la chemise pour lui ôter son côté bouffant.

— Moi je n'ai rien trouvé, gémit Noël.

Il était beaucoup trop maigre pour tout ce qu'il y avait là. Sam se souvint d'un costume qui pourrait lui aller et disparut entre les cintres.

— Tu veux que je m'habille en Indien ? se récria Noël quand il revint avec un pantalon en daim et un gilet très échancré.

— C'est qui, ça ? demanda Sabrina.

— Peut-être un des enfants perdus de Peter Pan... supposa Eva.

— Mais je ne vais pas me balader à moitié nu !

— Si tu mets le pull par-dessus, ça ira. Ça sentira meilleur que tes vêtements, en tout cas... On va à la douche ? demanda Sam.

— On ne ferait pas mieux d'aller chercher Gabi ? dit Eva.

Ils ne l'avaient pas revu depuis qu'il avait quitté le CDI.

— Sans moi... répondit Sam.

Tout le monde pensait la même chose.

Leurs déguisements sous le bras, ils gagnèrent les vestiaires du gymnase et se donnèrent rendez-vous dans la cantine après la douche.

Noël et Sam se déshabillèrent, seuls dans les vestiaires des garçons. Leurs vêtements crasseux collaient à leur peau ; ils se sentirent bien plus légers en les enlevant. Noël tourna le dos à Sam, complexé, et chacun entra dans une cabine. C'était comme si l'eau chaude les ramenait à la vie.

— Je peux te demander, un truc, Noël ? Mais ça reste entre nous.

Intrigué, celui-ci passa sa tête savonneuse par-dessus la paroi qui séparait leurs cabines.

— Bien sûr.

— C'est quoi son type de mec, à Eva ?

Noël le dévisagea, surpris par sa question.

— Euh… aucune idée.

— Tu n'as jamais rencontré un de ses petits copains ? Parce que vous deux, vous êtes…

— Amis, oui, on est juste amis, s'empressa de déclarer Noël.

Sam attendit sa réponse, nerveux. L'autre réfléchit un instant et dit :

— Je suppose qu'avec les garçons, c'est comme pour le reste. Elle aime ce qui a de la personnalité. Ce qui est authentique.

— Authentique ?

— Ouais. Elle n'aime pas qu'on joue un rôle pour plaire aux autres.

— OK…

Sam continua à se savonner le crâne, pensif. Il n'était même pas certain d'apprécier Eva, mais elle l'avait surpris après l'accident. Elle ne correspondait pas du tout à l'idée qu'il s'en faisait. En plus, malgré tout ce qui s'était passé, il sentait qu'Anna ne lui manquait pas autant qu'elle aurait dû. Eva y était sans doute pour quelque chose… Sam se rinça la tête et essaya de chasser cette idée. Elle n'accepterait jamais de sortir avec lui.

De l'autre côté du mur carrelé, Eva et Sabrina finissaient de se préparer. Enroulée dans une serviette, Sabrina se regardait dans le miroir et essayait de démêler ses cheveux blonds avec ses doigts.

— Si seulement j'avais un peigne… avec l'eau ils frisent et ça ne me va pas du tout.

— Il y en a un ici. Quelqu'un a oublié sa trousse de toilette, dit Eva en montrant le banc où elle se séchait.

Dans la trousse, Sabrina trouva une brosse et du maquillage. Elle ne put s'empêcher de jeter un œil à Eva, à demi nue.

— Tu as une belle poitrine.

Eva la fixa, à la fois étonnée et contrariée.

— T'inquiète, je préfère les garçons, clarifia Sabrina. Je te le dis parce que c'est vrai, t'es super bien foutue.

Sabrina revint vers le miroir, la trousse à la main.

— Je suis trop grande, confessa finalement Eva.

— Je rêve d'être plus grande ! répliqua Sabrina dans le miroir. Je suis minuscule, je n'ai pas de seins et un rien me fait grossir. Ah, et j'ai un nez de lutin.

— Tu n'es pas minuscule. Et tu n'as pas un nez de lutin...

Sabrina fit volte-face et sourit.

— Merci... Je crois que c'est la chose la plus sympa que tu m'aies dite depuis qu'on s'est rencontrées.

Eva évita son regard.

— Eh oui, tu aimerais bien me détester, mais je ne vais pas te faciliter la tâche... lâcha Sabrina.

Cette fois, Eva ne put s'empêcher de sourire à son tour.

Elles lavèrent leurs sous-vêtements dans les lavabos puis les séchèrent avec le sèche-cheveux. Quelques minutes plus tard, elles étaient prêtes. Le costume de Dorothy, pile à sa taille, allait bien à Sabrina.

— Il ne me reste plus qu'à retrouver ma maison, plaisanta-t-elle.

Pendant ce temps, Eva se détailla dans le miroir. Elle se mordit la lèvre inférieure et hocha la tête : ce qu'elle voyait ne lui plaisait pas.

— Je sais que la fille que tu as vue sur Facebook ne t'a pas plu, mais c'est toi, dit Sabrina.

— Non, elle n'a rien à voir avec moi.

— Physiquement, si. Avec un peu de fard à paupières et du rouge à lèvres. Ça te va très bien, d'ailleurs.

Sabrina brandit le nécessaire à maquillage pour la provoquer.

— Je porterai du maquillage quand les garçons en porteront aussi, affirma Eva.

— Bah, ils ont d'autres désavantages, tu sais... Parfois, un soupçon de maquillage peut t'apporter le petit plus de confiance dont tu as besoin… Ne le fais pas pour les garçons. Fais-le pour toi !

Les mots frappèrent juste. Eva se contempla dans le miroir. Armée de son pinceau, Sabrina insista.

— Fais-moi confiance, d'accord ?

Eva soupira, vaincue. Elle ferma les yeux et laissa Sabrina la maquiller.

— Je meurs de faim. Qu'est-ce qu'elles fabriquent ?

Noël ne lâchait pas des yeux la porte de la cantine. Sam et lui étaient assis à une grande table, devant des pizzas qu'ils avaient trouvées dans les congélateurs et réchauffées au micro-ondes.

— Elles ne vont pas tarder, dit Sam en jetant son pull sur le dossier de sa chaise. Ça te va bien, les pantalons d'Indien…

Noël secoua la tête.

— Avec mon vieux pull, j'ai l'air d'un sapin de Noël.

— N'importe quoi. T'es trop beau gosse. Tu sais qui je suis ? demanda Sam en voulant raccrocher le bouton de sa chemise, si moulante qu'il ne cessait de sauter.

— Un kéké de discothèque ?

Sam rit, incapable de fermer sa chemise.

La porte s'ouvrit enfin. Sabrina passa la tête, leur sourit et se tourna vers Eva… qui n'était plus là. Elle haussa les sourcils et disparut.

— Qu'est-ce qui se passe ?

La porte se rouvrit et Sabrina réapparut, tirant Eva par le bras. À la seconde où elle entra, celle-ci enfila sa veste rose et croisa les bras, honteuse.

— Waouh… s'exclama Noël en bondissant de sa chaise.

Stupéfait, Sam mit une seconde de plus à réagir. En voyant les deux garçons bouche bée, Eva voulut s'enfuir.

— Allez !

Sabrina la poussa vers la table.

Eva tituba sur ses jambes – qui paraissaient interminables. Sabrina avait donné du volume à ses boucles et illuminé son visage avec de l'ombre à paupières, de la poudre et une touche de gloss. Malgré tout, Eva restait la même : ses traits durs et son tatouage dans le cou le confirmaient. Elle s'assit, tête basse.

— Tu es…

— Magnifique, compléta Sam.

Eva leva les yeux et esquissa un sourire.

— Des pizzas ! s'extasia Sabrina. Je meurs de faim !

Les filles s'installèrent entre les garçons, Sabrina à côté de Noël, Eva près de Sam.

— Ce costume te va super bien, glissa Noël à Sabrina à voix basse.

— Je n'ai pas vraiment l'impression d'être déguisée. Certaines filles tueraient pour s'habiller comme ça, dit-elle en mordant à pleines dents dans une part de pizza.

— Je ne sais pas ce qui est le plus surréaliste, continua Noël. Qu'on ait voyagé dans un monde parallèle ou bien qu'on mange à la cantine accoutrés comme ça.

Les rires résonnèrent dans la salle. L'espace d'une heure, Eva, Noël, Sabrina et Sam redevinrent des lycéens normaux : entre deux morceaux de pizza, ils discutèrent séries télévisées, examens, derniers potins de la classe…

La lumière du jour faiblissait quand la porte de la cantine s'ouvrit à la volée.

— « Être ou ne pas être, telle est la question. »

Gabi portait le costume en velours bleu et la chemise blanche bouffante d'Hamlet avec une veste en cuir. Il avait même apporté une tête de mort, à laquelle il s'adressa en entrant. Cela ne fit rire personne. Gabi, lui, semblait avoir oublié ce qui s'était passé. Il s'avança l'air de rien et posa le crâne au milieu de la table.

— Ouf ! J'ai cru que j'allais manger des barres énergétiques toute ma vie, dit-il en prenant le bout de pizza qui restait. Mais ! il manque un truc à cette fête…

La bouche ouverte, il se dirigea vers les cuisines en mastiquant bruyamment. Eva lança un regard réprobateur à Sam qui s'apprêtait visiblement à lui sauter dessus, les poings serrés. Gabi revint quelques secondes plus tard les bras chargés de canettes de bière.

— Ils en gardent toujours au fond du frigo pour que les profs soient de meilleure humeur l'après-midi, déclara-t-il en s'installant à l'envers sur sa chaise.

Il ouvrit une canette et but à longs traits. Le silence grandissant ne semblait pas le gêner le moins du monde.

— Pourquoi tu ne t'assois pas tout seul à une autre table puisque tu n'en fais qu'à ta tête ? lâcha Sam. Et si en plus on doit rire à tes blagues…

— Donc, si je comprends bien, je vous dois fidélité et obéissance, c'est ça ?

Silence glacial.

— OK, c'est bon, je vais vous dire la vérité.

Il se pencha en avant et les regarda dans les yeux :

— Mais je veux connaître vos secrets.

17

— Quels secrets ? Qu'est-ce que tu veux dire ?

Gabi répondit à Sabrina par un sourire machiavélique. Il sortit les bières du pack et en plaça une devant chacun.

— Vous savez jouer à « Je n'ai jamais… » ? Il y en a un qui dit : « Je n'ai jamais… pété en classe », par exemple. Si quelqu'un l'a fait, il boit, sinon, eh ben non.

— Je ne bois pas, ça me rend malade, prétexta Noël en écartant sa bière.

— Je ne savais pas qu'on avait une fillette parmi nous ! Et les autres, c'est quoi votre excuse ?

Sam prit la canette et l'ouvrit en le regardant droit dans les yeux. Sabrina aussi.

— Moi je ne joue pas s'il n'y a pas de gages, affirma Eva.

— Requête accordée, déclama Gabi. Mais tout le monde joue, ou bien on arrête.

Noël soupira et fit sauter la capsule de sa bière. Gabi colla sa chaise à la table et se frotta les mains, savourant sa victoire.

— C'est parti ! Et pour prouver ma bonne foi, à toi l'honneur, Sam.

Celui-ci se pencha en avant.

— Je n'ai jamais vu mon double dans la montagne, dit-il d'un ton persifleur.

Gabi eut un sourire en coin, comme s'il avait été percé à

jour. Il saisit la bière, la souleva… puis la reposa avant qu'elle ait touché ses lèvres.

— Dans la montagne, tu as dit ?

Sans attendre la réponse de Sam, il secoua la tête et reposa la canette sur la table. Sam serra les poings, à cran.

— À mon tour, puisqu'on va dans l'ordre des aiguilles d'une montre. Laissez-moi réfléchir…

Il s'absorba dans la contemplation du toit, jouant avec leurs nerfs. Puis il annonça avec malice :

— Je n'ai jamais voulu sortir avec quelqu'un assis à cette table.

Un ange passa. Noël protesta :

— C'est ridicule… On va vraiment le laisser nous manipuler comme ça ?

Sabrina lui répondit par un haussement d'épaules, prit la canette et but une gorgée.

— Très flatté, mais tu n'es pas mon genre… fit Gabi avec un clin d'œil.

— Je préférerais avaler du verre pilé que de sortir avec toi, riposta la jeune fille.

Tout le monde savait pour qui elle avait bu. Tous, sauf l'intéressé. Sabrina lui adressa un regard pétillant. Noël écarquilla les yeux.

— Bois, mec, c'est ton jour de chance, l'encouragea Gabi, jouissant du spectacle qu'il avait lui-même orchestré.

Le cœur battant, Noël s'arma de courage et but une gorgée. Puis il croisa le regard courroucé d'Eva, qui porta la bière à ses lèvres. Gabi siffla :

— Quel don Juan, ce Noël… !

Sam crut aussi qu'Eva avait réagi par jalousie envers Sabrina. Il ne toucha pas à sa canette et prétendit n'avoir jamais eu aucune affinité avec les deux filles.

— C'est ça ! lança Gabi. On ne me la fait pas à moi…

— Je te signale que j'ai une copine, se défendit Sam.

— Et moi je te signale qu'elle t'a plaqué. Tu veux que je dise laquelle de ces deux-là te plaît ?

Sam repoussa sa bière.

— Je vois pas à quoi ça sert de continuer...

— C'est toi qui m'as obligé à jouer. Et maintenant que tu dois te mouiller, tu te défiles ? Eh bien non. Si tu ne veux pas jouer, tu as un gage.

Sam soupira, excédé, mais finit par capituler.

— Qu'est-ce que tu veux que je fasse ?

— Voyons voir... Tu vas embrasser...

Son regard passait de Sabrina à Eva comme s'il suivait une partie de ping-pong. Il se décida finalement pour celle qui créerait la situation la plus cocasse :

— Sabrina !

— Gabi, c'est pas drôle. Elle a déjà bu, lança Noël, mort de jalousie.

— Tais-toi ! C'est mon tour, dit Gabi, un doigt en l'air. Quand ce sera à toi, tu pourras faire ce que tu veux.

— Laisse tomber, dit Sabrina à Noël, je m'en fiche.

L'essentiel était de découvrir ce que cachait Gabi. Elle lui rappela qu'ils allaient avoir quatre opportunités avant que ce soit de nouveau son tour, et cette fois, ils ne le rateraient pas.

— Au secours, je tremble, fit Gabi en montrant ses mains.

— Finissons-en, la pressa Sam qui se leva.

Ils se rapprochèrent avec maladresse. Sabrina dévisagea tour à tour Noël, Sam, puis Eva. Ses yeux semblaient leur demander pardon.

— Dix secondes. Je compte, proposa Gabi d'un ton enjoué.

Sabrina se hissa sur la pointe des pieds. Leurs lèvres se collèrent. Eva détourna la tête ; Noël sentit un élancement de douleur dans le ventre.

— Huit, neuf, neuf et demi, neuf trois quarts...

Sam et Sabrina se séparèrent, fâchés.

— Quoi ? Si on a appris quelque chose dans cette histoire

d'accident de train, c'est que le temps est relatif, non ? se moqua Gabi, même s'il était le seul à rire.

Tous se rassirent. Sabrina regarda Noël avec gêne mais esquissa un sourire. Eva contemplait ses mains. Ce qui était sûr, c'est que Sam lui plaisait de plus en plus.

— À moi, dit-elle à Gabi. Je n'ai jamais su que j'avais un double avant d'arriver à Conexo.

La cantine semblait à présent plongée dans le noir, comme si un projecteur était braqué sur Gabi. Lentement, le garçon prit sa canette et but une longue gorgée.

— Mais comment tu l'as su ? demanda Eva.

— Ton tour est terminé, madame Irma, répliqua-t-il.

C'était désormais à Sabrina. Elle prit une inspiration et exposa sa version des faits :

— Je n'ai jamais découvert que je suis mort dans l'accident de train.

Gabi fit claquer sa langue et renversa sa canette :

— Hé, hé, plus de bière ! Le jeu est fini ! annonça-t-il avant de se lever.

— Quoi ? Hors de question ! lança Sam en lui faisant face.

— Calme-toi, Hulk. Donne-moi un gage et le jeu s'arrêtera. Alors, qui j'embrasse ? Toi, si tu veux, beau blond.

— Ce qu'on veut, c'est que tu nous dises la vérité une bonne fois pour toutes ! hurla Eva. Qu'est-ce qui t'est arrivé dans la montagne ?

Gabi s'obstina : Eva avait elle-même imposé la condition des gages, il était dans son droit. Le tout avec une mauvaise foi qui fit enrager Sam.

— C'est bon, je t'ai trouvé un gage. Je veux que tu appelles chez toi et que tu demandes Gabriel Araujo, le défia-t-il.

— Pas de problème, j'appelle tout de suite. Allons au secrétariat.

En silence, ils sortirent de la cantine. Ils montèrent un escalier et s'arrêtèrent devant une porte à double battant ; de l'autre côté se trouvait le hall de l'entrée principale. Au bout, la vie scolaire et le bureau des surveillants. La nuit était tombée ; Gabi alluma en entrant et se dirigea vers le téléphone.

— Attends... dit Sam en le voyant composer le numéro.

Il bougea la souris de l'ordinateur ; l'écran se ralluma. Sur le bureau, il trouva un fichier appelé « Registre élèves ». Il double-cliqua et une feuille Excel s'ouvrit. La base de données contenant toutes les informations des élèves du lycée.

— Gabriel, Gabriel... marmonna-t-il sans desserrer les dents tandis qu'il faisait défiler la page.

Aucun nom ne correspondait, ni Araujo ni Castro. Comme si, dans ce monde-là, Gabi n'avait jamais étudié au lycée de Conexo.

— Tu n'y es pas... dit Sam.

— Je n'ai pas besoin de chercher le numéro de chez moi. Je le connais.

— Certain ?

— Je vous jure que je vais appeler chez moi. Faites le numéro vous-mêmes, si vous ne me croyez pas...

Pas d'autre choix que de lui faire confiance. Eva composa le numéro qu'il lui dicta. Haut-parleur enclenché, ils laissèrent s'égrener les tonalités jusqu'à ce qu'un homme réponde.

— Allô ?

— Bonjour, je pourrais parler à Gabriel, s'il vous plaît ?

Un blanc de moins d'une seconde.

— Qui est à l'appareil ?

— Je suis un ami de Gabi. Gabriel Araujo, ou Castro, je ne suis pas certain du nom de famille.

Silence de plomb cette fois.

— Jeune homme, je vous l'ai déjà dit il y a deux jours : il n'y a aucun Gabriel ici, répondit l'homme d'un ton agacé.

Les yeux de Sam, Noël, Eva et Sabrina sortirent de leurs orbites.

— OK, merci.

Gabi raccrocha.

— Il y a deux jours on était encore dans la montagne, rappela Eva. Qu'est-ce qui s'est passé quand tu es parti, Gabi ? Crache le morceau !

— Va te faire voir.

— D'où est-ce que tu as appelé ?

— Fini les questions ! répliqua-t-il à Sam. J'ai fait mon gage, le jeu est fini.

Sabrina le retint par le bras.

— Gabi, ça suffit maintenant. Dis-nous ce que tu sais. Qu'est-ce qui se passe ? C'est si grave que ça ? Peut-être qu'on peut t'aider…

— Je n'ai pas besoin de votre aide. Je ne te raconterai rien.

Elle tira fort sur la manche de son blouson, très remontée.

— OK, ne me dis rien à moi. Mais Sam et Eva sont partis à ta recherche en pleine montagne. Ils ont risqué leur vie pour toi ! Tu leur dois bien ça…

— T'as intérêt à me lâcher, la scoute, parce que tu es une fille et que je ne voudrais pas avoir de problème.

Sabrina secoua la tête, déçue.

— Tu n'es qu'un égoïste. Pas étonnant que personne ne t'apprécie. Pas même tes parents…

Comme monté sur un ressort, Gabi l'agrippa par le cou, le poing brandi. Les trois autres bondirent au secours de Sabrina. Sam fit lâcher prise à Gabi. Avant de sortir, celui-ci assena un violent coup de poing dans la porte et on l'entendit fulminer tandis qu'il s'éloignait dans le couloir.

— Ça va ?

Sabrina confirma à Noël que ce n'était pas grave, même si son cou était rouge.

— Quel idiot… dit Eva. Qui vous croyez qu'il a appelé ?

— On pourrait appuyer sur *bis* ?

Sam décrocha le combiné et s'exécuta. Le cœur battant, ils attendirent une réponse.

— Allô ?

Mais avant que Sam n'ait pu ouvrir la bouche, les phares d'une voiture éclairèrent le bureau.

— Il y a quelqu'un ! s'exclama Eva en courant à la porte.

Sam raccrocha au moment où la voiture s'arrêtait. Paralysés, ils entendirent claquer une portière. Puis il y eut le bruit d'une clé dans la serrure et la porte du lycée s'ouvrit.

18

Irène poussa la porte et rangea ses clés dans son sac. Le bureau de la vie scolaire était allumé. Étrange. Elle s'assura que le hall était vide et en conclut qu'un de ses collègues avait dû oublier d'éteindre avant de partir. Ces derniers jours, tout le monde avait la tête ailleurs. Elle-même avait oublié le discours qu'elle devait prononcer le lendemain, à la cérémonie de la gare. Elle prit l'escalier qui menait aux bureaux des professeurs et entra dans le sien. Elle fouilla parmi le tas de documents sur la table jusqu'à mettre la main sur une pochette bleue : le fameux discours. Soulagée, elle ramassa son sac et se pencha pour renouer ses lacets. Son regard se posa sur le haut de la poubelle et elle fronça les sourcils en avisant une paire de gants en latex. Elle ne s'en servait que pour manipuler les craies – en classe, pas dans son bureau. Intriguée, elle s'en empara et jeta un regard circulaire. Tout était à sa place. Pourtant elle était certaine de ne pas avoir sorti ces gants ici, et encore moins de les avoir jetés… Elle remit son sac sur son épaule et rebroussa chemin jusqu'au hall. L'état de la porte de la vie scolaire lui donna la confirmation qu'elle n'était pas seule dans les lieux.

La lumière, les gants, cette porte abîmée… Cela faisait trop de coïncidences. Irène s'éloigna vers un couloir sombre. La lueur de la lune filtrait par les hautes fenêtres.

— Il y a quelqu'un ?

Seul le silence lui répondit. Après le tableau d'affichage, un escalier menait à la cantine. Sur la gauche, les toilettes. Elle entra dans celles des filles et alluma la lumière. Les néons clignotèrent. Irène entendit alors un bruit feutré. Les doigts tremblants, elle poussa la porte de la dernière cabine. Vide.

De l'autre côté du mur carrelé, dans les toilettes des garçons, Sam essayait d'atteindre la fenêtre en sautant. Mais elle était trop haute.

— Laisse tomber, lui murmura Eva.

Il faisait beaucoup de bruit. Et même s'il parvenait à l'ouvrir, ils ne pourraient pas tous sortir puisqu'il fallait se faire la courte échelle. Hors de question qu'ils se séparent.

Irène comprit que les chuchotements venaient de la pièce attenante.

Le groupe vit avec horreur la porte s'entrebâiller.

Mais Irène fit volte-face en entendant un fracas métallique provenant de l'étage en dessous, sans doute à la cantine.

Avec précaution, Sam sortit des toilettes et vit la jeune femme descendre l'escalier.

— C'est Irène... souffla-t-il aux autres.

— La prof de philo ? C'est pas possible, elle est m...

Sabrina ne termina pas, mais tout le monde comprit à quoi elle faisait allusion.

— Fichons le camp d'ici ! les pressa Eva.

À la cantine, Irène aperçut un tas de plateaux sur le sol, des restes de pizza et des canettes de bière vides. Une table avait été collée contre le mur avec une chaise dessus : quelqu'un avait cherché à s'enfuir par la fenêtre. Ce n'était pas la première fois qu'Irène découvrait pareil spectacle : un week-end, des élèves avaient investi le lycée pour faire une fête. Mais il y avait de cela longtemps.

Pendant ce temps, Eva et Sam forçaient la porte principale du lycée pour pouvoir sortir. Sabrina fouillait dans les tiroirs des surveillants tandis que Noël faisait le guet.

— Il y a un milliard de clés…

— Prends-les toutes !

Sabrina courut à la porte avec plusieurs trousseaux de clés, qu'ils enfoncèrent l'une après l'autre dans la serrure. Aucune ne fonctionnait.

— Elle arrive, elle arrive ! cria soudain Noël.

Irène, sortie de la cantine, fouillait dans son sac à main, en quête de son téléphone portable. Mais la quantité de choses qu'elle transportait l'empêcha de le trouver. Elle s'arrêta pour allumer.

Noël, Sabrina, Eva et Sam n'avaient plus le temps de se cacher. Au moment où ils allaient s'avouer vaincus, la porte céda.

— Gabi ! s'exclamèrent de concert Sabrina et Noël.

Il se tenait de l'autre côté, son passe-partout dans la main.

— Dépêchez-vous !

Les quatre lycéens sortirent dans le froid de la nuit. Gabi referma la porte derrière eux. Au second tour de clé, Irène pénétrait dans le bureau de la vie scolaire. Elle parcourut son répertoire des yeux et repéra enfin le numéro qu'elle cherchait. À cet instant, le téléphone se mit à sonner.

— J'allais t'appeler… Qu'est-ce qui s'est passé ? répondit-elle en sortant dans la cour.

Dissimulés derrière des arbustes à côté de l'escalier, les cinq adolescents retenaient leur respiration.

— Non, je ne savais pas. Je suis restée toute la journée dans la montagne pour la commémoration, poursuivit-elle. D'accord, calme-toi… Tu es sûr ?

À travers les branches, ils virent le visage de la jeune femme se décomposer.

— Ce serait mieux qu'on se voie et que tu me racontes tout ça calmement, dit-elle.

Silence angoissé.

— OK, je te retrouve à la cafétéria.

Irène remonta dans sa voiture et démarra en trombe. Le groupe sortit de sa cachette alors qu'elle s'éloignait vers le restaurant voisin.

— À votre avis, qui l'a appelée ? Apparemment, c'était important.

— On dirait. Elle a laissé la porte ouverte, observa Noël en rentrant dans le lycée.

— Un rendez-vous à cette heure-ci ?

— C'était peut-être son amant... On s'en fiche, non ? L'important, c'est qu'elle soit partie, dit Gabi.

Stupéfaits, les autres apprirent qu'il avait fait tomber les plateaux exprès pour qu'Irène ne les découvre pas dans les toilettes.

— Comment tu savais qu'on était cachés là-haut ? demanda Sabrina.

Après sa sortie un peu brutale, il s'en était voulu et était redescendu à la vie scolaire. Il les avait vus courir vers les toilettes. Dans le hall, il avait repéré Irène et avait suivi tous ses mouvements, comme une ombre. Puis il avait filé à la cantine pour faire diversion et s'était échappé par la fenêtre.

— Pourquoi tu es revenu nous chercher ? demanda Sabrina.

Gabi dissimula ses yeux derrière les cheveux qui lui tombaient sur le visage.

— Comme ça, on est quittes.

Eva et Sam hochèrent la tête.

— Qu'est-ce qu'on fait, maintenant ? On s'en va ou on reste ? demanda Noël. Vu comment elle est partie, on dirait bien qu'elle ne va pas revenir.

— Et on a nulle part où aller. Je propose qu'on passe la nuit ici, dit Sam.

Ils retournèrent au gymnase sans allumer. Au cas où, Gabi ferma la porte du gymnase de l'intérieur avec son passe-partout. Ils la bloquèrent avec le cheval-d'arçons. Si quelqu'un essayait d'entrer, ils auraient le temps de s'enfuir par les vestiaires.

Quelques tapis de gym leur serviraient de lit. Ils s'allongèrent, leurs têtes formant un cercle. Avant que leurs paupières ne se ferment, la voix de Gabi brisa le silence :

— Mon père est alcoolique. Ma mère a passé sa vie à lui trouver des excuses. Ce n'est pas eux qui n'ont pas besoin de moi. C'est moi qui n'ai pas besoin d'eux.

Personne ne sut quoi répondre.

Eva adressa un sourire triste à Noël. Il le lui rendit, comme pour se faire pardonner.

Vus d'en haut, Eva, Sam, Noël, Sabrina et Gabi formaient une étoile à cinq branches. Une étoile perdue dans l'univers.

19

Tandis que Sabrina surveille la cuisson des toasts du petit déjeuner, Paula, sa petite sœur, la regarde depuis la table. Mais son attention est ailleurs : dans la pièce voisine, leurs parents se disputent.

— C'est prêt… dit l'aînée avec un sourire avant de déposer les toasts devant la fillette.

— Berk, ils sont brûlés…

Sabrina les gratte un peu avec un couteau.

— Si tu mets beaucoup de confiture, ça ne se verra plus.

Les deux filles commencent à manger. Si seulement elles pouvaient effacer les cris de leurs parents.

— Qu'est-ce que tu vas faire à l'école aujourd'hui ? Travaux pratiques ?

La petite ne répond pas. Elle regarde vers la porte, apeurée. Quelques secondes plus tard, leur mère entre dans la cuisine. Nerveuse, elle se dirige vers la cafetière et se sert une tasse.

— Maman, ça veut dire quoi « divorcer » ?

Paula répète le dernier mot qu'elle vient d'entendre dans la bouche de sa mère.

— Ma chérie, va t'habiller, c'est l'heure…

Sabrina reste en tête-à-tête avec sa mère.

— Tu avais promis que vous ne divorceriez pas.

Sa mère écarte une mèche de cheveux. Toutes deux ont la même queue de cheval dorée.

— J'ai rappelé l'entreprise qui m'avait proposé un poste il y a un an, celle de Conexo…

— Tu vas nous obliger à aller vivre là-bas, Paula et moi ?

— En train ce n'est pas si loin d'ici. Vous pourrez voir votre père quand vous voudrez.

— Alors je verrai mes amies et Rico une semaine sur deux, c'est ça ?

— Tu te feras de nouveaux amis, Sabrina. Et ton copain… (Elle soupire.) Vous êtes très jeunes et ça fait quasiment deux ans que tu es avec lui. Rencontrer du monde te fera du bien.

— Je ne veux rencontrer personne ! Tu dis ça parce que tu le détestes…

— Il te fait souffrir ! Je me fiche que tu aies un petit ami du moment qu'il te rend heureuse. Mais tu ne souris jamais quand tu es avec lui.

— C'est mon problème, maman. Pas le tien.

— C'est aussi ce que m'a dit ma mère à l'âge où j'ai commencé à fréquenter ton père. Si j'avais su… Ton père est un homme formidable, toutefois le couple qu'on forme tous les deux ne l'est pas du tout. Il vaut mieux pour tout le monde qu'on se sépare. On a essayé… mais ce n'est plus possible.

Sabrina détourne les yeux. Elle sait qu'elle a raison, pourtant il n'est pas question qu'elle le reconnaisse.

— Tu es jeune, Sabrina. Il faut que tu rencontres quelqu'un qui te fasse sourire comme personne jusqu'ici.

Ses mots atteignent Sabrina en plein cœur. Elle feint d'être fâchée mais ses yeux pétillants la trahissent :

— Je dois aller en cours. Je ne dors pas ici ce soir. Je serai chez une copine.

Elle ne laisse pas à sa mère le temps de répliquer et court à sa chambre. Son sac de voyage couleur moutarde est presque prêt : quelques vêtements, la trousse de toilette, le chargeur. Par la fenêtre, elle constate qu'il pleut encore très fort. Elle décroche de la patère une veste à pois verts et la pose sur son sac. Puis elle se dirige vers le bureau et ouvre son ordinateur portable : il n'y a plus qu'à imprimer le billet de train qu'elle a acheté la veille ; le départ est dans moins d'une heure. Elle ferme les fenêtres actives une à une. Avant qu'elle clique sur la croix de celle de Spotify, Secret Smile *se met en route. Sabrina connaît les paroles de la chanson par cœur.* « Nobody knows it, but you' got a secret smile and you use it only for me… » *Pensive, elle observe un dossier sur le bureau – un dossier protégé. Elle part fermer la porte à clé et entre son mot de passe. Le dossier ne contient qu'un logiciel, une icône en forme d'oignon tranché. Un double-clic et Internet l'informe qu'elle navigue désormais à partir du programme TOR. Le moteur de recherches se réinitialise. Sabrina cherche dans son historique une page qu'elle a visitée la veille : c'est son compte Instagram. La fenêtre met toute la chanson à s'ouvrir. La navigation est très lente. Enfin, une mosaïque de photos apparaît sur l'écran. Sabrina choisit celle sur laquelle on la voit embrasser quelqu'un. La photo est prise de si près qu'on distingue à peine les traits du garçon. Elle ferme la fenêtre, en cherche une autre, qu'elle agrandit. Elle est avec lui, un sourire jusqu'aux oreilles. Dans la description, elle a utilisé le hashtag #secretsmile. Sabrina passe la souris sur le garçon en question. Son nom apparaît.*

Noël.

Le jour filtrait à travers les fenêtres du gymnase, mais le ciel était si nuageux qu'il semblait faire encore nuit. Sabrina ouvrit les yeux la première, se redressa et tressa ses cheveux en bataille. Ses mouvements réveillèrent Noël.

— Salut, fit-il en s'asseyant à son tour.

— Bonjour. Tu savais que ton nom à l'envers, ça fait « Léon » ? Léon, lion… Je comprends pourquoi tu ronfles autant.

Noël rit et Sabrina lui sourit comme elle n'avait jamais souri à personne. Elle mourait d'envie de l'embrasser… elle en avait rêvé toute la nuit. Soudain, en regardant derrière lui, ses yeux se remplirent d'inquiétude.

— Qu'est-ce qu'il y a ? dit Noël, qui tourna la tête. Oh, non. J'y crois pas !

Gabi avait disparu. Alarmés, Sabrina et Noël s'élancèrent vers la porte. Le cheval-d'arçons avait été déplacé, mais la porte était toujours fermée à clé.

— Je vais voir dans les vestiaires, annonça Noël avant de courir à l'autre bout du gymnase.

Sabrina réveilla Sam et Eva.

— Qu'est-ce qui se passe ?

Noël revint bredouille. L'autre sortie était bloquée.

— Gabi nous a enfermés !

Gabi pianotait sur le clavier de l'ordinateur d'Irène, les mains dans des gants en latex. Plus que quelques secondes avant qu'il obtienne le logiciel TOR. Des secondes qui n'en finissaient pas. Il essaya de penser à autre chose et regarda par la fenêtre. La vitre tremblait sous les rafales de vent.

— Depuis quand il fait un temps infernal, ici ?

Un bip retentit enfin, signe que le logiciel était prêt à être utilisé. Le garçon souffla, soulagé. La veille, il n'avait rien trouvé sur Internet à propos de Gabriel Araujo, ni avec son vrai nom de famille. Plus tard, alors que tout le monde dormait, il s'était rendu compte que la solution était à portée de main : TOR. *The Onion Router*, comme d'autres logiciels, donnait accès au réseau informatique de manière anonyme. Personne ne pouvait le pister quand il utilisait cette porte dérobée, qui donnait aussi accès au *Deepweb*, le web profond… TOR ôtait les couches d'Internet, comme on pèle un oignon, pour atteindre des pages illégales comme celle de la « route de la soie ». Là, on pouvait obtenir et vendre n'importe quelle drogue, toujours de manière anonyme, sans laisser de trace. Cela faisait longtemps que Gabi avait supprimé ses comptes de messagerie classiques, et il n'utilisait plus pour ses transactions que ce marché virtuel sécurisé. Il double-cliqua sur le symbole du logiciel, un oignon tranché en deux. Une notification l'avertit qu'à partir de ce moment-là le navigateur utiliserait le système TOR. Le garçon inscrivit « www.silkroad.atc » dans la barre d'adresse, qui se transforma automatiquement en http://servedbyTOR.www.silkroad.atc. L'ordinateur mit trois bonnes minutes à entrer sur la page. Gabi introduisit ses identifiants et son profil apparut à l'écran. Sous la photo des stylos remplis de caféine, le garçon annonçait : « Pas la peine de demander ce que j'ai ; dites-moi ce dont vous avez besoin. » Clic fébrile sur l'icône de messagerie. Il ferma les paupières, prit son inspiration et les rouvrit.

— Yes !

Des messages dataient de la veille, d'autres de la semaine passée. Il avait répondu à la plupart d'entre eux. Cela signifiait que son double n'était pas mort dans l'accident. Il vérifia les données du profil ; le vendeur s'appelait comme lui : Castro.

— Je suis vivant !

Pour la première fois depuis des jours, l'air s'engouffra tout au fond de ses poumons. Rasséréné, il désinstalla le logiciel et éteignit l'ordinateur. Puis il courut au gymnase. Dans la précipitation, il faillit oublier d'ôter ses gants. Il les fourra dans sa poche de pantalon et la porte du gymnase s'ouvrit une seconde plus tard, abattue par l'épaule de Sam.

— Waouh, balaise. Qu'est-ce qui te prend ? demanda Gabi.

— C'est toi qui me poses la question ? Où tu étais passé ?

— Nulle part, j'arrivais plus à dormir. Tout le monde pionçait alors je suis sorti...

— Pourquoi tu nous as enfermés ? le coupa Eva.

— Si j'avais laissé la porte ouverte, on vous aurait trouvés, se défendit-il. Je suis allé chercher la voiture. On va en avoir besoin. Et j'ai fait le plein.

Gabi avait trouvé le carburant dans l'atelier du lycée, puis il avait marché de bon matin jusqu'à l'endroit où ils avaient laissé la voiture.

— Alors tu n'as pas dormi du tout ?

— Pas beaucoup... répondit-il à Sabrina.

Il ne souffla mot de ses recherches sur TOR. Mais, de toute évidence, son comportement avait changé.

— Tu as l'air plus... serein, observa Noël.

— Maintenant il faut que je sois aigri pour faire partie de votre club ? Allons à cette cérémonie.

Avant de partir, ils firent un saut à la cantine. Eva, Noël, Sabrina et Sam emportèrent quelques fruits qu'ils dégustèrent en chemin.

— Tu ne prends rien ? s'étonna Sabrina devant le refus de Gabi.

— Le matin, je n'aime que le Coca.

Il ferma la porte du lycée à clé et tous montèrent dans la voiture, Gabi et Eva à l'avant, les autres sur la banquette arrière. Silence complet jusqu'à l'arrivée à la gare. Sans descendre de voiture, ils entrèrent dans le parking accolé au bâtiment. Sam prit la carte que lui donna la machine à l'entrée.

— Comment on va payer ça... ? s'inquiéta Eva.

Personne n'avait un sou en poche.

— Je m'en occupe, fit Gabi avec un clin d'œil.

Il se gara au dernier étage, sur la terrasse. L'endroit était quasiment désert. De là-haut, on apercevait l'entrée de la gare. L'hommage aurait lieu une demi-heure plus tard. Pour l'occasion, on avait monté une estrade et installé quelques pupitres. Un grand rideau couvrait la façade. Une mer de parapluies sombres se forma peu à peu. La plupart des gens faisaient partie des familles des victimes. Penchés sur la terrasse du parking, les cinq lycéens cherchaient leurs sosies parmi la foule.

— On ne voit rien avec tous ces parapluies ! se plaignit Eva. On ferait mieux de descendre.

— Non, c'est dangereux, rappela Noël.

— Je suis là-bas !

Le double de Sam était venu en jogging, seul. Il se plaça en retrait sous la pluie.

— Vous me voyez ? demanda Gabi en essuyant les gouttes d'eau sur son visage.

— Non, mais Anna est là, indiqua Sabrina avec un geste du bras.

— Elle doit se sentir bizarre, depuis hier, commenta Gabi.

Cachée sous une grosse paire de lunettes de soleil, Anna numéro deux se fraya un passage parmi la foule, Ruth et Nerea sur ses talons.

— Je ne suis pas avec elles, nota Eva. Peut-être qu'on n'est pas si amies que ça ? J'espère.

— Merde, je ne me trouve pas.

Gabi se pencha davantage.

— Celle qui à coup sûr n'est pas venue, c'est moi...

Noël adressa un sourire réconfortant à Sabrina et la jeune fille haussa les épaules.

La cérémonie débuta bientôt. Le maire rappela la tragédie qui s'était déroulée un an auparavant et présenta ses condoléances aux familles. En hommage aux victimes, on avait fait graver des plaques à leurs noms ; elles occupaient désormais toute la façade de la gare. Le public applaudit à tout rompre lorsque le maire fit tomber le rideau. Irène s'avança à son tour au pupitre, les cheveux attachés en queue de cheval. Elle portait un sobre tailleur noir et un corsage blanc. Elle prit une inspiration et déclara :

— Cet accident a détruit de nombreuses vies. Des filles et des garçons très jeunes, qui avaient l'avenir devant eux. Si leurs noms sont gravés à jamais sur ce mur, c'est à jamais que le seront leurs visages dans mon esprit...

Sa voix se brisa.

— Beaucoup d'entre eux étaient mes élèves, et nous avons passé de nombreuses heures ensemble. Je me plais à croire que je leur ai appris autre chose que ce qu'il y a dans les livres… J'ai toujours tâché d'être à leurs côtés.

Tout à coup, elle fondit en larmes. Elle continua cependant à parler, sans regarder son papier :

— Mais la nuit de l'accident, je n'y étais pas. J'aurais peut-être pu changer le cours des choses. Si seulement j'avais été là…

— Irène n'était pas dans le train ? s'étonna Eva.

La suite du discours le confirma : clouée au lit par une grippe, elle avait cédé sa place à un autre professeur, qui, lui, avait perdu la vie dans l'accident.

— La pauvre, elle se sent super coupable.

— La pauvre, ouais… lança Gabi, ironique. Tu parles, cette femme est une vraie peau de vache.

Tandis qu'Irène énumérait les noms des victimes, professeurs et élèves vinrent tour à tour déposer des gerbes de fleurs au pied du mur. Noël écarquilla les yeux en découvrant son double aux côtés d'Eva.

— Quel beau couple ! s'esclaffa Gabi.

— La honte… Je ne ressemble à rien ! s'exclama Noël.

Après avoir déposé ses fleurs, Eva *bis* éclata en sanglots et Noël la prit dans ses bras… avant de l'embrasser.

— Je rêve ! s'exclama la vraie Eva.

— Vous sortez ensemble ? s'étonna Gabi.

Le couple se fondit dans la foule, main dans la main.

— On dirait bien, dit Eva en dévisageant son meilleur ami avec surprise.

— Mais comment vous voulez qu'on soit en couple ? On… on ne se plaît pas, dit Noël avec un regard appuyé vers Sabrina.

— Chut ! souffla Gabi. Vous avez entendu ce qu'ils ont dit ? Ça doit être une erreur…

Une femme vêtue de noir s'approcha de la façade, ses cheveux blonds relevés en chignon, une rose blanche dans sa main tremblante. Malgré ses lunettes de soleil, on devinait qu'elle pleurait. Gabi pâlit en la reconnaissant.

Sa mère.

— Ils viennent de dire mon nom… bredouilla-t-il. Je suis mort.

20

Un éclair zébra le ciel noir au-dessus de la montagne. Gabi repéra le renard : il dévalait la colline. L'animal s'immobilisa quelques mètres plus bas et le fixa, comme s'il l'invitait à le suivre. Le sol transformé en bourbier aspirait les bottes du garçon. La montagne prenait des allures de décor de film d'horreur.

Malgré sa peur, Gabi ne s'arrêta pas avant d'avoir atteint les rails. Glacé par la pluie battante, il ferma son blouson sans cesser de trembler. Nouvel éclair dans la nuit. Il n'était plus qu'à quelques mètres de l'entrée du tunnel. Où l'attendait le renard. En l'apercevant, celui-ci s'engouffra dans les ténèbres. Les bras serrés contre sa poitrine, Gabi comprit le message.

— Mais depuis quand j'obéis aux animaux ? Je perds vraiment les pédales…

Alors qu'il s'apprêtait à faire demi-tour, le renard réapparut à l'entrée du tunnel, s'approcha, passa entre ses jambes et s'éloigna de nouveau. Le garçon inspira un grand coup et lui emboîta le pas. Plus de pluie. Enfin un toit sur la tête. Mais au bout de quelques mètres, l'obscurité était telle que Gabi crut être devenu aveugle. Étourdi, il marcha les mains collées au mur, les ongles plantés dans la roche. Le bruit de sa respiration saccadée était devenu la bande-son de la scène. Un point de lumière bleutée brillait dans l'air, éblouissant. Gabi s'avança pour l'observer de plus près. Il était de la taille d'un grain de sable.

— C'est quoi, ce truc ?

Quand il voulut l'attraper, la tête d'épingle luisante sembla traverser ses mains.

Le renard hurla : il s'impatientait. Quelques minutes plus tard, il ressortait du tunnel en compagnie de Gabi. La pluie et le vent redoublaient ; on aurait dit un ouragan. Au loin, un faisceau tournoyait dans le ciel. La tour de guet. Celle que Gabi et les autres n'avaient pas réussi à atteindre. Le renard se mit à courir sur les rails, le garçon sur ses talons. Le vent les malmenait. Bientôt, l'animal disparut dans un bouquet d'arbustes sur le bas-côté. Gabi le vit gratter le sol, s'approcha et le chassa. L'animal, obstiné, continua de le fixer jusqu'à ce qu'il ramasse ce qu'il avait déterré : un sac à dos. Il avait beau avoir souffert des intempéries, Gabi le reconnut aussitôt. Les doigts tremblants, il ouvrit la fermeture Éclair coincée par la terre. Ses yeux s'écarquillèrent à la découverte du contenu du sac.

— C'est pas vrai…

En plus d'un vieux Snickers, d'un paquet de chewing-gums et d'un iPhone éteint, Gabi trouva une vingtaine de stylos remplis de poudre blanche. Tout cela lui appartenait. Cet Eastpak était le même que celui qu'il avait laissé au refuge. Il devait forcément y avoir une explication rationnelle… Il remarqua une étiquette cousue sur la doublure de la poche : « G. Araujo ». Perdu, il se tourna vers le renard. La seule réponse qu'il obtint fut le bruit d'un moteur derrière lui. La main en visière pour se protéger de la lumière des phares, il aperçut un 4 × 4 blanc. Le garde forestier. Un homme d'une quarantaine d'années, le nez fin, vêtu d'un uniforme marron et d'un gilet jaune fluo.

— Qu'est-ce que tu fais là, mon garçon ? demanda-t-il en descendant de voiture. Tout va bien ?

Gabi chercha du soutien auprès du renard. Envolé ! L'homme braqua sa torche sur Gabi et fut frappé de son extrême pâleur.

Inquiet, il l'aida à s'asseoir à l'arrière du véhicule. Gabi tremblait comme une feuille.

— Calme-toi... Qu'est-ce qui s'est passé ?

Gabi s'enveloppa dans la couverture que lui offrit l'homme, assis à l'avant.

— J'étais dans le train... celui de Conexo... On a eu un accident, finit-il par bredouiller.

Le garde forestier le dévisagea d'un drôle d'air.

— Celui qui a déraillé dans le tunnel ?

— Oui. Mais notre wagon à nous n'a pas explosé. Il y avait cinq autres élèves de mon lycée. Ils sont...

— Attends une seconde, le coupa le garde. Comment t'appelles-tu ?

— Gabriel. Gabi.

— OK. Je suis Cristobal et je suis là pour t'aider, d'accord ?

L'homme lui adressa un sourire bienveillant. Cependant, ses yeux trahissaient son agitation.

— Alors, Gabi... tu dis que tu étais dans un train qui a déraillé ?

— Oui, avec les élèves de ma classe. On partait au ski.

— Quand est-ce que ça s'est produit ?

— Hier. Dans la nuit.

Posément, le garde lui dit qu'il allait se connecter au central via la radio intégrée à l'habitacle. Il brancha les haut-parleurs.

— Central, ici l'unité 09. À vous.

— Je vous écoute, 09. À vous, dit une femme.

— J'ai trouvé un jeune garçon dans la montagne. Il dit qu'il fait partie des survivants de l'accident du train de Conexo. À vous.

Il y eut un silence de l'autre côté de la ligne, que la pluie couvrit en martelant la carrosserie.

— Vous êtes certain, 09 ? À vous.

— Affirmatif. Il s'appelle Gabriel...

— Castro, compléta le garçon.

— Gabriel Castro. Pouvez-vous vérifier la liste des passagers ?

En attendant, l'homme observa Gabi dans le rétroviseur, un sourire aux lèvres.

— J'ai un Gabriel sur la liste, mais le nom de famille ne correspond pas, répondit la femme. C'est Araujo. À vous.

Gabi jeta un œil au nom inscrit sur le sac. Araujo.

— Entendu, central. Terminé.

L'homme allait couper la communication quand la femme reprit :

— 09, Gabriel Araujo est décédé dans l'accident. À vous.

Gabi sentit son cerveau disjoncter.

— Pas d'affolement, mon garçon… le rassura le garde en le voyant blêmir.

— Qu'est-ce qu'elle raconte, celle-là ?

— Ne te tracasse pas, ce garçon ne s'appelle pas comme toi, hein ?

Il ne s'appelait peut-être pas pareil, mais il avait le même prénom et les mêmes affaires.

— Écoute… comment te dire… L'accident de train de Conexo n'a pas eu lieu hier. Ça s'est passé il y a un an.

Le visage de Gabi se décomposa.

— Quoi ? Mais non, puisque je vous dis que c'était hier !

— Laisse-moi te conduire au central. Là-bas tu pourras parler avec quelqu'un qui t'expliquera tout, et on appellera tes parents.

— Non, je veux les appeler maintenant !

Mais le portable qu'il avait trouvé dans le sac ne marchait pas et le garde certifia qu'il n'y avait pas de réseau là où ils se trouvaient.

— Ce machin ne sert pas à appeler ? demanda Gabi en désignant la radio.

— Si, mais il vaudrait mieux le faire depuis le central…

Gabi ne voulait rien savoir. Il chercha à sortir de la voiture, mais sa portière ne s'ouvrait que de l'extérieur.

— Calme-toi ! ordonna le garde forestier en s'efforçant en vain de le retenir. C'est d'accord. Donne-moi le numéro de chez toi.

Gabi s'exécuta. L'homme rappela le central et demanda qu'on le mette en relation avec le numéro en question. Les haut-parleurs du 4 × 4 diffusaient désormais la tonalité du téléphone – aléatoire à cause de la tempête.

— Allô ? répondit quelqu'un.

C'était la voix d'un homme âgé, somnolent. Gabi fronça les sourcils. Ce n'était pas son père.

— Bonsoir, je suis avec Gabriel Castro...

Gabi plongea brusquement à l'avant :

— Papa ?

— Quoi ? Pourquoi appelez-vous à une heure pareille ? répondirent les haut-parleurs.

Le garde tenta de poursuivre la conversation. Gabi ne le laissa pas faire.

— Qui êtes-vous ? cria-t-il. Qu'est-ce que vous faites chez moi ?

— Chez toi ? s'étonna l'autre.

— Je suis bien chez Gabriel Castro, oui ou non ?

Silence, jusqu'à ce que l'homme lâche :

— Il n'y a aucun Gabriel ici.

Fin de la communication.

— Mais qu'est-ce qui se passe ? s'énerva Gabi, complètement perdu.

— Mon garçon, dit le garde forestier, je vais te conduire au central, tu vas prendre quelque chose de chaud et on essaiera de comprendre ce qui se passe. D'accord ?

Le renard ! Il se tenait devant la voiture, dans le pinceau des phares.

— Qu'y a-t-il ? s'inquiéta l'homme en suivant le regard de Gabi. Tu as vu quelque chose ?

— C'est pas croyable… gémit Gabi. Vous non plus vous ne le voyez pas ?

— Il n'y a que des arbres, là, assura le garde. Bon, allons-y. On va t'aider.

— OK, céda Gabi à contrecœur. Mais avant, faut que j'aille pisser.

— Ça ne peut pas attendre ? C'est à une heure à peine.

— Laissez-moi sortir deux secondes, bordel ! tempêta le garçon en tambourinant sur la vitre.

L'homme soupira, descendit sous la pluie et ouvrit à Gabi depuis l'extérieur.

— Qu'est-ce qu'il y a ? lança celui-ci en voyant le regard méfiant du garde. Vous voulez peut-être venir m'aider ?

— Ne va pas trop loin, d'accord ?

Gabi s'éloigna de deux mètres. Les bourrasques de vent étaient telles que l'homme dut s'agripper à sa portière.

— 09, ici le central. À vous.

Le garde se pencha dans le véhicule et prit la communication.

— 09, nous avons un appel du numéro que vous venez de joindre. À vous.

Avant qu'il ait pu ouvrir la bouche, le garde forestier reçut un coup sur le crâne. Gabi lâcha son arme – une grosse branche – comme si elle lui brûlait les doigts. Nerveux, il tira le corps de l'homme inconscient un peu plus loin.

— 09, que se passe-t-il ? 09, tout va bien ? À vous.

Gabi arracha la radio du tableau de bord, mais ses mains l'avaient déjà fait fondre. Il la jeta par la fenêtre et mit le moteur en marche. Face à lui, le renard se mit à courir entre les arbres. Gabi enleva le frein à main et enfonça la pédale de l'accélérateur. La visibilité était mauvaise à cause de la pluie.

— Calme-toi ! se répétait-il. Tu n'es pas fou.

Le renard avait disparu. La pente le mena à la route départementale. Ce ne fut pas une mince affaire : il n'y avait pas un arbre pour faire obstacle à la pluie, la chaussée était inondée et le 4 × 4 faisait des embardées dans les virages. Mais Gabi ne leva pas le pied de l'accélérateur, impatient de fuir cet endroit maudit. Il parvint au-dessus du barrage. La déluge avait fait déborder le réservoir et les eaux se déchaînaient. Il tenta de garder le contrôle du véhicule, mais une trombe d'eau manqua de le retourner. Par chance, le garde-corps l'empêcha de basculer dans le vide. Le choc fut si brutal que Gabi perdit connaissance. La peur, elle, ne le quitta pas.

— Pourquoi tu ne nous l'as pas raconté plus tôt ?

Gabi fuit le regard du groupe, assis dans un café à la gare. Ils n'avaient rien commandé faute d'argent. L'hommage était terminé depuis des heures et il ne restait plus qu'eux.

— Je ne comprenais même pas ce qui s'était passé ! Et je ne comprends toujours pas, plaida-t-il.

Nerveux, il remuait les clés de la voiture sur la table.

— Dehors, il y a une plaque qui dit que je suis mort, mais… j'ai vu le contraire ce matin.

— Qu'est-ce que tu as vu encore ? Où ça ?

— Sur un site que j'utilise pour mes activités personnelles. J'ai vérifié, j'ai été actif toute l'année dernière. Je ne suis pas mort.

Il leur expliqua le fonctionnement de TOR.

— Comment tu as fait ? demanda Sam. Le routeur du lycée ne marche plus…

— L'ordinateur d'Irène. Il y a un autre routeur dans la salle des profs. Je vous dis que je ne suis pas mort, je l'ai vu sur Internet !

— Tu ne peux pas être mort ici et en même temps vivant sur Internet, pas vrai ? réfléchit Eva. Tu as cherché Gabriel Araujo ?

— Oui, et je n'ai rien trouvé. Je ne sais pas qui c'est, mais ce n'est pas moi.

— Peut-être qu'ils avaient mal noté le nom de famille, dit Sabrina. Erreur administrative.

— Et le coup de la maison ? Il a appelé et d'autres gens ont répondu, rappela Eva.

— Dans ce monde, je ne vis pas ici, rappela Sabrina. Peut-être que toi non plus, Gabi…

— Ça n'a ni queue ni tête. Mais vous savez ce qui est encore plus bizarre ? Que ma mère vienne pleurer ma mort…

Les haut-parleurs de la gare rompirent le silence qui s'était installé dans le groupe. Un train entrait en gare.

— Je ne comprends pas comment tu as pu garder tout ça pour toi, Gabi. On te l'a dit, il faut qu'on se serre les coudes si on veut sortir d'ici.

— Et moi je vous ai dit que je n'ai besoin de personne.

Le garçon s'empara des clés de la voiture et s'éloigna vers le bar.

Un couple tout juste descendu du train passait commande au comptoir. Gabi en profita pour subtiliser l'argent qu'ils laissèrent avec l'addition, s'écarta un peu et attendit que le serveur vienne prendre sa commande.

— Une bière, s'il vous plaît.

Il patienta, coudes sur le bar. Coup d'œil à droite : Sabrina était à un mètre de lui. Elle cherchait le serveur du regard.

— Mais tu vas me laisser respirer, oui ? lui lança Gabi.

— Comment ? répondit-elle, déconcertée.

Gabi la toisa d'un air agacé. Puis son expression changea du tout au tout quand il avisa le manteau beige à pois verts qu'elle portait. Son sac de voyage jaune moutarde reposait à ses pieds. Elle tenait encore son billet de train entre les mains. Au-delà de la jeune fille, Gabi repéra la table où étaient assis ses camarades. Sabrina était avec eux.

La Sabrina qu'il avait devant lui n'était pas celle qu'il connaissait.

21

— C'est à moi que tu parles ? demanda la fille à Gabi.

Elle faillit faire volte-face, mais il la rattrapa par le bras.

— Excuse-moi, je t'ai confondue avec quelqu'un d'autre. Tu allais commander ? S'il vous plaît !

Le garçon adressa son plus beau sourire à cette seconde version de Sabrina et retourna à la table retrouver l'originale. Il la fit lever de sa chaise et l'emmena à l'écart.

— Ne regarde surtout pas vers le bar, lui chuchota-t-il à l'oreille. Ton double est là.

Paniquée, Sabrina écouta ses instructions. Les autres dévisageaient son sosie qui commandait une bouteille d'eau sans se douter de rien.

— Ne t'inquiète pas, ça va aller, dit Gabi.

Il se plaça contre Sabrina pour faire écran avec son corps tandis que le reste du groupe formait un mur derrière eux. Les quelques mètres qui les séparaient de la porte semblaient interminables. Sur le pas de la porte, le vigile ne remarqua même pas leur comportement étrange. Jusqu'à ce que la voix du serveur se fasse entendre :

— Hé ! toi, avec les cheveux longs !

Gabi fit la sourde oreille et entraîna Sabrina. Mais le vigile l'attrapa par la manche.

— On t'appelle.

En un quart de seconde, Sabrina changea de garde du corps et se retrouva derrière Noël.

— C'est toi qui as pris l'argent de ces messieurs-dames ? demanda le serveur à Gabi.

— Quoi ?

Le couple que Gabi avait volé se dirigeait vers le vigile.

— Il est passé à côté de nous quand on a laissé l'argent. C'est lui qui l'a pris, c'est sûr, dit la femme en le pointant du doigt.

— Vous êtes en plein *jet lag*, ou quoi ? Allez vous faire voir ! lança Gabi en les dévisageant comme s'ils étaient fous.

Il poussa doucement Eva et les autres en avant, mais le vigile se mit en travers de son chemin.

— À nous deux, petit rigolo. Montre-moi tes papiers, ordonna-t-il.

— Qu'est-ce que vous me voulez, vous ? Vous êtes même pas un vrai flic !

— Donne-moi ta carte d'identité ou j'appelle la police.

Sabrina, derrière Noël, grinçait des dents. Son double, installée au bar, ne perdait pas une miette de la scène.

— Noël... souffla-t-elle, les yeux écarquillés.

Affolé, le garçon se mit à courir en tirant la vraie Sabrina par le bras.

— On se tire !

Gabi envoya valdinguer une poubelle pour barrer le passage tandis qu'ils décampaient à toutes jambes. Tout le café les regardait, bouche bée.

— Eh, vous !

Le vigile s'élança à leur poursuite, talkie-walkie à la main. Les lycéens grimpèrent quatre à quatre les marches du parking. Gabi, arrivé en dernier, vit les portes de l'ascenseur s'ouvrir au premier étage alors que les autres l'avaient déjà dépassé.

— L'ascenseur ! les rappela-t-il.

Ils firent demi-tour et entrèrent en trombe dans la cabine en bousculant une jeune femme effrayée. Les portes de l'ascenseur se refermèrent au nez et à la barbe du vigile. L'ascension des quatre étages dura une éternité. Une fois sur la terrasse du parking, ils coururent à la voiture. Gabi tâta ses poches.

— Merde, j'ai laissé les clés sur la table !

— Tu peux la démarrer quand même ?

— Je vais essayer.

Sam ôta son pull, s'en enveloppa le poing et brisa d'un coup la lunette arrière à l'endroit où elle était déjà fissurée. Il se faufila par le coffre et ouvrit les portes de l'intérieur. Gabi et Eva filèrent à l'avant. Sous le volant, Gabi extirpa une poignée de câbles, en dénuda un bleu et un jaune avec les dents et entrecroisa leurs fibres avec ses doigts. Le moteur démarra, mais une gerbe d'étincelles jaillit et les fit fondre.

— Merde ! cria Gabi en secouant ses mains brûlées.

— Tu t'es trompé de câbles ?

— Non, mais...

Impossible de saisir les fils de nouveau.

— Ils arrivent ! s'exclama Sabrina en se contorsionnant sur son siège.

Deux renforts accompagnaient le vigile, un homme et une femme.

Eva empoigna les câbles, qui cessèrent aussitôt de crépiter. Elle connecta le fil bleu au jaune.

— Allez...

La voiture démarra alors que les vigiles n'étaient plus qu'à deux enjambées. Gabi dérapa en marche arrière et s'engagea à toute allure dans la rampe en colimaçon. Au rez-de-chaussée, la barrière s'ouvrit sur une fourgonnette, mais se referma avant qu'ils aient pu l'atteindre. Gabi pila net pour éviter le choc.

— On est coincés ! s'exclama Sam. Qu'est-ce qu'on va faire ?

Sur l'autre file, une moto s'avançait pour pénétrer dans le parking. Gabi donna un grand coup de volant et passa juste après elle. Une seconde plus tard, la barrière redescendait.

En passant devant la gare, Sabrina ne put s'empêcher de jeter un œil par la vitre brisée. Son double regardait la voiture prendre la fuite. Leurs regards se croisèrent quelques secondes, comme aimantés.

Et Sabrina se désintégra.

— Non ! hurla Noël.

Sam et lui restèrent collés aux portières, épouvantés.

— C'est pas possible, répétait Eva en fixant l'espace vide qu'avait laissé Sabrina. C'est pas possible !

Gabi donna un dernier coup de volant et la gare disparut derrière eux.

— C'est fini. *Adios*, Conexo, déclara-t-il en fonçant vers la sortie de la ville.

— On ne peut pas s'en aller comme ça ! protesta Sam. Sabrina vient de disparaître, et il faut qu'on comprenne ce qui s'est passé dans le train.

— Tu veux bien arrêter de nous casser les pieds avec tes histoires d'enquête ? répliqua Gabi. Tu ne vois pas qu'on ne peut pas rester ici ? On est les prochains sur la liste !

— Mais où on va aller ? pleurnicha Noël.

— Là où il n'y a pas de clones ! Là où on n'est pas morts ! glapit Gabi.

La voiture s'engagea sur la voie rapide sous le soleil déclinant de l'après-midi. Soulagement général lorsqu'ils dépassèrent le panneau « Vous quittez Conexo. À bientôt ». Gabi regarda à droite le bas-côté de la route et pâlit.

— Qu'est-ce qui se passe ?

— Rien.

Il ne leur dit pas qu'un renard blanc courait devant la voiture parce que lui seul pouvait le voir.

Le renard s'immobilisa soudain. Gabi découvrit alors l'immense mur qui barrait l'horizon. Un mur transparent parcouru d'ondes, comme du verre liquide.

Il n'eut pas le temps de freiner.

— On se tire !

Gabi envoya valdinguer une poubelle pour barrer le passage tandis qu'ils décampaient à toutes jambes. Tout le café les regardait, bouche bée.

— Eh, vous !

Le vigile s'élança à leur poursuite, talkie-walkie à la main. Les lycéens grimpèrent quatre à quatre les marches du parking.

— Les gars, l'ascenseur !

Gabi, arrivé en dernier, leur cria de redescendre. Ils patientèrent une micro-seconde et la cabine s'ouvrit sur une jeune femme. Tous les cinq entrèrent en trombe et Eva enfonça le bouton du dernier étage. Les portes se fermèrent au nez et à la barbe du vigile.

L'ascension des quatre étages dura une éternité. Une fois sur la terrasse du parking, ils coururent à la voiture. Gabi tâta ses poches.

— Merde, j'ai laissé les clés sur la table !

— Tu peux la démarrer quand même ?

— Je vais essayer.

Sam ôta son pull, s'en enveloppa le poing et brisa d'un coup la lunette arrière à l'endroit où elle était déjà fissurée. Il se faufila par le coffre et ouvrit les portes de l'intérieur. Gabi et Eva filèrent à l'avant. Sous le volant, Gabi extirpa une poignée de câbles, en dénuda un bleu et un jaune avec les dents. Juste avant de les relier, il remarqua ses mains meurtries.

— Qu'est-ce qui se passe ? interrogea Eva.

Il avait une étrange impression de déjà-vu.

— Ils arrivent ! s'exclama Sabrina en se contorsionnant sur son siège.

Deux renforts accompagnaient le vigile, un homme et une femme.

— Fais-le, toi, demanda Gabi à Eva.

— Hein ? Pourquoi ?

Il tendit ses mains brûlées. Consciente que le temps pressait, la jeune fille réunit les câbles bleu et jaune, les mains tremblantes.

— Allez…

La voiture démarra alors que les vigiles n'étaient plus qu'à deux enjambées. Gabi dérapa en marche arrière et s'engagea à toute allure dans la rampe en colimaçon. Au rez-de-chaussée, la barrière s'ouvrit sur une fourgonnette, mais se referma avant qu'ils aient pu l'atteindre. Gabi pila net pour éviter la collision.

— On est coincés ! s'exclama Sam. Qu'est-ce qu'on va faire ?

Suivant son instinct, Gabi donna un grand coup de volant et se plaça dans l'allée d'à côté. Une seconde plus tard, une moto s'avança. Gabi profita de l'ouverture pour sortir.

En passant devant la gare, Sabrina ne put s'empêcher de jeter un œil par la vitre brisée.

— Sabrina, non ! cria Gabi en la voyant dans le rétroviseur.

Les yeux de la jeune fille obliquèrent vers son double, comme aimantés.

Et elle se désintégra.

— Non ! hurla Noël.

Sam et lui restèrent collés aux portières, épouvantés.

— C'est pas possible, répétait Eva en fixant l'espace vide qu'avait laissé Sabrina. C'est pas possible !

Gabi donna un dernier coup de volant et la gare disparut derrière eux.

— C'est fini. *Adios* Conexo, déclara-t-il en fonçant vers la sortie de la ville.

— On ne peut pas s'en aller comme ça ! protesta Sam. Sabrina vient de disparaître, et il faut qu'on comprenne ce qui s'est passé dans le train.

— Tu veux bien arrêter de nous casser les pieds avec tes histoires d'enquête ? répliqua Gabi. Tu ne vois pas qu'on ne peut pas rester ici ? On est les prochains sur la liste !

— Mais où on va aller ? pleurnicha Noël.

— Là où il n'y a pas de clones ! Là où on n'est pas morts ! glapit Gabi.

La voiture s'engagea sur la voie rapide sous le soleil déclinant de l'après-midi. Soulagement général lorsqu'ils dépassèrent le panneau « Vous quittez Conexo. À bientôt ». Gabi se passa la main sur le front, éreinté. Il risqua un coup d'œil vers la droite, certain de ce qu'il allait découvrir. Il ne leur dit pas qu'un renard blanc courait devant la voiture parce qu'il savait qu'ils ne pouvaient pas le voir. Mais cette fois, il ralentit.

— Pourquoi tu freines ? demanda Eva.

Gabi réfléchit une seconde. Ce n'était qu'un pressentiment.

— Pour rien, se résigna-t-il avant de mettre le pied au plancher.

Le renard s'immobilisa. Gabi découvrit alors l'immense mur qui barrait l'horizon. Un mur transparent parcouru d'ondes, comme du verre liquide.

Il n'eut pas le temps de freiner.

— On se casse !

Gabi plongea sur la table pour attraper les clés tandis que les quatre autres décampaient à toutes jambes. Il esquiva le vigile et shoota dans la poubelle pour lui barrer le passage.

Tout le café les regardait, bouche bée.

— Eh, vous !

Le vigile s'élança à leur poursuite, talkie-walkie à la main.

— Attendez-moi au premier étage ! cria Gabi aux autres.

Ils grimpèrent les marches quatre à quatre et s'arrêtèrent au premier sans comprendre pourquoi – mais ils obéirent.

L'ascenseur s'ouvrit soudain sur une jeune femme effrayée et les quatre lycéens s'engouffrèrent à l'intérieur. Une seconde plus tard, ils virent Gabi débouler. Les portes se refermèrent au nez et à la barbe du vigile.

L'ascension des quatre étages dura une éternité. Une fois sur la terrasse, ils coururent à la voiture. Gabi et Eva s'assirent à l'avant, les autres derrière, Sabrina en sandwich entre Noël et Sam. Gabi mit la clé dans le contact et enclencha la marche arrière. Le vigile, accompagné d'un homme et d'une femme vêtus du même uniforme que lui, vit la voiture disparaître dans le virage en pente. Au rez-de-chaussée, Gabi profita qu'une fourgonnette franchissait au même moment la barrière pour foncer derrière elle. En passant devant la gare, Sabrina ne put s'empêcher de regarder en arrière : son double en sortait avec son sac de voyage à l'épaule, les yeux rivés sur son téléphone. Elle ne fit pas attention à la voiture. Sabrina se retourna avec un frisson. La gare était loin, maintenant.

— *Adios*, Conexo ! s'écria Gabi.

— On ne peut pas s'en aller comme ça ! Il faut qu'on comprenne ce qui s'est passé dans le train, dit Sam.

— Tu veux bien arrêter de nous casser les pieds avec tes histoires d'enquête ? Tu ne vois pas qu'on ne peut pas rester ici ?

— C'est vrai, c'est super dangereux. On ne peut pas risquer de vivre ça une nouvelle fois.

— Mais où on va aller ?

— Là où il n'y a pas de clones ! Là où on n'est pas…

Gabi s'interrompit soudain.

Il avait l'étrange sensation d'avoir déjà prononcé ces mots.

— Qu'est-ce qui t'arrive ? demanda Eva.

— Rien.

La voiture s'engagea sur la voie rapide. Le soleil de l'après-midi transperçait les nuages gris. Soulagement général devant le panneau « Vous quittez Conexo. À bientôt ». Gabi se passa la main sur le front, éreinté, puis remarqua ses brûlures et palpa les clés sur le contact.

— Les câbles…

— Quels câbles ? Qu'est-ce qu'il y a, Gabi ?

Le renard courait sur la droite. Gabi pila juste avant le mur transparent qui leur barrait la route.

— On a déjà vécu ça… C'est en train de se répéter !

22

— Ça fait trois fois qu'on revit la même scène ! On s'enfuit, on prend la voiture et on arrive à cet endroit, expliqua Gabi tandis qu'ils sortaient de la voiture.

— Mais de quoi tu parles ?

— Même s'il y avait quelques détails qui changeaient à chaque fois.

Gabi ouvrait la marche, les nerfs à vif.

— La première et la deuxième fois, tu apercevais ton double, Sabrina, et tu disparaissais.

— Hein ? Vous aussi, vous avez vu ça ? demanda-t-elle.

Les trois autres firent non de la tête.

— Gabi, on ne s'est enfuis qu'une seule fois de la gare, dit Eva. Comment tu veux qu'on vive la même chose à trois reprises ?

— On t'a bien envoyé une vidéo d'un accident qui n'avait pas encore eu lieu ! se défendit le garçon avant de se remettre à marcher. Je vous dis que le temps s'est rembobiné. Je ne suis pas fou.

Le mur de verre surgit soudain, barrant l'horizon d'un bout à l'autre. Un bourdonnement l'enveloppait, comme un champ de force.

— Je crois que c'est ce mur qui nous empêche de quitter la ville. Chaque fois qu'on a essayé de le traverser, on est revenus en arrière.

Gabi colla ses mains au verre ; des ondes se formèrent alentour. Il frappa la paroi ; elle n'oscilla même pas.

— C'est quoi, ce délire ?

Il se mit à la bombarder de coups de poing.

— Gabi… arrête ! Pourquoi tu tapes dans le vide ?

Tous le dévisageaient d'une drôle de façon.

— C'est ça, payez-vous ma tête… Vous aussi vous le voyez !

— Quoi ?

— Ce foutu mur en verre ! cria-t-il à Sam. Ouvre les yeux, il est devant toi ! Si tu essaies de le traverser, tu vas revenir en arrière. Mais libre à toi, champion.

Sam regarda les autres, qui haussèrent les épaules. Il prit son inspiration et fit un pas en avant. Gabi le vit traverser le mur de verre sans effort. Comme une paroi en gélatine, le mur l'absorba, puis le recracha peu à peu de l'autre côté.

— Y a rien, ici, affirma Sam.

La mâchoire de Gabi se mit à trembler.

— C'est impossible…

Quelque chose frôla ses pieds.

Le renard.

— Vous ne voyez pas non plus…

Il s'interrompit. À quoi bon ? Personne d'autre ne voyait l'animal qui se dirigeait vers la ville.

— Gabi, dit Sabrina d'un ton qui se voulait apaisant, c'est normal que tu sois fatigué après ce que tu as vécu aujourd'hui…

Son angoisse se transforma en colère.

— Vous ne me croyez pas ! s'exclama-t-il.

— Là n'est pas la question, Gabi, continua Sabrina. Tout est normal, ici – en dehors de ce qui s'est passé. Ce que tu as vécu est traumatisant. Tu as vu ta mère à la cérémonie et…

— Je suis pas mort, bordel !

Il cria si fort que les ondes sur le mur se concentrèrent en face de lui. Il retourna à la voiture en tapant des pieds.

— Y a rien, ici, répéta Sam. On fait quoi ?

— On essaie de comprendre.

Ils retournèrent au 4 × 4, mais Gabi avait déjà mis le contact et verrouillé les portes.

— Qu'est-ce que tu fais ? lui cria Sam en tambourinant à la fenêtre.

Le garçon fit demi-tour, puis descendit sa vitre :

— Je vous l'ai dit. Je n'ai besoin de personne.

La voiture repartit à toute allure vers Conexo. Le renard courait devant.

Gabi le perdit de vue avenue Nexo. Après l'incident survenu à la gare, la police recherchait sûrement le 4 × 4. Il prit un raccourci vers les quartiers résidentiels et se dirigea naturellement vers les Peupliers, son lotissement. Le jour commençait à décliner et les habitations s'illuminaient une à une. Il ralentit devant une belle villa en briques marron entourée d'un haut grillage en fer. Il frissonna. Sa maison était éteinte, les rideaux fermés. Son père devait être au travail, rêvant du moment où il allait enfin pouvoir retourner au bar. Sa mère, elle, passait ses journées à la salle de gym. Gabi remarqua que la fenêtre de sa chambre, au premier étage, était ouverte. Le vent faisait voleter le rideau à l'extérieur, comme s'il voulait s'échapper. Quelque chose avait changé, même si tout semblait identique. Peut-être que c'était lui qui avait changé. Ce qu'il venait de vivre l'avait rendu différent. Il ne put s'empêcher de penser à Eva, Sabrina, Noël et Sam. *Ils* l'avaient rendu différent.

Il se réveilla à la tombée de la nuit. La pluie martelait la carrosserie. Il se redressa, se frotta le visage et mit en route les essuie-glaces pour mieux voir au-dehors. Quelqu'un avait fermé la fenêtre de sa chambre. Il y avait de la lumière au rez-de-chaussée. Ses parents étaient rentrés. Il inspira et descendit de la voiture.

En quelques secondes, il fut trempé. Il ferma son blouson et courut au portail. À travers les grilles, il reconnut le jardin desséché. Dans le salon, deux personnes regardaient la télévision, enlacées sur le canapé. Bizarre. Jamais ses parents ne se seraient comportés ainsi.

Gabi appuya sur l'interphone, une main sur la caméra pour cacher son visage.

— Oui ?

La voix lui était familière. Il ne put s'empêcher de lancer :

— Mais… qui êtes-vous ?

— Et toi, qui es-tu ?

L'homme avec qui il avait déjà parlé deux fois répéta sa question.

— Qu'y a-t-il ? demanda une voix de femme en arrière-plan.

— C'est encore ce garçon, celui qui a téléphoné.

Fin de la communication. Gabi décampa vite fait, mais l'homme sortait déjà de chez lui. Les cheveux châtains, il portait une robe de chambre par-dessus ses vêtements. Il ne ressemblait pas du tout au père de Gabi, même s'il avait à peu près le même âge. Il s'approcha lentement de la portière du 4 × 4.

— Eh, toi ! appela-t-il en tapant à la fenêtre.

Gabi démarra en trombe. La femme, sur le perron, s'abritait sous un parapluie. Gabi ne la connaissait pas non plus. Tandis qu'il déambulait dans les rues sombres, il sentit une boule se former dans sa gorge. Rien de tout cela n'avait de sens. Il avait vu sa mère à la gare, mais deux inconnus vivaient chez lui. Il ne savait plus s'il était vivant ou mort.

Il s'arrêta à un carrefour, indécis. Les larmes lui montèrent aux yeux.

— Raah !

Hors de question qu'il se mette à pleurer. Il enfonça l'accélérateur et prit à droite. Il serra fort les paupières. Quand il les rouvrit, il lâcha un cri. Un enfant sortait les poubelles, vêtu d'un sweat à capuche qui dissimulait à peine ses cheveux albinos. Le garçon du parc. L'enfant le reconnut, lui aussi, et le scruta de ses yeux sombres. Quand Gabi regarda de nouveau devant lui, il dut donner un grand coup de volant pour ne pas quitter la route. Trop tard. Le 4 × 4 dérapa et percuta un arbre. Le klaxon se déclencha en continu.

La porte d'entrée de la maison la plus proche s'ouvrit. Une femme blonde apparut.

— Mon Dieu !

La voiture fumait. La femme ouvrit tant bien que mal la portière du conducteur et redressa la tête du conducteur, plaquée contre le volant. Le klaxon s'arrêta. Le garçon avait le visage ensanglanté. Mais cela n'empêcha pas la femme de le reconnaître. Elle porta les mains à sa bouche pour étouffer un cri.

— C'est impossible ! s'écria-t-elle, prise de tremblements.

C'était la mère de Gabi.

23

Ils mirent des heures à regagner Conexo, à pied et en silence, complètement abattus. Une fois en ville, impossible de prendre le bus ou de faire du stop ; on les aurait reconnus. La situation empira à la tombée de la nuit : il se remit à pleuvoir. Arrivés au lycée, ils étaient gelés jusqu'aux os. Ils comptaient de nouveau y passer la nuit, même s'il fallait en repartir aux aurores, avant l'arrivée des élèves. Imaginer qu'ils pouvaient croiser leurs doubles leur glaçait le sang.

— Où est-ce qu'on va aller ? s'inquiéta Sabrina en montant l'escalier principal.

— On pensera à ça après manger, répondit Noël.

La porte principale était fermée.

— On essaie celle des vestiaires ? proposa Eva.

— Elle sera fermée aussi, lui répondit Sam, contrarié.

— Gabi s'est échappé par une fenêtre de la cantine l'autre jour ! se rappela Eva. Elle doit encore être ouverte.

Ils contournèrent le bâtiment sous la pluie jusqu'à la cantine. Toutes les issues étaient fermées.

— Vous croyez que quelqu'un est venu aujourd'hui au lycée ? se demanda Eva.

— C'est peut-être Irène qui l'a fermée en partant, supposa Noël.

— Ou alors Gabi est revenu au lycée… se risqua Sabrina. Il est comme nous. Il n'a nulle part où aller.

— J'espère pour lui qu'il n'est pas à l'intérieur, parce que je vous jure que cette fois je lui en colle une, déclara Sam avant de se diriger vers les arbustes.

— Qu'est-ce que tu fais ?

— Je casse cette fenêtre.

En deux coups bien portés, la vitre s'effondra. Ils ôtèrent délicatement les morceaux de verre, puis se firent la courte échelle. L'ouverture était haute, mais pas inaccessible. La cantine était plongée dans le noir ; les tables étaient impeccables.

— Les gens du ménage sont venus. C'est eux qui ont fermé, déduisit Sabrina.

— Je meurs de faim, mugit Sam en se dirigeant vers les cuisines.

— Moi je vais faire un tour dans la salle des profs, les informa Eva. Gabi a dit qu'Internet fonctionnait là-bas...

— Tu ne veux pas grignoter un truc ? On ira tous ensemble après, proposa Noël.

— En fait, je n'ai pas très faim. Le froid m'a coupé l'appétit.

Noël eut du mal à la laisser partir. La dernière fois, il avait failli ne jamais la revoir.

— T'inquiète, je serai juste au-dessus. À tout à l'heure.

Les couloirs étaient sombres, mais Eva n'osa pas allumer. Sur la pointe des pieds, elle prit la direction du hall. Le couloir était éclairé.

— Gabi ?

Pas de réponse. Coup d'œil circulaire sur les casiers : rien d'anormal. « Ils ont dû oublié d'éteindre en partant. » Pourtant, de l'autre côté de la porte, elle entendit des cris :

— Je m'en vais. Je ne veux plus rien savoir. Rendez-moi ma pochette !

Eva reconnut la voix : Anna. Ou plutôt son double. La gorge serrée, elle attendit la réponse de son interlocuteur. Elle n'entendit que le claquement d'une porte sur la rue. Puis des bruits de pas de plus en plus proches. Affolée, elle se mit à courir et s'arrêta devant la première porte qu'elle trouva : un placard à balais. Elle s'y engouffra au moment où la porte du hall s'ouvrait. Elle se couvrit la bouche et le nez pour étouffer le son de sa respiration rapide. Un trousseau de clés tintait, tout près. Eva ferma les yeux. Le rai de lumière sous la porte disparut. Il y avait quelqu'un derrière. Mais la personne ne fit que passer. Eva soupira de soulagement et s'apprêta à sortir. Soudain, elle heurta un escabeau qui alla se fracasser contre la porte. L'inconnu revint au pas de course. Tétanisée, Eva se plaqua contre une étagère métallique. Elle vit avec horreur la poignée tourner.

Personne n'entra.

Médusée, elle entendit l'inconnu s'éloigner. Elle s'élança sur la porte.

La serrure était verrouillée.

— Mais où elle est ? répéta Sam en ouvrant une énième porte.

Il fouillait les bureaux des profs avec Sabrina et Noël. Vides, éteints. Personne n'y était venu.

— On a mangé en moins de dix minutes. Elle s'est volatilisée, ou quoi ? demanda Noël.

— Elle est peut-être aux toilettes, essaya de le rassurer Sabrina.

— D'abord la fenêtre, ensuite ça... Et si Gabi avait décidé de se venger sur Eva ? lança Noël, la mine effarée.

— Gabi ne lui ferait aucun mal, répondit Sabrina, ni à personne d'autre, d'ailleurs. À part lui-même.

— Je te rappelle qu'il a voulu t'étrangler, intervint Sam.

Noël insista pour qu'ils se séparent : Sam retournerait à la cantine et au gymnase, Sabrina et lui passeraient l'étage supérieur au peigne fin.

— E-va ! s'égosillait-il.

— Elle n'est pas venue ici, c'est certain. Il y aurait de la lumière, observa Sabrina, agrippée à son bras. Je n'aurais jamais cru que le lycée pouvait faire si peur…

— Moi je trouve ça bien plus effrayant quand tout le monde est là.

— Pourquoi ?

— Tu vois cette poubelle ? J'y ai passé quasiment toutes mes récrés, au collège. Au début on m'enfermait dedans, puis j'ai fini par m'y mettre moi-même pour qu'on ne me trouve pas.

— Comme dans *L'Histoire sans fin*, sourit Sabrina. Mais oui ! Tu es déguisé en Atreyu !

Noël s'arrêta et jeta un œil à ses vêtements.

— J'aimerais bien que ceux qui me martyrisaient me voient maintenant. J'ai grandi d'un coup et ils préfèrent m'ignorer… Sans doute parce que je ne suis pas assez « comme eux ».

— N'importe quoi ! s'exclama Sabrina en riant.

— Je suis sérieux : pour être ami avec eux, il faut être leur clone. Non merci.

— Tu sais que quatre-vingt-dix-neuf pour cent de ceux qui étaient populaires au lycée finissent gros et chauves avant trente ans ? Sans parler des filles. Elles se gavent d'antidépresseurs dès que leurs seins tombent.

— Hum, si tu le dis… N'empêche que, pour l'instant, c'est pas le cas.

Noël marchait les yeux camouflés sous sa frange. Sabrina s'immobilisa et le tira par la manche.

— Tu sais quoi ? J'avais peur de monter dans ce train. Je ne connaissais personne. Irène m'a dit que ça me ferait du bien et qu'il fallait que j'essaie de me faire des amis.

Noël l'écoutait sans un mot.

— Elle m'a conseillé de me mettre avec ceux qui, selon moi, étaient les plus intéressants. Et c'est à côté de toi que j'ai voulu m'asseoir…

Un arc-en-ciel scintilla dans les yeux de Noël.

— Même si Eva ne m'a pas laissée faire, ajouta Sabrina en souriant.

Ils se dévoraient des yeux.

— Vous l'avez trouvée ? demanda Sam en pénétrant dans le couloir.

Le couple fit volte-face et Noël fit non de la tête.

— Allons voir au CDI. Elle est peut-être en train de chercher un livre.

La bibliothèque était plongée dans le noir.

— Eva ! cria Sam en entrant.

— Qui est là ?

Le trio reconnut la voix alarmée de la jeune fille, à l'étage.

— Elle est là ! Allons-y ! s'exclama Sam en accélérant le pas, Noël et Sabrina à sa suite.

— Qui est là ? répéta Eva avec angoisse.

— C'est eux…

Sabrina tira Noël par la manche. Sam ralentit aussi. Il y avait quelqu'un avec elle.

— Gabi, supposa Noël.

Mais ils entendirent les murmures de plusieurs personnes. Puis les cris d'Eva :

— Non, laissez-moi !

Sam repartit au pas de course, convaincu qu'elle était en danger. Il s'engouffra dans un dédale de rayonnages. Plusieurs lanternes se reflétaient dans un coin. Sam piqua un sprint et tomba nez à nez avec elle. Il bascula à la renverse. Elle perdit sa torche, mais continua sa course, croisant Noël et Sabrina au passage.

— Eva ! Qu'est-ce qui se passe ?

Pas de réponse. Sabrina l'observa mieux : elle avait les cheveux longs et portait d'autres vêtements.

— Ce n'est pas Eva. C'est son double…

La fille les poussa à deux mains et détala à toutes jambes.

À cet instant, Sam se releva et aperçut une table éclairée, dans le fond, autour de laquelle étaient assis trois lycéens.

— Non… Non !

En entendant crier Sam, Sabrina et Noël accoururent. C'est là qu'ils les virent. Leurs doubles.

Leurs regards se croisèrent, comme aimantés.

Et ils se désintégrèrent.

Eva martelait à deux poings la porte du placard à balais.

— À l'aide ! Laissez-moi sortir !

Elle passa les mains sur son visage couvert de sueur. Elle manquait d'air. Pour se calmer, elle s'accrocha à l'étagère derrière elle. Ses mains sentirent alors une caisse en plastique. Des outils. À tâtons, elle sortit plusieurs tournevis et se jeta sur le verrou. Elle les essaya un à un jusqu'à trouver celui qui correspondait aux vis. Les mains tremblantes, elle les ôta une à une. La serrure céda. Eva acheva de l'ouvrir en faisait levier avec le tournevis. Elle était libre.

Paniquée, elle se mit à courir dans le couloir sombre. Il fallait qu'elle trouve les autres avant que l'autre ne les trouve. Soudain, elle entendit quelqu'un dévaler l'escalier. Elle se retrancha derrière une cloison, haletante. Et au moment où l'inconnu passait, elle lui fit un croche-pied. Une fille s'écroula sur le sol. Eva porta les mains à sa bouche. Son double.

Leurs yeux se croisèrent, comme aimantés.

Et elle se désintégra.

24

Gabi se réveilla en sursaut et se redressa dans son lit, comme mû par un ressort. Il était en sueur et il avait la nausée. Il rejeta ses couvertures et regarda autour de lui, le souffle court. La pièce n'était éclairée que par les lampadaires de la rue. Des affiches de film et de groupes de musique envahissaient les murs jusqu'au plafond. À tâtons, il chercha l'interrupteur et poussa un cri de surprise.

Il était dans sa chambre.

Il prit la première BD sur la pile au pied du lit, *Batman*. Une page était cornée : celle où il s'était arrêté la nuit précédant le voyage. Ce n'était qu'un cauchemar. Mais la réalité le rattrapa quand il essaya de se lever. Il avait eu un accident avec un 4 × 4, voilà tout ce dont il se souvenait. Ses côtes étaient bandées ; il voulut les toucher, grimaça de douleur et sentit la peau de son visage tirailler. Il chercha son reflet sur l'écran du réveil. Quelqu'un avait pansé sa plaie au sourcil. Ses autres blessures étaient nettoyées. Il remarqua qu'il portait son pyjama habituel, un pantalon de jogging bleu marine. En se tenant les côtes, il parvint à sortir du lit. Sur le bureau : un ordinateur portable, des caisses pleines de jeux vidéo. Sur l'étagère : des livres, des cahiers, des montagnes de CD et de disques durs bourrés de séries et de films téléchargés. Tout était à sa place. Le garçon s'approcha de la fenêtre. Il pleuvait si fort et il faisait si sombre qu'il ne parvint pas à reconnaître la rue. La porte de la chambre s'ouvrit soudain et une femme entra. Iris. Sa mère. Elle le dévisagea de ses yeux vitreux. Le garçon eut un frisson. Elle portait un pantalon évasé et un cache-cœur en laine qui n'allaient pas du tout ensemble. Jamais sa vraie mère n'aurait osé porter des vêtements pareils, même pour traîner à la maison.

— Recouche-toi, mon chéri…

Avant qu'elle ait pu lui prendre la main, il recula d'un pas.

— Maman ? hasarda-t-il. Comment je suis arrivé ici ?

— Tu as eu un accident. Tu as percuté l'arbre devant la maison. Tu ne t'en souviens pas ?

— Pas vraiment. Je sais juste que c'est la deuxième fois en deux jours…

— Tu as perdu conscience. Rien de grave. On a pensé qu'il valait mieux ne pas te conduire à l'hôpital, histoire d'éviter les questions.

— Qui ça, on ? Qui d'autre sait que je suis ici ?

— Calme-toi, Gabi. Seulement ton père et moi.

Iris s'avança un peu plus près.

— Mon chéri, tu es arrivé à la maison dans une voiture de l'Office des forêts… Où étais-tu tout ce temps ?

— Combien de temps, exactement ?

— Quoi ? Qu'est-ce que tu veux dire ?

— Combien de temps je suis parti de la maison ?

— Tu ne te souviens pas de ce qui s'est passé ? C'est peut-être le choc… Tu es parti en classe de neige, il y a eu un accident et…

— Maman, cet accident a eu lieu il y a combien de temps ? insista-t-il.

— Un an. Il y a pile un an, le train a déraillé dans la montagne. Il allait très vite, les rails étaient en mauvais état, et toi… (Iris s'arrêta pour reprendre son souffle.) Mon chéri, tu es…

— Je ne suis pas mort, la coupa-t-il. Arrête de me regarder

comme si j'étais un fantôme, parce que je n'en suis pas un. D'accord ?

Sa mère acquiesça sans pouvoir contenir ses larmes.

— Je suis si heureuse que tu sois revenu…

Elle le prit dans ses bras.

— Mon fils… je t'avais perdu…

Gabi était contrarié. Jamais il n'aurait pensé que les bras de sa mère pouvaient être aussi réconfortants.

— Mais maintenant tu es là… Tu es rentré à la maison !

— En fait… (Le garçon s'écarta.) Je n'en suis pas si sûr.

Elle le dévisagea, perplexe tandis qu'il s'expliquait :

— Il nous est arrivé quelque chose. À moi et à d'autres élèves de ma classe. On est restés dans la montagne, perdus. Puis le garde forestier est apparu, et j'ai appelé à la maison. Mais ce n'était pas vous. J'ai vu ceux qui vivent maintenant dans notre maison. Tu l'as vendue ?

— Ça fait dix ans qu'on habite ici, répondit sa mère.

Gabi s'approcha de la fenêtre, le front plissé.

— Je ne me souviens même pas de cette rue… On va me prendre pour un fou.

— Non, mon chéri, personne ne va te juger. Ne t'inquiète pas.

Iris le rejoignit.

— Peu importe ce qui s'est passé. C'est un miracle !

Elle lui caressa le visage comme à un petit garçon.

— L'important, c'est que tu sois revenu, et je ne te laisserai plus jamais t'en aller. Ton père s'occupe de tout.

— Il s'occupe de tout ? Qu'est-ce qu'il a dit ? s'alarma Gabi.

— Il est aussi content que moi, bien sûr !

Le garçon haussa les sourcils.

— Je suis bel et bien dans un autre monde…

— Comment ?

— Maman, je ne sais pas si c'est une bonne idée de mêler papa à ça.

Sa mère posa un doigt sur ses lèvres, délicatement.

— Cesse de t'en faire. Et repose-toi.

Elle le raccompagna jusqu'à son lit.

— Tu as faim ? Je vais t'apporter un bol de soupe. Je viens de la passer.

Sa mère à lui ne cuisinait jamais. Iris sortit de la chambre en laissant la porte entrouverte et promit de revenir très vite. Gabi jeta un œil dans le couloir, puis sortit à son tour. Les murs, couleur crème, étaient couverts de rayonnages en pin. Les radiateurs diffusaient une chaleur agréable. Une atmosphère très confortable, mais qu'il ne reconnaissait pas. Chez lui, des tableaux abstraits ornaient les murs et les rayonnages étaient en métal. Troublé, il commença à descendre l'escalier. Sur l'avant-dernière marche, il se figea.

Le garçon albinos l'attendait en bas.

Gabi remonta à vitesse grand V et s'enferma dans sa chambre.

La voix de sa mère retentit dans le couloir :

— Qu'est-ce qui s'est passé ? Gabi ! Ouvre !

Craignant soudain que le petit ne s'en prenne à sa mère, il lui ouvrit le temps qu'elle s'engouffre dans la pièce. Puis il verrouilla la porte et s'appuya contre le battant.

— Qu'est-ce que tu as, Gabi ?

— Il t'a fait du mal ?

— Qui ça ?

— Le gamin ! Il a tenté de me tuer l'autre jour !

— Gabi, calme-toi !

Cette fois, il ne la laissa pas le toucher.

— Tu ne le vois pas, c'est ça ? Il n'y a que moi qui le vois ? demanda-t-il, hystérique.

— Mais qu'est-ce que tu racontes ? Il est là, dehors…

Iris essaya de l'écarter de la porte.

— Maman, non ! N'ouvre pas !

De l'autre côté se tenait le petit garçon, ses yeux toujours aussi sombres, presque noirs.

L'enfant se réfugia dans les jambes de sa mère.

— Il m'avait bien dit qu'il t'avait vu, hier, quand il a sorti Otto avec Lorenzo. Mais je ne l'ai pas cru… Je pensais qu'il s'inventait des histoires parce que tu lui manquais.

— Mais c'est qui ?

— Comment ça, c'est qui ? Max, ton petit frère.

Médusé, Gabi contempla l'enfant. Son pyjama blanc ressemblait à un déguisement : une queue, des oreilles pointues et une large gueule hérissée de dents à la place de la capuche. Un renard blanc.

— Il t'a aperçu en sortant la poubelle. Il croyait que tu étais un fantôme, c'est pour ça qu'il t'a jeté des pierres, continua sa mère. Ne lui en veux pas.

Iris invita Max à s'approcher pour embrasser Gabi, mais le petit s'enfuit dans le couloir, apeuré.

— Il lui faut du temps pour assimiler tout ça. Il n'a que dix ans.

— Mais je n'ai jamais eu de…

Gabi laissa sa phrase en suspens.

— Iris, je n'ai pas réussi à démarrer le 4 × 4. (La voix d'un homme résonna dans le couloir.) Je l'ai laissé sur la terrasse, sous la bâche.

L'homme s'arrêta dans l'entrebâillement de la porte. Il avait les cheveux d'un blanc immaculé et la peau très blanche, comme celle de Max. Il portait un jean et un tee-shirt basiques. Un sourire se dessina sur son visage en voyant Gabi.

— Mon Dieu, c'est incroyable… dit-il en ouvrant grands les bras.

Gabi le repoussa violemment.

— Gabi ! Pourquoi tu as fait ça ? le reprit sa mère.

— C'est qui, ce type ?

— Comment ça, c'est qui ?

L'homme s'approcha de nouveau, avec précaution cette fois.

— Mais enfin, Gabi, c'est moi… Ton père.

25

— On est où, là ? demanda Sabrina.

— Toujours au CDI, non ?

Les rayonnages et les tables étaient bien à leur place mais… les doubles avaient disparu. Désintégrés.

— Noël !

La voix d'Eva leur parvint de l'étage inférieur.

Sam descendit l'escalier d'un bond et courut à l'entrée du CDI. À ses vêtements et à sa coupe de cheveux, il sut tout de suite que c'était la vraie.

— Eva ! Ton double est ici…

— Je sais. Je l'ai croisée. Elle a disparu quand on s'est regardées…

— Les nôtres aussi !

— Bizarre… C'est le contraire de ce qui est arrivé à Anna. Comment ça se fait ?

— Aucune idée, mais je suis content que ce soit toi qui sois restée.

Eva lui sourit. C'était comme s'il avait reçu une décharge électrique, et il faillit se jeter dans ses bras. Mais Noël se pencha au balcon.

— Eva, c'est toi !

Sabrina passa la tête par la rambarde une seconde plus tard.

— Venez, il faut que vous voyiez ça !

À l'étage, Sabrina leur distribua les lampes tombées par terre.

— Ils savaient qu'on existait. Je pense que, pour eux, c'étaient nous les doubles. Regardez.

Quatre dossiers étaient posés sur la table. Quatre dossiers à leur nom.

Eva s'empara du sien et écarquilla les yeux.

— C'est quoi, tout ça ? Ils ont enquêté sur nous ?

À en juger par la mauvaise qualité des photos, elles provenaient d'Internet, de leurs pages Facebook, Twitter ou de leurs boîtes mail.

— Je rêve. Comment ils ont pu y avoir accès ? On ne vit même pas dans le même monde.

Eva étala sur la table les critiques de livres qu'elle avait rédigées sur son profil Goodreads : *1984*, de George Orwell, *Ubik*, de Phillip K. Dick et *Frankenstein*, de Mary Shelley.

— Et ça, c'est mon compte YouTube, dit Noël en sortant une feuille de son dossier. J'ai fait cette *cover* juste avant de partir en voyage !

Sam montra à son tour une copie du journal numérique du lycée, où il était en photo avec son équipe de foot.

— C'est l'article qui devait paraître le jour de notre départ !

Sabrina, elle, avait trouvé une image où on la voyait embrasser Noël.

— Mais ça n'est jamais arrivé, dit-elle, confuse.

Noël devint rouge comme une tomate.

— Ils l'ont prise sur ton compte Instagram, affirma Eva en lisant l'en-tête de la photo.

— Je n'ai pas de compte Instagram, la contredit Sabrina. Ils ont des choses qui sont à moi, comme mon blog de nouvelles, mais il y a plein de photos qui ne m'appartiennent pas. On dirait que c'est mélangé avec la vie de mon double…

— Pour moi, tout correspond, dit Sam. Ça m'étonnerait que je continue le foot avec un bras en moins. Je me demande comment ils ont eu tout ça. Ç'a été publié sur Internet, mais dans notre monde.

— Quand on a ouvert Facebook ici, ce sont leurs profils qui sont apparus, pas les nôtres, rappela Noël.

Eva parcourait les pages frénétiquement.

— Regardez ce symbole !

Un oignon métallique, coupé au milieu.

— Il y en a partout, continua Eva, en feuilletant le reste des dossiers.

Sous chaque photo, en lettres minuscules, apparaissait la mention : « *Served by TOR* ».

— C'est le logiciel dont a parlé Gabi, non ? dit Noël.

— Oui, quand il a utilisé TOR, il a vu qu'il était vivant. C'était peut-être dans un autre monde ? Si ça se trouve, dans ce monde-là, vous sortez ensemble tous les deux.

Les joues de Noël s'empourprèrent de nouveau.

— Attends une seconde. TOR connecterait les mondes entre eux ? demanda Sam.

— C'est ce que je voulais essayer de comprendre quand on m'a enfermée dans un placard à balais, lui répondit Eva.

— Qui t'a enfermée ?

— J'ai entendu Anna dans le hall. Il y avait quelqu'un avec elle. Je me suis cachée. Elle lui a demandé de lui rendre son dossier et la personne qui était avec elle m'a repérée et m'a enfermée…

— Ensuite tu as croisé ton double ! C'est sûrement elle qui t'a enfermée, dit Sam.

— Et comment elle aurait eu les clés du placard ?

— C'est peut-être comme ça qu'ils ont eu les lampes, répondit le garçon en agitant celle qu'il tenait.

— Mon double était avec les autres quand vous êtes arrivés, non ? Je ne crois pas que ce soit elle.

— Alors il y a quelqu'un d'autre au lycée !

— Non, je l'ai entendu partir…

— Tout ça ne nous dit pas ce que fabriquaient nos doubles ici, intervint Noël.

— Et si on s'asseyait deux minutes ? Je suis sûre que les réponses sont là-dedans, dit Eva en montrant les dossiers.

Sabrina remarqua soudain quelque chose sur sa chaise.

— C'est le livre qu'on cherchait !

— Quoi ?

— *Théorie des mondes possibles* ! Il est là !

Eva s'empara de l'ouvrage aux pages jaunies et en lut le sommaire :

— « Théorie des mondes possibles, Multivers, Tangence quantique… »

— Ça a l'air bien compliqué, estima Sabrina. Et il est énorme. On va mettre des jours à le lire.

— Si nos doubles l'ont volé, c'est parce qu'il contient quelque chose d'important, intervint Sam.

— En parlant de doubles, je suis la seule à me sentir coupable de ce qui leur est arrivé ? Ils ont disparu. C'est comme si on les avait…

— On ne les a *pas* tués ! lança Eva. On ne savait même pas qu'ils étaient là.

— Mais ils ont disparu ! Leurs parents et leurs amis vont les chercher partout, répliqua Sabrina avec un frisson. Que se passera-t-il si on nous découvre ?

Cette fois, Eva ne sut quoi répondre.

— J'ai l'impression qu'on passe notre temps à fuir… gémit Sam en laissant tomber sa tête sur la table.

Noël se leva brusquement :

— Vous savez quoi ? Personne ne va les chercher parce qu'on va prendre leur place.

— T'es malade ? Je te rappelle que, dans ce monde, je sors avec toi.

— Moi je ne sais même pas où j'habite.

— Et moi, c'est pire : il me manque un bras.

— Peut-être, mais on va faire en sorte que personne ne s'en rende compte ! Il est tard. Allons chez eux, on trouvera peut-être quelque chose qui nous aidera à comprendre les événements actuels. On dort un peu, et demain on revient au lycée.

Eva dévisagea Noël avec surprise : pour une fois qu'il prenait les devants ! Mais cette sensation ne dura que quelques secondes.

— Bon... si vous avez un avis différent, on peut réfléchir à un autre plan.

— Non, on va le faire, déclara Sabrina. Ce sera comme dans *À nous quatre*, enfin plus ou moins...

Eva et Sam, quoique réticents, finirent par accepter.

Quelques minutes plus tard, Sabrina, Eva et Sam parcouraient les rues de Conexo en taxi. Une chance : dans les affaires de leurs doubles, ils avaient trouvé de l'argent et même un bonnet pour camoufler la frange de Noël. Celui-ci était dans un autre taxi à destination des Pins, là où vivait son sosie. Sam aussi rentrerait chez lui, et Sabrina et Eva iraient chez Eva, comme si Sabrina était une amie qui venait lui rendre visite.

— On n'a qu'à dire à tes parents que mon train a eu du retard...

Sabrina et Eva peaufinaient leur scénario à l'arrière du taxi. Sam, à l'avant, s'absorbait dans la contemplation du pare-brise ruisselant.

— Je ne peux pas croire que j'habite ici, fit Eva. Le paradis pour nouveaux riches... (Elle rangea la carte d'identité de l'autre Eva dans son sac *oversize*.) Pas question que j'aille en cours avec ce sac de vieille...

— C'est pas ton style, n'empêche qu'il est plutôt joli. Et pratique, rétorqua Sabrina.

Eva vérifia qu'elle avait leurs dossiers et le livre *Théorie des mondes possibles*.

— Premier arrêt, rue des Bougainvilliers, annonça le chauffeur en s'arrêtant devant la maison de Sam.

— Bon, ben, j'y vais...

— Plus que six heures avant le lever du jour, tenta de positiver Sabrina. Avec un peu de chance, tu ne croiseras pas tes parents...

— Pour ma mère, c'est sûr que non, elle est morte quand j'étais petit. Mais mon père et mon grand-père, ça...

— Allez, ça va bien se passer, insista Eva.

— Bonne nuit.

Sam prit une profonde inspiration et sortit de la voiture. Une fois le taxi parti, il courut à la porte de la villa. La pluie le trempa en quelques secondes. La grille métallique était fermée. Son double n'avait pas laissé d'affaires au CDI ; Sam n'avait pas d'autre moyen que de réveiller sa famille. Il sonna et tira sur la manche gauche de son pull. Seul le bout de ses doigts dépassait. Le porche s'éclaira ; son grand-père passa la tête par la porte et lui ouvrit à distance. Sam se mit à courir, sautant entre les flaques, et s'engouffra dans cette maison comme s'il plongeait dans l'inconnu, terrifié. Son grand-père referma la porte à double tour.

— Tu as de la chance que j'aie gardé mon sonotone. Quel temps de chien ! Je ne sais pas ce qu'il se passe avec la météo cette semaine...

Sam esquissa un sourire et pénétra dans le salon. Meubles, tapis, rideaux... Tout était identique.

— D'où viens-tu à une heure pareille, mon garçon ? Tu es trempé...

— J'ai oublié mes clés. Pardon de t'avoir réveillé, s'excusa-t-il.

— Je ne dormais pas... La prostate, tu sais...

Sam jeta un œil vers l'escalier.

— Et papa ?

— Il dort, ne t'inquiète pas, Casanova. Rentrer à une heure pareille en semaine, ce ne peut-être que pour une fille...

Son grand-père lui donna une tape complice dans le dos. Sam sourit, gêné, s'assurant que sa manche couvrait toujours bien son bras.

— Comment s'appelle-t-elle ?

— Papi, s'il te plaît...

Sam essaya de l'esquiver en se dirigeant vers l'escalier. Mais son grand-père lui pressa le bras droit.

— C'est cette demoiselle que j'ai vue dans ton carnet l'autre jour ? Elle est jolie, et bien mystérieuse...

Sam fronça les sourcils.

— Quoi qu'il arrive, elle sera mieux que la précédente. Je ne me souviens déjà plus de son nom. Je perds la tête, ces jours-ci...

Sam déduisit qu'il parlait d'Anna. Il ne le contredit pas.

— Bon, je vais me coucher, papi. J'ai cours demain.

— Oui, moi aussi... Enfin, non, je n'ai pas cours, même si ça me plairait... Je vais aller jouer aux cartes avec les autres.

Sam sourit. Son grand-père était aussi sympathique dans ce monde que dans l'autre.

Le vieil homme l'accompagna à sa chambre. Sur le lit, un gros chat tigré le scrutait de ses yeux verts.

— Sirah ! Comment ça va, ma grande ?

Sam voulut lui gratter le ventre. La chatte lui donna un coup de patte, toutes griffes dehors.

— Aïe !

La chatte détala en feulant, comme si elle avait peur. Le grand-père se retourna.

— Qu'est-ce qui s'est passé ?

Sam secoua sa paume endolorie.

— Rien, elle m'a griffé...

— Le chat de ta mère est fou. Laisse-moi voir.

— Non, non, c'est rien...

Mais il ne put empêcher son grand-père de lui prendre le bras.

— Papi, non !

L'instant ne dura qu'une seconde, mais le vieil homme vit le sang sur la main de Sam.

Sa main gauche.

26

Sam cacha son bras dans son dos. Son grand-père le scruta, déconcerté.

— Mais… euh…

Il voulut saisir son autre main. Sam recula.

— Laisse tomber, papi, le supplia-t-il.

Avant que Sam ait pu trouver une explication, son père glissa la tête par la porte de la chambre, le visage endormi.

— Qu'est-ce que vous faites debout à cette heure-ci ? (Ses yeux se posèrent sur les vêtements mouillés de Sam.) Ne me dis pas que tu viens de rentrer ! On est jeudi, Sam !

Le grand-père ne quittait pas son petit-fils des yeux.

Sam s'apprêtait à s'enfuir, quand son grand-père lança :

— Je deviens complètement gâteux…

Et il sortit de la chambre, la tête basse.

Pour la première fois de sa vie, Sam se réjouit que son grand-père perde la mémoire.

Le père de Sam fit claquer sa langue.

— D'où viens-tu comme ça ? Tu as une de ces dégaines…

— J'étais à une fête costumée.

— Et tu t'es déguisé en cadre réduit au chômage par la crise ? ironisa-t-il en examinant l'association malheureuse du pull déchiré et du pantalon à pinces. Tu aurais au moins pu prendre un parapluie.

Sam évita son regard et tira encore sur sa manche, les mains dans le dos. La petite tape affectueuse qu'il reçut à l'épaule le cueillit par surprise.

— Je suis content que tu recommences à te comporter comme un garçon de ton âge. Je sais, cette année a été difficile pour toi, mais il faut que tu tournes la page... Dans le fond, tes anciens amis n'en étaient pas vraiment, puisqu'ils ne t'appellent plus. Oublie Anna et le football. Tu aimes ce que tu fais maintenant, non ? Ça te réussit plutôt bien... Mais à l'avenir, j'aimerais que tu ne sortes pas en semaine.

Sam acquiesça, quelque peu perdu, et souhaita bonne nuit au père de son double. La porte fermée, il frotta sa blessure jusqu'à éliminer les traces de sang. Finalement, tout ne s'était pas si mal passé. Il fouilla la chambre à la recherche d'un éventuel ordinateur. Comme lui, son double n'avait pas de portable personnel. Tant pis. Il pouvait toujours utiliser celui du bureau de son père, comme il le faisait dans son monde, mais que dirait-il s'il le voyait sur TOR ? Non. Le mieux était de se reposer et de quitter la maison tôt le lendemain, en prétextant qu'il avait cours. Sam ouvrit le placard et y trouva l'uniforme du lycée : pantalon gris, polo blanc et pull bordeaux. Il les posa sur une chaise et choisit un short et un vieux maillot de foot pour dormir – les mêmes que dans son monde.

— Avec ou sans bras, on dirait bien que je suis le même...

Dans le manteau derrière la porte, il trouva un portefeuille et des gants en laine. Ils lui serviraient à couvrir ses mains et éviter les incidents comme celui de ce soir. Au moment d'enfiler son pyjama, il aperçut des livres posés sur la table de nuit.

Design, Histoire de l'art, Cinéma et audiovisuel.

Étonné, il prit le cartable de son double, au pied du bureau. Il en sortit son carnet de correspondance et lut à voix haute :

— « Samuel Mas. Terminale Arts appliqués. »

— *Quelqu'un comme toi*, *Cette chanson-là*, *Écoute-la*... Je n'arrive pas à croire que mon autre moi lise des trucs comme ça, se lamenta Eva.

— J'adore les romans de Sarah Dessen ! Ils sont bouleversants. (Sabrina sortit un des ouvrages de l'étagère.) Tiens, je ne le connais pas, celui-là... Il est nouveau ?

Eva ne fit pas attention à elle, occupée à explorer les recoins de sa nouvelle chambre.

— Incroyable ! Celui-là n'a pas encore été publié dans notre monde, s'enthousiasma Sabrina.

— Génial...

Au-dessus du bureau, des tickets de concert et de cinéma étaient punaisés sur un tableau en liège, qui servait aussi de porte-bijoux.

— Mon Dieu, elle a vu tous les films de *Twilight*. Et plusieurs fois. Pourquoi elle n'est pas morte dans l'accident de train ?

— Moi j'aime beaucoup cette chambre, répéta Sabrina en détaillant les rayonnages. Cette fille a très bon goût.

Tout était blanc, du sol au plafond. Sur le lit, parfaitement fait, des coussins beiges côtoyaient une peluche duveteuse. Rien à voir avec la chambre d'Eva, toujours en désordre, où elle avait elle-même repeint un mur en noir.

— Regarde tous les vêtements que tu as... J'hallucine ! s'exclama Sabrina en passant en revue la penderie qui occupait tout un pan du mur.

Apparemment, cette Eva-là ne portait que des vêtements de marque. La vraie baissa les yeux sur les chaussures alignées en bas de la penderie : ballerines, bottines à talons, baskets fluo. L'horreur.

— On dirait le dressing de Paris Hilton.

— Ça, c'est très joli, fit Sabrina en sortant une robe en tulle. Je suis sûre qu'elle t'irait très bien.

— Plutôt porter une robe en papier de verre… Heureusement qu'on a un uniforme au lycée !

Eva s'empara d'un polo blanc et d'une jupe plissée et les essaya par-dessus ses vêtements.

— J'y crois pas ! Elle est tellement courte qu'on doit voir sa culotte !

Sabrina s'esclaffa.

— Maintenant on sait comment elle a séduit Noël.

— Manquait plus que ça. Je me demande comment on va faire pour que les gens ne se rendent compte de rien, demain.

Exténuée, Eva s'assit sur l'immense lit qui trônait au milieu de la pièce. Sur la table de nuit, une photo la montrait en train d'embrasser Noël. Très étrange.

— Je ne sais pas pour le Noël de ce monde, mais celui que je connais n'accepterait jamais de sortir avec une fille vêtue d'une jupe pareille.

Elle tendit la photo à Sabrina, qui la contempla, pensive.

— Avec quel genre de fille il sortirait, alors ?

Eva attendit un instant avant de répondre :

— Tu lui plais. Beaucoup.

Sabrina eut un léger sourire.

— Et toi ? Ça t'ennuie que je lui plaise ? hasarda-t-elle.

Combien de fois Eva avait-elle imaginé un baiser avec Noël ? Bizarrement, le voir en vrai la laissait de marbre.

— Non, ça ne me fait rien, répondit-elle. Noël et moi, on est amis, c'est tout.

Pour la première fois de sa vie, elle le disait en toute franchise.

— Pourtant tu as bu quand Gabi a demandé si quelqu'un nous plaisait à table…

— Ce n'était pas pour Noël… soupira Eva. Tu sais, ces trois derniers jours ont été intenses.

— Oui, on se serait presque cru dans ce genre d'émission

où les héros sont enfermés ensemble vingt-quatre heures sur vingt-quatre…

— Ça nous aura au moins permis de faire connaissance. Sans vouloir te vexer, au début je te trouvais un peu… chiante, avoua Eva.

— Ça ne me vexe pas.

— Et Sam, je pensais que c'était un gorille bête comme ses pieds, mais il est… il n'est pas du tout comme ça.

— Je crois que tu lui plais aussi.

— Moi ? Je ne suis pas du tout son genre. Regarde Anna, regarde-moi, et surtout regarde-le, lui. Je ne peux pas lui plaire. Jamais de la vie.

— Tu aurais dû le voir courir à ta recherche quand nos doubles ont disparu au lycée…

Eva dévisagea Sabrina, une boucle noire entortillée autour de son doigt.

— Sérieux ?

Avant que la jeune fille ait pu répondre, la porte de la chambre s'ouvrit. Susana, la mère d'Eva, entra, chargée d'une énorme pile de serviettes de bain et d'un oreiller.

— Les filles, vous êtes visibles ?

Nerveuses, toutes deux se levèrent. Eva observa Susana : elle était identique à sa mère. Les cheveux frisés et sombres, le visage long, la taille mannequin. Elle aussi semblait dotée de cette élégance naturelle qui avait le don d'agacer Eva ; même en pyjama, même décoiffée, Susana continuait de briller. Et tout le monde l'appréciait sans qu'elle fasse d'effort. Tout le contraire d'Eva. Voilà pourquoi elle était en conflit perpétuel avec sa mère : il était beaucoup plus facile de lui hurler dessus à la moindre occasion que d'avouer qu'elle ne pensait pas être la fille que sa mère attendait. Eva perçut pourtant une différence de taille chez cette mère-là : elle la traitait comme une amie.

— Ma puce, aide-moi, demanda-t-elle en lui tendant l'oreiller. Sabrina, je t'ai apporté des serviettes propres. Je crois que vous aurez largement la place dans le grand lit. Il y a des couvertures en haut du placard du couloir, si tu as froid.

— Merci beaucoup, dit poliment l'invitée.

— De rien. Je suis navrée de n'avoir rien préparé à l'avance, mais ma fille chérie ne m'avait pas dit qu'une de ses amies venait dormir à la maison ce soir...

Les deux filles sourirent, sans savoir que dire, tandis que Susana les observait.

— Vous avez l'air très copines, continua-t-elle. Où est-ce que vous vous êtes rencontrées ?

— Sur Internet, répondirent-elles à l'unisson.

Elles échangèrent un regard et se lancèrent dans des explications croisées :

— Sur Twitter. Sabrina me retweetait souvent et on a fini par parler.

— Sur mon blog. Eva laissait des commentaires et on a commencé à parler.

Les filles se turent en même temps. Susana les dévisageait, perplexe.

— Oh, vous savez, Internet et moi... Je ne me sers que de ma boîte mail, avoua-t-elle. Tu es certaine que tu ne veux rien manger, Sabrina ?

— Oui, vraiment. Merci beaucoup.

— Alors prenez une bonne douche et au lit. Au fait, ma chérie... Tu sais que rentrer à cette heure-ci sans prévenir...

— Je t'ai déjà dit que je n'avais plus de batterie.

Le ton d'Eva était cassant. Sa mère lui ébouriffa les cheveux avec un sourire.

— Oui, hum... Je t'ai répété cent fois que le week-end commence le vendredi, pas le jeudi. Ah, tiens, prends ton sac. (Susana décrocha de son épaule un sac de sport violet.) J'ai lavé tes justaucorps pour ton entraînement de demain.

Eva regarda dans le sac, sceptique.

— Sabrina, tu as déjà vu Eva sur un tapis ? Elle est spectaculaire, s'enorgueillit sa mère.

— Donc j'ai entraînement de… gym ?

— Comme tous les vendredis après-midi, oui. Eva, tu es sûre que tu n'as rien bu ? Dis-le-moi, je ne vais pas me fâcher. Mais je préfère savoir.

— Non, maman…

— Sabrina… même si tu es arrivée à l'improviste, tu es ici chez toi.

Susana regarda sa fille, la mine chagrine.

— Tu avais de si beaux cheveux… Les couper sans prévenir… Et demain, couvre bien ton tatouage. Il faut que je trouve un moyen d'annoncer à ton père que tu as des hirondelles dans le cou.

Prise sur le fait, Eva rajusta son foulard.

— Franchement, tu croyais que je ne verrais rien ? J'ai été ado, moi aussi…

À l'instant où elle allait fermer la porte derrière elle, une sonnerie de téléphone retentit.

— Plus de batterie, hein ? dit-elle en entrant de nouveau dans la chambre. Ça ne me fait pas rire du tout. Dès que ton amie sera partie, tu seras punie. Et dis à ton copain qu'il est plus d'une heure du matin.

Après son départ, Eva verrouilla la porte de la chambre, soulagée.

— Incroyable. Ma vraie mère m'a punie un été entier à cause du tatouage, dit-elle à Sabrina en cherchant le smartphone de son double dans son sac. Elle, un peu plus et elle me félicitait !

— Je ne sais pas comment est ta mère, mais celle-là est adorable, confirma Sabrina.

— En réalité, elles sont quasi identiques… Je suppose que c'est moi qui suis différente dans ce monde.

Comme l'avait deviné Susana, c'était Noël qui appelait. Sur

l'écran, son image envoyait un baiser. Eva secoua la tête devant la photo et décrocha.

— D'où tu sors mon numéro ? lança-t-elle.

— Il est enregistré dans le portable de mon double, répondit-il. Comment ça va ?

— Mon autre moi est une princesse Disney et la meilleure amie de ma mère. Et toi ?

— Tu ne vas pas croire ce que… ce que j'ai trouvé… bafouilla Noël.

— Quoi ?

Plongé dans le noir, Noël fixait le tiroir ouvert de son bureau. Il avait un double fond, comme le sien. C'est là qu'il rangeait ce qu'il voulait que personne ne trouve : journal intime, paquets de cigarettes, films interdits aux mineurs… Mais ce qu'il venait de trouver le faisait trembler de tous ses membres.

— Noël, accouche ! insista Eva à l'autre bout du fil.

Le garçon n'osait même pas sortir l'objet du tiroir.

— J'ai trouvé un flingue.

27

Gabi posa la main sur le mur de verre qui barrait la route. Des ondes se formèrent, mouvantes. Il frappa un grand coup, pensant agir en vain. Mais le coup se répercuta sur le sol, qui se mit à gronder. Sous les pieds du garçon s'ouvrit une brèche qui zébra l'asphalte jusqu'au panneau de bienvenue et fila vers la ville. Eva, Sam, Noël et Sabrina arrivaient justement de là-bas, marchant d'un bon pas.

— Salut, les amis, dit-il.

Pas de réponse. Ils passèrent à côté de lui sans le voir et traversèrent le verre sans effort, telle une paroi de gélatine. Le sol continuait de trembler. La fissure se referma, rebroussant chemin jusqu'aux pieds de Gabi. Décontenancé, le garçon regarda les quatre lycéens quitter Conexo. Il martela le verre de toutes ses forces.

— Ne me laissez pas ! Attendez !!!

Mais personne ne se retourna. Fébrile, Gabi frappa encore et encore, jusqu'à sentir quelque chose contre ses jambes.

Le renard blanc.

L'animal, qui le fixait de ses yeux noirs, se mit à courir vers la ville, puis s'arrêta et hurla à la mort. Est-ce qu'il l'appelait ? Ses amis étaient déjà loin alors qu'il venait à peine de les voir passer. Il fit de nouveau volte-face. À la place du renard se tenait l'enfant albinos. Son frère, Max. Il le scrutait de ses yeux sombres.

— … *erdniojer sel sulp xuep en ut… erdniojer sel sulp xuep en ut…*

La voix de Max paraissait distordue, comme sortant de haut-parleurs cassés. Gabi tenta de comprendre ce qu'il disait. Mais lorsqu'il s'approcha, son frère se désintégra.

En sueur, la respiration haletante, Gabi s'arracha à son cauchemar. Il était couché dans sa chambre ; les rayons du soleil dardaient entre les rideaux. Il regarda le réveil sur sa table de chevet : 8 h 30. Tout son corps lui faisait mal à cause de l'accident de la veille. Il enfila un tee-shirt à l'effigie du Joker de Batman – le même qu'il avait dans son monde. Pieds nus, il traversa la maison, aussi peu familière que la veille. Le jeune labrador l'attendait au pied de l'escalier, couché sur un tapis. En le voyant, il se mit à grogner.

— Ferme-la, sale cabot…

Guidé par un bruit de casseroles, il se dirigea vers la cuisine en se tenant les côtes. Sa mère était de dos, dans un jean évasé, un pull à larges mailles et un tablier. Rien à voir avec sa vraie mère. Sur la table en bois clair déjeunait son supposé demi-frère, Max. Le garçon, en uniforme, leva la tête de son bol de céréales.

— Tu es réveillé ! s'exclama Iris.

Elle abandonna ses fourneaux et alla vérifier que les rideaux étaient bien fermés.

— Comment vas-tu, mon chéri ?

Gabi répondit d'un haussement d'épaules, gêné par le baiser que sa mère lui avait collé sur le front.

— Assieds-toi.

Il prit place sur le banc à côté de son frère, devant une tasse et une cafetière. Ce n'était pas son petit déjeuner habituel.

Mais avant qu'il ait pu protester, sa mère avait sorti un Coca du réfrigérateur.

Les yeux ronds comme des soucoupes, il l'observa qui lui préparait une assiette de pains au chocolat, ses préférés. Ravi, il entama son petit déjeuner.

— Je cuisine à l'avance pour pouvoir passer le reste de la matinée avec toi, dit sa mère, de nouveau aux fourneaux. Tu as bien dormi ?

— Plus ou moins…

Gabi mordit dans ses viennoiseries sous le regard scrutateur de Max. Il fit mine de ne pas le voir, puis tourna la tête et poussa un grand « bouh ! ».

Le petit bondit sur le banc. Gabi pouffa en silence. Sa mère ne s'était rendu compte de rien à cause du bruit du mixeur. Une fois la préparation du repas terminée, elle vint s'asseoir face à eux. Elle se servit un café et porta la tasse à sa bouche, les mains tremblantes. Elle était nerveuse, même si elle faisait de son mieux pour le cacher.

— Tu veux autre chose ?

— Non, merci, c'est parfait.

— Que tes cheveux ont poussé !

Gabi ne répondit pas. Il regardait Max, qui n'avait pas touché à ses céréales depuis qu'il était entré dans la pièce. Il ressemblait beaucoup à l'homme qui avait prétendu être son père la veille.

— Et papa… il est où ? demanda-t-il en s'efforçant de prendre l'air détaché. Écoute, m'man, je crois que cet accident m'a fait perdre la mémoire…

Sa mère le dévisagea en feignant l'indifférence.

— Max, mon chéri, va finir de préparer ton cartable, on va partir.

L'enfant obéit et sortit de la cuisine. Seule avec son aîné, Iris se leva et alla s'asseoir près de lui.

— Mon chéri, qu'est-ce qui te fait dire ça ? Il y a quelque chose qui t'échappe ?

— Non, je me souviens de tout. La seule chose…

Gabi réfléchit une seconde. Il ne fallait pas qu'il abatte toutes ses cartes d'un seul coup.

— À propos de mon père…

Gabi se rendit compte trop tard de son erreur : aborder le sujet n'était pas une bonne idée. Iris était sur le qui-vive, à présent.

— De quoi est-ce que tu ne te souviens pas ?

— Rien de grave, affirma-t-il en essayant de faire machine arrière. Ça faisait juste très longtemps que je ne l'avais pas vu…

— Tu as vu ton père ? demanda-t-elle, très surprise.

— Maman, hier…

Mais elle le coupa avant qu'il ait pu terminer sa phrase :

— Gabi, ton père sait que tu es revenu ?

Le garçon haussa les épaules, perdu. De qui parlait-elle, à la fin ?

— Je ne veux pas que tu le revoies. Je ne lui fais pas confiance. C'est un alcoolique, et tu sais combien il m'a été difficile de le faire sortir de nos vies…

Tout s'éclaira : dans ce monde, sa mère avait eu le courage de quitter son vrai père. Assez de cran pour commencer une nouvelle vie sans lui, avec cet homme et leur nouveau fils, Max. Maintenant que les pièces du puzzle étaient assemblées, Gabi put respirer à nouveau. Il ne s'était jamais senti si soulagé.

— Non, je ne l'ai pas vu. Et j'espère bien ne jamais le revoir, déclara-t-il.

Iris le prit dans ses bras. Cette fois, Gabi lui rendit son étreinte.

— Mais que se passera-t-il si quelqu'un me voit ? Ici tout le monde pense que je suis mort.

— Ne t'inquiète pas, on va y réfléchir. Dans l'immédiat, je dois accompagner ton frère à l'école. Tu peux rester seul à la maison un moment ?

— Bien sûr.

— Ne t'approche pas des fenêtres, ne réponds pas au téléphone et n'ouvre pas la porte. Entendu ?

Gabi fit oui de la tête. Sa mère ôta son tablier et sortit de la cuisine. Le garçon termina son petit déjeuner au calme, savourant chaque bouchée. Cette maison si accueillante lui plaisait, ainsi que sa nouvelle mère. Mais surtout, il était ravi de savoir son père parti. Il but une dernière gorgée, rota de bon cœur et alla dans le vestibule. Son frère était là, avec son cartable à roulettes à l'effigie de Batman et Otto, le labrador, qui ne cessait de grogner contre Gabi.

— Quoi de neuf, le nain ? Moi aussi j'aime bien Batman, dit Gabi en lui montrant son tee-shirt.

Sur une enveloppe posée sur la console de l'entrée, il nota que son beau-père s'appelait Lorenzo Araujo.

— Tu as un sacré lancer, hein ? Tu es tout maigrichon mais tu m'as bien amoché… (Il lui sourit, mais Max resta muet.) Allez, je te pardonne. Je sais que tu l'as fait parce que tu pensais que j'étais mort.

Gabi s'accroupit pour se retrouver les yeux dans les yeux avec le petit. Ses cils blancs rendaient son regard encore plus noir.

— Fausse alerte, continua-t-il en lui donnant une tape sur l'épaule. Ton grand frère est de retour, sain et sauf.

— Tu n'es pas mon frère, lâcha enfin l'enfant, sur un ton si lugubre qu'il effaça tout sourire du visage de Gabi.

L'instant d'après, Iris descendit l'escalier. Elle attrapa son sac à main à la hâte.

— Gabi, prends une douche bien chaude et retourne te reposer. Max, dis au revoir à ton frère.

Le petit ouvrit la porte et sortit en courant.

— Il faut lui laisser du temps, déclara Iris. Je ne serai pas longue.

Elle l'embrassa et referma la porte. Gabi attendit quelques secondes et écarta le rideau de la fenêtre du salon : Max et sa mère montaient dans la voiture. Le 4 × 4 était toujours là, couvert d'une bâche en plastique noire. La voiture de sa mère s'éloigna dans la rue. Gabi remarqua alors un autre véhicule arrêté le long du trottoir d'en face. Une Golf Volkswagen rouge. Gabi crut voir quelqu'un à l'avant. Mais des passants lui firent fermer le rideau en vitesse. Il réfléchit : il y avait des centaines de Golf en ville. Toutefois, il ne put s'ôter de la tête qu'elle était identique à celle de son cauchemar… celle qui l'avait renversé. Il se dirigea vers le salon, aussi confortable que le reste de la maison. Il s'affala dans le canapé, se cala avec les coussins et attrapa la télécommande.

— Ça, c'est la belle vie !

Avant d'appuyer sur les boutons, il prit la précaution de se couvrir les doigts avec le bas de son tee-shirt.

Il zappa, cherchant une émission divertissante. Sur l'écran apparurent les images du journal local de Conexo. Il se redressa, alarmé.

— *Les habitants de Conexo sont tombés aujourd'hui sur une image insolite en pleine rue, qui les a obligés à modifier leur itinéraire. Une faille s'est ouverte dans le bitume…*

Gabi se leva et s'approcha de la télé.

— *À partir de ce panneau, la route s'est lézardée sur plusieurs mètres en direction de la ville. Un phénomène qui demeure inexplicable, aucun mouvement sismique n'ayant été relevé dans la région. Sans doute le mauvais état de la chaussée…*

— Mauvais état de la chaussée, tu parles… !

Gabi regardait l'image, ahuri. La brèche avait provoqué un embouteillage. La journaliste se tenait devant les ouvriers qui barraient le passage. Pile à l'endroit où Gabi se trouvait avant de se réveiller. Maintenant il voulait voir cette voiture rouge de plus près. Il farfouilla dans le tiroir de la console à la recherche d'un trousseau de clés. Il en dénicha un et les essaya une à une dans la serrure.

C'est alors que la sonnette retentit.

28

— Tout le monde nous regarde…

— Ce n'est pas toi qu'ils regardent, c'est moi. Parce qu'ils ne me connaissent pas, dit Sabrina à Eva. Calme-toi…

Les cours commençaient dans quelques minutes à peine et la cour était bondée. Eva ne cessait de croiser des visages connus. Anxieuse, elle s'assura que son foulard couvrait bien son tatouage. Elle porta ensuite les mains à sa jupe pour l'empêcher de se soulever. Malgré le temps ensoleillé, le vent était cinglant.

— Je ne sais pas comment elle faisait pour ne pas se promener à poil. Mais bon, quand faut y aller…

— Viens, ils sont là-bas, souffla Sabrina en désignant un des escaliers principaux.

Sam et Noël les attendaient à côté, à moitié cachés par des arbustes. En chemin, les filles croisèrent Ruth et Nerea, qui montaient les marches.

— Waouh, Eva, j'adore ta nouvelle coiffure ! la complimenta Ruth.

Nerea leva son pouce en signe d'approbation.

— Dis-leur merci, glissa Sabrina entre ses dents. Je te rappelle que ce sont tes meilleures copines.

— Merci ! Moi j'adore vos teintures, cria Eva.

Sabrina lui décocha un regard assassin.

— Quoi ? C'est la vérité. C'est pas naturel, leurs couleurs.

Elles rejoignirent les garçons dans les bosquets. Noël avait enfilé un bonnet pour cacher sa frange.

— Comment s'est passée votre nuit ? demanda Eva.

— Bien, si on fait abstraction du fait que mon grand-père s'est rendu compte que j'avais deux mains, répondit Sam.

— Quoi ?!

— Mon chat m'a griffé à la main gauche hier… devant mon grand-père. Et ce matin il me fixait comme si j'étais un Martien. Mais il n'a rien dit, alors je suppose que ça va… Et vous ?

— Mes parents m'adorent, raconta Eva. C'était comme un de ces cauchemars où tu veux crier mais où tu n'as plus de voix…

Sabrina jeta un coup d'œil à Noël : nerveux, il n'arrêtait pas de repositionner son bonnet.

— Qu'est-ce que tu as fait du flingue ? demanda-t-elle.

Noël inspecta les alentours du coin de l'œil, ôta son sac et l'ouvrit devant les autres.

— J'hallucine ! s'exclama Sam.

— Qu'est-ce qui t'a pris de l'apporter ici ? l'attaqua Eva.

— Qu'est-ce que tu voulais que je fasse ? Que je le laisse chez moi ? Je ne sais pas pour ses parents à lui, mais les miens savent très bien qu'il y a un double fond dans mon bureau. Ce serait pire s'ils tombaient dessus, non ?

Sam plongea sa main à l'intérieur du sac. Il palpa le revolver, sans le sortir.

— Il pèse une tonne ! Comme dans les films.

— Oui, sauf que celui-là tire de vraies balles, rappela Sabrina. Il est chargé ?

Noël n'avait pas osé vérifier. Avec mille précautions, Sam chercha le mécanisme qui ouvrait le chargeur.

— Hum, oui. Chargé à bloc, déclara-t-il avant de le reposer dans le fond du sac.

— Génial, comme ça on pourra tous se suicider quand on nous aura démasqués... commenta Eva, sarcastique.

— Tu veux que je le garde ? proposa Sam à Noël.

— Non, merci, tu as déjà assez à faire avec ton bras.

— Et tu n'as rien trouvé d'autre ? interrogea Sabrina. Quelque chose qui expliquerait pourquoi il y avait une arme dans ta chambre ?

— Non, il n'y a presque rien là-bas. Des vêtements, des cours...

— Et sur l'ordinateur ?

— Pas pu regarder, mon grand frère l'a séquestré toute la soirée.

— On dirait que certaines choses ne changent pas... murmura Eva. Et le reste de la maison ?

— Pareil que la mienne. Mis à part les trophées et les médailles de roller. Et... euh...

— Quoi ?

— Je... euh, mon double, il... (Noël inspira à fond et se jeta à l'eau.) Ses murs sont couverts de photo de toi. Enfin... de nous.

Eva passa la main dans ses boucles, gênée.

— Moi je t'ai en photo sur ma table de nuit. J'imagine qu'on va devoir faire semblant d'être amoureux aujourd'hui...

— Ce ne serait pas plus simple de faire croire que vous vous êtes disputés ? intervint Sam.

— Bof. Hier on était hyper amoureux et aujourd'hui on ne se parle plus ? On va trouver ça louche.

— Quoi qu'il arrive, c'est de la folie, trancha Eva. Ça va pas marcher, on va se faire repérer...

— Mais non, calme-toi ! Ce n'est que trois heures de cours.

— Oui, la seule chose à faire, c'est de se comporter normalement et de se taire, déclara Noël.

— Et de rester loin d'Anna. Elle sait quelque chose, elle était là hier soir.

— Justement, si on allait lui parler ? suggéra Sabrina. Elle sait peut-être ce qu'il faut qu'on fasse pour rentrer chez nous...

— Mieux vaut y aller tous ensemble, décida Sam. Elle est capable de tout...

— Avant de lui parler, je vais continuer mon enquête sur TOR, dit Eva. J'ai apporté l'ordi portable de mon double. Il déchire !

Elle exhiba fièrement la housse rose de son MacBook.

— J'espère que ses mots de passe sont enregistrés...

— On regardera à la pause. Et toi, Sabrina, qu'est-ce que tu vas faire en attendant ?

— Chercher un café et commencer ce pavé.

Sabrina sortit la *Théorie des mondes possibles* du sac de sport d'Eva. Elle se rendit compte que Noël la dévisageait.

— Il ne va rien m'arriver ! assura-t-elle. Dans ce monde, personne ne me connaît. Je ne suis même pas censée habiter là.

Noël se força à sourire.

— OK. Rendez-vous ici à la fin des cours, dit Sam à Sabrina avant de se tourner vers les deux autres. Et nous, on se voit au CDI à la récré.

— Tu ne viens pas avec nous ? s'étonna Eva.

— Apparemment je suis en Arts appliqués, dit-il en montrant ses livres.

— Cool ! Contente pour toi, tu dessines bien.

La bouche de Sam esquissa un sourire que la timidité gomma aussitôt.

— Eh ! C'est pas la mère de Gabi ?

Sabrina montrait une femme devant l'entrée de l'école d'à côté. Son petit garçon refusa de l'embrasser et sortit de la voiture en courant.

— Où est-ce qu'il se cache, à votre avis ?

Ils suivirent des yeux la femme qui démarra et prit la direction des Peupliers.

— Sûrement chez lui ! Changement de programme. Je vais

faire un tour là-bas pendant que vous êtes en cours, décréta Sabrina.

— Et qu'est-ce que tu comptes lui dire si tu le trouves ? Il nous a laissés tomber ! rappela Sam.

— Est-ce une raison pour faire la même chose ?

— D'accord, trancha Eva. Tu vas le chercher pendant qu'on fait notre petit sketch. (Elle sortit un billet de cinquante euros du porte-monnaie de son double et le lui tendit.) Cette fille est pleine aux as… Si tu as besoin de quoi que ce soit, appelle sur mon portable. Enfin, le sien.

Sabrina hocha la tête d'un air entendu : le numéro était inscrit sur le dos de sa main.

— Tu as checké ses textos ? demanda Sam à Eva. Elle parle peut-être de tout ça…

— Non, il n'y a que des conversations à vomir entre Noël et elle. Et les messages datent d'il y a un mois. On dirait qu'elle était punie, elle n'a pas de forfait. Elle peut juste recevoir des appels.

Les quatre lycéens sortirent de leur cachette ; il n'y avait plus personne dans la cour. Au pied de l'escalier, Eva et Noël joignirent leurs mains avec maladresse, les muscles tétanisés.

— Heureusement que Gabi n'est pas là pour voir ça, glissa Eva, histoire de briser la glace.

Mais personne ne réagit. Sabrina, morte de jalousie, se dirigea vers l'arrêt de bus. Eva et Noël montèrent l'escalier, Sam leur emboîtait le pas. Une rafale de vent les bouscula, comme pour les empêcher d'entrer.

Gabi regardait la porte de la maison avec la terreur qu'il aurait éprouvée devant une bombe près d'exploser. La sonnerie avait retenti trois fois ; son cœur battait à tout rompre. Il distinguait une silhouette à travers les rideaux, mais il n'aurait su dire si c'était un homme ou une femme. Les pas s'éloignèrent, semblèrent faire le tour de la maison. Gabi suivit le bruit et retrouva la silhouette derrière le store de la fenêtre du salon. L'inconnu l'avait repéré.

— Merde... grogna-t-il entre ses dents.

La télé était allumée, le volume à fond. Gabi jugea qu'il était préférable de ne pas l'éteindre. Il reprit son souffle quand les pas s'éloignèrent encore. Une minute plus tard, il les entendit de nouveau devant l'entrée. La sonnerie retentit une dernière fois.

Puis la personne s'en alla. De loin lui parvint le bruit d'un moteur. Gabi s'approcha de la fenêtre et écarta discrètement le store. Il mémorisa la plaque d'immatriculation de la Golf rouge : 1452 BGZ.

Déterminé, il monta l'escalier et farfouilla dans son placard jusqu'à trouver des gants en cuir noir. Les mains protégées, il alluma l'ordinateur et entra sur TOR. Une fenêtre annonça qu'il naviguait désormais via ce système. « Registre véhicules Conexo ». Quelques chiffres ajoutés à l'adresse que lui donna le moteur de recherches et il parvint au registre des immatriculations de la ville. « Avertissement : entrer sur cette page sans y être autorisé constitue un délit. »

— Mais oui, c'est ça, murmura Gabi.

Il introduisit le numéro d'immatriculation dans la barre de recherche. Le programme mettrait plusieurs minutes à trouver le résultat, puisque TOR ralentissait la navigation.

— Qui es-tu, *stalker* ? dit-il à voix haute.

Le téléphone sonna.

— Manquait plus que ça...

Gabi ne bougea pas. Le téléphone continua de sonner. C'était peut-être la même personne qui avait sonné à la porte. Gabi sortit de la pièce, et, guidé par la sonnerie, parvint à la chambre de ses parents. Le téléphone sans fil était posé sur une des tables de chevet. Les mains toujours gantées, il saisit l'appareil. La sonnerie se tut.

— Classique.

Il s'apprêtait à reposer le combiné quand celui-ci se remit à sonner. Gabi lut le numéro sur l'écran.

— Je rêve !

Le portable de son père.

De son *vrai* père.

29

Sam inspira un grand coup et entra dans le couloir. Les élèves qui l'arpentaient portaient tous une blouse blanche et un carton à dessin. Il s'avança tête baissée, mais personne n'était surpris de le voir là. En apercevant Adolfo, il sentit son cœur s'emballer. Dans le monde de Sam, Adolfo était président du bureau des étudiants. Il passait son temps à organiser des manifestations et à faire signer des pétitions. La seule fois où il lui avait adressé la parole, c'était pour lui reprocher le fait que son équipe de foot sucrait la quasi-totalité du budget activités.

Quand Sam arriva à sa hauteur, Adolfo leva la main.

— Comment ça va, vieux ?

Apparemment, ils étaient amis. Sam réagit vite et leva la main à son tour… avant de se rendre que ce n'était pas la bonne. Par chance, l'autre ne s'arrêta pas pour discuter. Sam continua jusqu'à la salle A113. Il avait dessin en première heure. Ce n'était pas une salle de classe ordinaire. À la place des bureaux se trouvaient des chevalets disposés en cercle.

— S'il vous plaît, nous allons commencer, dit le prof, un barbu avec une queue de cheval.

Sam regarda autour de lui sans savoir où s'installer. Plusieurs chevalets étaient libres, mais tous portaient déjà des dessins. Mieux valait peut-être faire demi-tour et déguerpir avant que quelqu'un le reconnaisse. Soudain, il aperçut une fille au fond de la classe qui lui faisait de grands gestes. Enrobée, les cheveux courts, elle portait des lunettes à monture métallique. Sam la connaissait, même s'il ne lui avait plus parlé depuis la seconde. Teresa. Il y avait un chevalet libre près d'elle. Pourvu que ce soit celui de son double… Teresa lui adressa un sourire radieux.

— Tu t'es pas réveillé à l'heure, c'est ça ? Ne me dis pas que tu es allé courir. Je viens de m'enfiler deux énormes donuts.

Sam esquissa un sourire et bredouilla :

— Pas réveillé…

— Ouf ! Lundi prochain, promis juré, je commence un régime, déclara Teresa, la main levée.

Elle était sympa. Sam et elle étaient amis, enfants, et leurs mères s'entendaient bien. Mais quand Anna était arrivée, ils avaient cessé de se parler et s'étaient perdus de vue.

— C'était bizarre hier, hein ? L'hommage et tout ça…

Le sourire de Teresa laissa place à une moue inquiète. Elle venait de se rendre compte que Sam portait un gant noir à la main gauche.

— Pas besoin de ça avec nous, Sam… Même si tu nous aimes moins que tes copains d'avant, on n'est pas aussi idiots.

Il ne sut quoi répondre. Par chance, le prof demanda le silence.

— Aujourd'hui nous allons continuer le portrait féminin sans modèle. Interdiction de regarder une photo sur son téléphone, sinon c'est zéro. Compris ?

Sam posa son sac et enfila la blouse restée sur le tabouret. Imitant les autres élèves, il saisit un fusain et observa le dessin qu'il avait devant lui. En voyant qui son double avait dessiné, il se pétrifia.

— Dessiner sans modèle, c'est l'horreur, commenta Teresa. Ma sœur a l'air d'un ange sur mon dessin. En vrai, cette garce ne me laisse même pas emprunter ses vêtements.

Elle se rendit compte que Sam avait bloqué sur son chevalet.

— Y a un problème avec ton dessin ?

Sam avait perdu sa langue. Teresa scruta le portrait de très près, les lunettes relevées.

— Il est pareil qu'au dernier cours, non ?

— Oui, oui. C'est cette histoire de mémoire et tout…

Sam essaya de se mettre au travail, mais sa main tremblait. Il pouvait à peine tenir le fusain. Il ne savait même pas comment l'utiliser.

— Tu ne me diras jamais qui est cette fille mystérieuse qui t'empêche de sortir avec moi ? demanda Teresa.

— Personne…

— Ben voyons ! s'esclaffa-t-elle.

Ils continuèrent à dessiner sans un mot. Sam n'en revenait toujours pas. Cette fille au visage long, aux traits marqués et aux grands yeux brillants, avec un tatouage d'hirondelles dans le cou, c'était Eva. L'Eva qu'il connaissait.

— Gabi, je suis rentrée !

Iris déposa son sac et son manteau dans l'entrée et tendit l'oreille.

— Gabi ?

Elle passa la tête dans le salon. La télé était allumée, mais il n'y avait personne. Elle courut à l'étage, le cœur battant. Son fils n'était pas dans sa chambre. Ni dans la salle de bains.

— Gabi ! hurla-t-elle.

— Je suis là, répondit-il enfin.

La voix de Gabi la mena dans sa propre chambre. Il était assis sur le grand lit, le téléphone à la main. Il semblait aussi éteint qu'un jouet sans piles.

— Mon chéri… Qu'est-ce qui t'arrive ?

Sa mère lui leva le menton. Gabi détourna les yeux.

— Papa a appelé… Le vrai, raconta-t-il. Ne t'inquiète pas, je ne lui ai pas parlé.

Doucement, sa mère s'assit au bord du lit.

— Il a laissé un message…

Iris enfonça la touche du répondeur, tremblante. Elle eut beau coller le combiné à son oreille, Gabi entendit parfaitement le ramassis de fausses excuses de son père : impossible d'aller à la cérémonie, trop de boulot au bureau… Gabi ne connaissait que trop cette façon de parler de son père, la respiration difficile, la bouche pâteuse… En un mot, il était saoul. Gabi était habitué à vivre avec un père comme ça ; mais *être mort* avec un père comme ça n'avait rien à voir. Il était incapable d'arrêter de boire, même le jour de l'anniversaire de sa mort. Douloureuse constatation.

— Oublie-le, mon chéri… murmura sa mère en posant la main sur son bras.

Gabi se redressa.

— C'est oublié, dit-il finalement.

— Gabi, je… j'ai pensé que le mieux serait qu'on parte quelque temps dans notre maison au bord de la mer, toi et moi. Là-bas personne ne nous connaît. C'est que je ne voudrais pas que… tu croises ton père. Je refuse qu'il te fasse du mal.

Le visage de Gabi s'illumina. Combien de fois avait-il espéré l'entendre parler ainsi !

— Tu es d'accord ? On s'en va rien que toi et moi ?

Il accepta à une condition :

— Mais je veux qu'on s'en aille pour toujours.

— On va s'en aller dès ce soir, promit-elle en se levant. On verra ensuite ce qu'on fait avec Max et Lorenzo.

Elle l'enlaça avec force. Cette fois, il lui rendit son étreinte.

— Descends prendre les valises à la cave, dit-elle. Moi je vais préparer le reste.

Avant que Gabi sorte de sa chambre, sa mère regarda ses mains.

— Pourquoi portes-tu des gants ?

— Pour rien, je pensais les avoir perdus… J'étais en train de les essayer quand le téléphone a sonné, improvisa-t-il en les retirant.

Avant qu'Iris ait pu poser d'autres questions, Gabi sortit, descendit au rez-de-chaussée et ouvrit la porte sous l'escalier. La cave était remplie de vieilleries. Il reconnut un VTT identique au sien. Les valises étaient dans le fond. Il se fraya un passage et tomba sur deux gros cartons scotchés. Sur les côtés, quelqu'un avait écrit au marqueur noir : « Gabi ». Il tira sur le scotch du premier et découvrit ses souvenirs d'enfance : vêtements, photos, cahiers, travaux manuels... Le regard empreint de nostalgie, il sortit deux livres du *Club des Cinq*, ses préférés. Le garçon mort dans l'accident lui ressemblait énormément. L'autre carton pesait beaucoup plus lourd ; là se trouvaient ses affaires de lycée, livres, classeurs et carnets de correspondance bourrés d'absences injustifiées. Et, dessous, une caisse en métal de la taille d'une boîte à chaussures, fermée à clé. Gabi eut un sourire malicieux en la regardant. Le pendentif qu'il portait au cou ouvrait-il aussi le cadenas dans ce monde ? Bingo : la boîte révéla son précieux contenu. Des sachets refermables remplis de comprimés de caféine et d'autres qu'il ne reconnut pas, un pilon, des carcasses de stylos vides et une grosse liasse de billets. Rien de bien nouveau. Il allait refermer la caisse quand il aperçut un objet qui lui fit plisser les yeux. Une clé USB noire, 2 Go. Il avait la même, mais il n'avait jamais eu besoin de la planquer. Pourquoi l'avoir mise en sûreté ? Intrigué, il la fourra dans sa poche, attrapa les valises et remonta à l'étage.

— Je laisse ta valise dans le couloir ! cria-t-il à sa mère au passage.

Une fois dans sa chambre, il verrouilla la porte et ralluma l'ordinateur. Sur l'écran, un avertissement était apparu. Le service des immatriculations avait trouvé un résultat. Mais avant qu'il ait put le lire, une étincelle jaillit de la souris et fit sauter tout le système.

— C'est pas vrai ! enragea-t-il en se frottant la main.

Il remit ses gants et ralluma la machine. Tout fonctionnait, sauf la souris. Grâce au clavier, Gabi put rouvrir TOR, mais il y avait un problème : il ne se souvenait plus du numéro de la plaque d'immatriculation, et il ne l'avait noté nulle part.

— Quel con… fit-il en se frappant le front.

— Gabi ! cria soudain sa mère dans le couloir. Ne bouge pas de là où tu es !

— Hein ? Pourquoi ?

Il décida de se concentrer sur la clé. Après une éternité, le PC la reconnut enfin. Mais l'agitation extérieure le força à aller voir ce qui se passait dans la rue : sa mère parlait à quelqu'un sur le trottoir. Gabi écarta légèrement le rideau.

— Je peux vous aider ? demandait Iris en avançant vers le 4 × 4 couvert.

Une fille soulevait un coin de la bâche, l'air suspicieux.

Sabrina.

Depuis que le bus l'avait déposée, elle avait sillonné l'ensemble du quartier. Juste au moment où elle allait renoncer, elle avait aperçu la voiture de la mère de Gabi. Et le 4 × 4 à côté.

— Il est en panne, il faut qu'on l'apporte chez le garagiste, dit Iris à la jeune fille avant de replacer la bâche. Qu'est-ce que vous voulez ? continua-t-elle avec un sourire forcé.

— Je cherche un ami… Je crois que c'est sa voiture.

Gabi devait descendre avant que la situation n'empire. Il sortit en trombe, laissant l'écran allumé, la fenêtre indiquant le contenu de la clé toujours active. Quelques jours avant de mourir, le double de Gabi avait sauvegardé une vidéo : « Accident_train_Conexo ».

30

Les portes s'ouvrirent à la volée une fois que la sonnerie eut signalé la fin des cours. Eva et Noël furent les premiers dehors, extrêmement soulagés d'avoir survécu aux premières heures de la matinée. Ils progressèrent dans le couloir, les doigts entrelacés, remontant à contre-courant le flux qui se déversait vers la cour. Eux avaient pour objectif le CDI. Ils se séparèrent en haut de l'escalier.

— Quel cauchemar ! s'écria Eva en essuyant sa main moite sur sa jupe. J'ai cru que le prof de maths ne nous lâcherait jamais.

— Personne ne s'est rendu compte de rien, n'est-ce pas ? Heureusement qu'Anna n'est pas là aujourd'hui.

— C'est bizarre, elle ne sèche jamais…

Noël ôta son bonnet pour laisser son crâne respirer.

— Elle avait peut-être la flemme de venir ?

— Impossible. Pour elle, le lycée est une scène géante dont elle est la star. Elle adore ça.

— Peut-être que cette Anna-là est différente ?

— J'en doute. Je suis certaine que ça a un rapport avec nous…

Le CDI se trouvait au fond du couloir.

— Eva ! l'interpella soudain Nerea, sortie de nulle part en compagnie de Ruth.

Noël remit son bonnet en vitesse et Eva serra son foulard. Ils se donnèrent la main.

— Qu'est-ce qu'elles font là ? souffla Eva en tirant Noël par le bras pour qu'il ne s'arrête pas.

— Je ne sais pas, mais essaie d'être sympa…

— Eva ! Il faut absolument qu'on te raconte un truc, s'écria Nerea. Noël… tu veux bien nous laisser ?

— En fait, on a un devoir urgent à faire, Noël et moi…

— Allez ! C'est hyper-méga important !

— Vas-y, mon ange, minauda Noël.

— « Mon ange »… Il est trop mignon ! s'exclama Nerea en dévisageant le garçon comme s'il était un ourson en peluche.

— Ouais, trop mignon…

Eva lança un regard assassin à son ami, qui sortit l'ordinateur portable du sac de sa prétendue copine.

— Je commence le devoir sans toi.

— D'accord, *mon ange*, maugréa-t-elle avant de lui murmurer à l'oreille : S'il y a un mot de passe, essaie « gymnastique rythmique » tout attaché.

— Sérieux ?

Elle opina d'un rapide hochement de tête. Riant aux éclats, les deux filles l'attirèrent vers les toilettes. Nerea vérifia qu'il n'y avait personne, puis Ruth la bloqua contre les lavabos, sans cesser de glousser.

— Qu'est-ce qui se passe ? Je vous jure qu'on avait un truc hyper important à faire…

— Mais oui. Vous pourrez faire ça après les cours, non ? pouffa Ruth.

Eva fit la grimace en comprenant à quoi elle faisait allusion.

— Tu sais qui d'autre a des choses à faire ce soir ? claironna Nerea.

— Hé, laisse-moi lui raconter !

— Me raconter quoi ? s'impatienta Eva.

Fébrile, Ruth replaça sa frange derrière ses oreilles.

— Tu sais que Cerro et moi sommes ensemble depuis un moment…

Évidemment, Eva n'en avait aucune idée. Dans son monde, c'était Nerea qui sortait avec lui. Elle mourait d'envie de leur dire ce qu'elle pensait du garçon, mais elle se mordit la langue et acquiesça d'un signe de tête.

— Je l'adore, il me répète tout le temps que je suis la femme de sa vie, qu'il veut rester avec moi quand j'irai à la fac… Parce que naturellement, il va arrêter ses études, tu sais, pour gagner de l'argent et s'acheter une voiture…

— Ruth, tu peux abréger ?

— Cerro lui a dit qu'il voulait le faire ! la devança Nerea. Ce soir, chez Anna.

— Faire quoi ? demanda Eva, un peu perdue.

— À ton avis ? Coucher ensemble, bien sûr ! Et Ruth aussi en a envie.

— Fantastique, dit Eva à Ruth sans dissimuler son manque d'intérêt. Bon ben, tu sais ce qu'on dit. Sortez couverts.

Eva fit mine de s'en aller. Ruth lui barra la route et lui expliqua pourquoi elle voulait lui parler.

— Attends ! Je ne lui ai pas encore dit oui…

— Hum. Et tu veux quoi ? Que je te donne ma bénédiction ? Ruth, avant de coucher avec n'importe qui, tu ferais mieux d'avoir un peu plus de personnalité…

— Ouah, tu t'es réveillée dans la peau d'une salope aujourd'hui ?

Eva passa la main dans ses boucles, gonfla ses poumons au maximum et fit tous les efforts du monde pour paraître un peu plus aimable.

— Ma petite Ruth, reprit-elle d'un ton mielleux, moi, Cerro ne me plaît pas du tout, mais s'il te plaît à toi, c'est l'essentiel. *Carpe diem.*

— *Carpe* quoi ?

— Si ce garçon te plaît, ne réfléchis pas et fonce… traduisit Eva.

— Moi j'y réfléchirais à deux fois, si j'étais toi. Quand j'étais avec Cerro, on a failli le faire… (Eva comprit que dans ce monde aussi, Nerea sortait avec lui l'année passée.) Mais ensuite je me suis rendu compte que ce n'était pas LE garçon avec qui je voulais le faire…

— Moi je pense que c'est le bon. Il est trop génial ! s'exclama Ruth. Eva, je crois que je suis prête. Juste, je voulais te demander… comment on fait ?

Eva laissa échapper un gloussement nerveux.

— Comment on fait quoi ? Ah ! ça… tu me demandes comment on fait ça. Parce que, évidemment, j'ai déjà…

Eva roula des yeux pour inciter Ruth à finir sa phrase.

— Quand même, tu l'as fait un million de fois avec Noël ! Je te rappelle que tu es la seule à avoir perdu ta virginité. Enfin, Anna dit que non, mais je suis sûre qu'elle l'a fait avec le manchot, sûre et certaine.

Eva n'en revenait toujours pas de voir combien son double était différent d'elle.

— Alors, je suppose que c'est moi l'experte du groupe… devina-t-elle.

Nerea et Ruth sourirent, admiratives.

— Allez, raconte !

— Navrée, je n'ai vu aucun garçon de votre âge, dit Iris à Sabrina avec raideur. Tout le monde est à l'école, à cette heure-ci.

— Celui que je cherche a les cheveux longs et un blouson en cuir, insista la jeune fille.

Iris secoua la tête. Sabrina eut la conviction qu'elle mentait. Elle croisa les bras.

— Pourtant je suis certaine que c'est sa voiture.

— Et moi je suis certaine que vous vous trompez, mademoiselle. Sortez de chez moi, maintenant.

Iris fit volte-face et se dirigea vers la maison.

Sabrina lui emboîta le pas.

— S'il vous plaît… je dois parler à Gabi. Je sais qu'il est là.

— Quoi ? Qu'est-ce que vous racontez ? Mon fils est mort !

— Maman, laisse tomber…

Gabi venait d'apparaître dans l'encadrement de la porte. Sabrina poussa un soupir de soulagement.

— Je vais lui parler, dit le garçon à sa mère qui le dévisageait avec effroi. Ne t'en fais pas, je m'en occupe.

Iris rentra non sans l'avertir une énième fois de prendre garde aux voisins. Gabi attrapa Sabrina par le bras et l'entraîna brutalement derrière la maison, près de la piscine.

— Qu'est-ce que tu fous là ?

— Et toi ? Comment as-tu osé revenir chez tes parents ?

— J'ai eu un accident avec le 4 × 4 et la dépanneuse m'a tracté jusqu'ici, mentit-il. Qu'est-ce que tu me veux, à la fin ?

— À ton avis ? Je veux que tu reviennes ! Tu ne peux pas rester chez tes parents.

— Il n'y a que ma mère, ici. Mon père est aux abonnés absents.

Sabrina tarda quelques secondes à comprendre. Dans ce monde, les parents de Gabi s'étaient séparés.

— Ça revient au même. Tu ne peux pas rester. Hier encore tu étais mort !

— Je suis pas mort, putain ! Tu me vois pas ?

— Et qu'est-ce que tu comptes raconter aux gens ? Ta mère l'a dit elle-même : les voisins ne doivent pas te voir !

Gabi détourna la tête.

— Écoute, je sais que ce qui nous arrive n'a aucun sens,

continua Sabrina. Surtout pour toi. Mais nous ne faisons pas partie de ce monde, Gabi. Ici, Sam a un bras en moins, Eva vit ailleurs et toi… Elle…

Sabrina désigna l'intérieur de la maison, mais sa voix se brisa. Elle prit son inspiration et lâcha le morceau :

— Ce n'est pas ta vraie mère. Ta famille n'a rien à voir avec celle-ci.

— Qu'est-ce que tu en sais ?

— Je sais que tu ne peux pas rester. Et nous non plus. Il faut qu'on rentre chez nous.

— Je suis bien ici. Vous n'avez qu'à partir, ça me fera des vacances.

Sabrina l'agrippa par son tee-shirt.

— On ne peut pas te laisser ici ! Noël, Sam, Eva… on est tous inquiets pour toi !

— Je ne vous ai rien demandé.

Il pivota sur ses talons.

— On a vécu les pires trucs ensemble et tu veux faire comme si de rien n'était ? Impossible, désolée.

Elle le suivit jusqu'à la porte d'entrée.

— Je ne peux pas parler à la place des autres, mais en ce qui me concerne, je te considère comme un ami, ajouta-t-elle.

— Lâche-moi la grappe, tu veux ? lança-t-il en appuyant sur la sonnette.

La porte s'ouvrit. Gabi entra et la lui claqua au nez.

— Qui était cette fille ? interrogea sa mère à l'intérieur.

Gabi écarta le rideau. Sabrina quittait le jardin, la tête baissée.

— Personne, répondit-il en refermant le rideau.

— Comment savait-elle que tu étais là ? Elle a dit qu'elle te connaissait, qu'elle appartenait à ton groupe d'amis…

— Je n'ai pas d'amis.

Eva but de l'eau du robinet à longs traits et leva les yeux sur le miroir. Derrière elle, Nerea et Ruth s'impatientaient. Elle soupira et fit volte-face.

— Alors comme ça, vous voulez que je vous raconte mon expérience ?

Ruth acquiesça à la hâte. Comment gagner du temps ? Elle n'allait pas leur avouer qu'elle n'avait jamais même embrassé un garçon.

— En fait, y a pas vraiment de manuel pour ce genre de choses… lâcha-t-elle finalement. Bon, à part les vidéos sur Internet…

— Ruth en a regardé quelques-unes, pouffa Nerea.

— Chut ! dit l'autre avec un coup de coude. Dis-moi, comment on commence ?

Eva réfléchit un instant. Elle n'avait qu'à leur raconter la façon dont elle imaginait sa première fois avec un garçon.

— Il faut que ce soit spontané. Que ce soit prévu ou non, si c'est le bon moment, ce sera parfait.

Ruth buvait ses paroles.

— Tu es si stressée que tu ne peux plus parler, alors ton corps le fait pour toi. Les baisers, les caresses… c'est comme des mots. Comme des mots que tu n'oses pas prononcer, coincés qu'ils sont dans ta gorge. Ton corps parle à ta place.

Eva se rendit compte que celui qu'elle voyait en imagination était Sam. Elle secoua la tête pour chasser cette idée.

— Ma sœur dit que sa première fois a été ultra-rapide et que c'était fini avant même qu'elle enlève ses vêtements, la contrecarra Nerea.

— Ouais, ce sera peut-être le cas avec Cerro. Les filles, je dois y aller.

Eva ramassa son sac et se dirigea vers la porte.

— Un dernier truc : je fais quoi s'il me trouve grosse quand j'enlève mes vêtements ?

Eva s'arrêta, éberluée.

— Tu prends tes jambes à ton cou et tu te cherches un copain avec plus de cervelle. On se voit plus tard, les filles. *Bisous* !

La porte s'ouvrit toute seule. Anna entra dans les toilettes, folle furieuse.

— Faut qu'on parle.

31

Anna scrutait Eva comme si elle avait des rayons X dans les yeux. Les mains tremblantes, Eva palpa ses cheveux courts. Elle n'avait qu'un souhait : qu'ils poussent sur-le-champ pour ressembler à son double.

— Anna ! Où tu étais passée ? s'exclama Nerea.

— On a cru que tu étais malade, ajouta Ruth. Ça va ? Ça tient toujours, ta fête de ce soir ?

Anna ne semblait même pas les voir. Son regard était rivé à Eva, qui s'efforçait de se comporter normalement.

— C'est vrai, ça, qu'est-ce qui t'est arrivé ?

— Les filles, vous pouvez nous laisser ? J'ai deux mots à dire à Eva.

Celle-ci fronça les sourcils, feignant de croire qu'elle ne voyait pas de quoi elle voulait parler.

— À propos de quoi ? C'est une histoire de mecs ? gloussa Nerea.

Au lieu de répondre, Anna leur ouvrit la porte en grand.

— Du balai ! Vous êtes vraiment bizarres, les filles…

Nerea et Ruth sortirent dans le couloir.

— Mais ta soirée tient toujours ? Parce que j'ai rendez-vous avec Cerro et…

— Oui, oui, tu m'emmerdes à la fin !

Et elle lui claqua la porte au nez.

Eva se dirigea vers les lavabos. Elle se regarda dans le miroir, s'efforçant de gommer la frayeur qui déformait ses traits. Anna fonça sur elle avec une attitude de défi.

— Tu sais très bien pourquoi je n'étais pas là ce matin. Mais je n'en pouvais plus de rester à la maison… Je trouve hallucinant que tu fasses comme si de rien n'était.

Eva fit volte-face. Elle était acculée.

— Tes cheveux… fit Anna en les touchant.

— Je les ai coupés, devança Eva. Hier soir… sur un coup de tête.

Anna grimaça. « Elle sait qui je suis », pensa Eva avec terreur.

— C'est tellement… morbide… Noël te dit que cette coupe va bien à ton double et toi, le seul truc que tu trouves à faire, c'est l'imiter !

Eva lui tourna le dos quelques secondes pour soupirer de soulagement. Anna n'y avait vu que du feu.

— Bon, qu'est-ce que tu me voulais ? demanda-t-elle en pivotant de nouveau.

— Je ne veux plus jamais entendre parler de cette histoire. Je lui ai dit hier en partant du lycée.

Eva attendit qu'Anna prononce le nom de cette fameuse personne à qui elle avait parlé, mais l'autre poursuivit sans rien dévoiler :

— Je veux qu'elle me fiche la paix, et vous aussi. Vous êtes complètement fous ! Surtout ton copain qui veut tirer sur n'importe qui…

Eva ne put s'empêcher de lui lancer un regard de surprise.

— Tirer ? Noël ?

— Tu ne m'as pas dit qu'il avait un flingue ?

— Si, bien sûr, mais… de là à s'en servir…

— Vu le quartier d'où il vient, ça ne m'étonnerait pas. Et il avait l'air de croire à fond tout ce que disait ce livre, qu'il fallait tuer les « autres » pour qu'il ne nous arrive rien…

Eva écarquilla les yeux comme un animal qui se retrouve nez à nez avec un chasseur.

— Je sais qu'on est amis depuis longtemps, mais si vous continuez comme ça, ça ne va plus durer, la menaça Anna.

Eva ne répondit pas. Elle tremblait. Leurs doubles projetaient de les *tuer*.

— C'est bien clair ? Je ne veux plus JAMAIS entendre parler de ça.

Eva fit oui de la tête. Cependant, il fallait qu'elle pose une dernière question. D'accord, elle avait promis aux autres de ne pas parler à Anna toute seule. Toutefois, c'était le seul moyen de comprendre ce qui se passait. Elle tenta le tout pour le tout.

— Anna, tu sais très bien qu'on n'a pas inventé cette histoire de doubles. Tu as vu ton dossier comme nous.

— J'ai bien regardé et ce n'est pas moi, d'accord ? Et ces vidéos non plus n'ont rien à voir avec moi.

Eva faillit demander de quelles vidéos elle parlait, mais elle se retint à temps.

— Par contre, tu ne pourras pas nier que tu as vu l'autre Anna devant chez toi.

Anna plissa le front et planta son regard sur Eva, le regard perçant.

— Comment tu sais ça, toi ?

Assis à la table du fond, Noël attendait impatiemment que Fermín, l'homme à tout faire du lycée, finisse de réparer le modem.

— Ces jeunes, ils n'ont aucun respect pour le matériel, se plaignit la documentaliste au technicien.

— M'en parlez pas. Ce matin j'ai trouvé la porte d'un placard défoncée, et ils ont volé toutes mes lampes, déclara Fermín en transportant les câbles en haut de son escabeau. Bizarre… Le modem n'est pas cassé, il est *brûlé*.

La documentaliste remarqua que Noël les espionnait.

Celui-ci se leva d'un bond et fit semblant de chercher un livre sur un rayonnage. Quelques secondes plus tard, Fermín avait terminé ; les voyants verts de l'appareil clignotaient à nouveau. Noël fonça à sa table, sortit le portable d'Eva numéro deux de son sac – non sans un regard angoissé sur le revolver – et l'alluma. La photo d'Eva apparut sur l'écran. Les doigts tremblants, Noël inscrivit « gymnastiquerythmique ». Le Mac mit quelques secondes à annoncer que le mot de passe était correct.

— Yes !

Derrière son bureau, la bibliothécaire lui fit signe de se taire, un doigt sur les lèvres. Le garçon fit une grimace d'excuse et se concentra de nouveau sur l'ordinateur : sur le fond d'écran, Eva et lui s'embrassaient. Il ouvrit un dossier intitulé « Photos ». Il connaissait déjà ces images : c'était les mêmes qui tapissaient les murs de la chambre de son double. Noël consulta le reste des dossiers. Notes de cours, musique...

Noël ferma les fenêtres actives et entra sur Facebook ; par chance, le mot de passe était sauvegardé. Le mur d'Eva n'avait pas bougé depuis la dernière fois. Aucun nouveau statut, pas de notifications. En revanche, la jeune fille avait un message privé. Noël s'apprêtait à le lire quand il entendit la voix de Sam derrière lui :

— Qu'est-ce que tu fais ?

— Je vérifie les messages du double d'Eva...

— Et où elle est, notre Eva à nous ?

— Avec Nerea et Ruth. Elles lui ont mis le grappin dessus dans le couloir et l'ont embarquée de force dans les toilettes.

— Et tu l'as laissée seule ?

— Pas de panique, elles ne sont au courant de rien, se défendit Noël.

— Attends une seconde. C'était dans ce couloir-là ?

Noël opina, agacé.

— Alors Anna est avec elle. Je l'ai vue entrer dans les toilettes. Ruth et Nerea en sont sorties, mais pas elle.

— Eva non plus ?

Sam secoua la tête. Noël fourra aussitôt le portable dans son sac et ils se mirent à courir.

— Hé, vous ! Vous êtes dans une bibliothèque ! aboya la documentaliste.

Ils ne lui prêtèrent pas attention et atteignirent les toilettes en un temps record. Pile au moment où Eva en sortait, Anna sur ses talons.

Les garçons se figèrent.

— J'ai parlé à Anna, dit Eva haut et fort en implorant ses amis des yeux pour qu'ils aillent dans son sens. Elle se fiche de cette histoire et elle préfère qu'on oublie ce qui lui est arrivé.

— On peut dire qu'il ne t'a pas fallu beaucoup de temps pour tout balancer aux autres, Sam. Je ne sais même pas comment j'ai pu te faire confiance.

— Hein ?

Eva remua lentement la tête pour lui dire de laisser courir.

— Je te raconte que je suis traumatisée parce que j'ai cru voir mon double et toi tu caftes à tout le monde ? Tu m'en veux tant que ça de t'avoir largué ?

— Mais tu l'as vue, cette fille, oui ou non ? demanda Noël.

— Non, s'obstina-t-elle. J'ai commencé à devenir parano parce que Sam m'a raconté qu'il avait vu mon sosie. Et vous, avec vos histoires de mondes parallèles… Vous êtes complètement tarés. Je ne veux plus rien savoir.

Avant de tourner les talons, elle remarqua le gant que Sam portait à la main gauche.

— Tu es pathétique. Tout le monde sait que tu es manchot !

Sur ce, elle s'éloigna dans le couloir.

Sam ne cessa de se mordre la langue que quand ils furent seuls.

— Quelle garce ! Je n'arrive pas à croire que je sortais avec elle.

— Et il a fallu que tu atterrisses dans un monde parallèle pour t'en rendre compte… dit Eva.

— Elle t'a fait quelque chose ? s'enquit Noël.

— Non, mais elle était à deux doigts de me démasquer.

— Vous avez entendu ce qu'elle a dit ? Mon double l'avait prévenue qu'il avait vu son double à elle, rappela Sam.

— Ils nous attendaient depuis des jours, ça ne fait aucun doute. Anna était au lycée avec d'autres gens hier soir, mais elle ne m'a pas dit qui. Et vous savez ce qu'ils comptaient faire après nous avoir retrouvés ?

Les garçons secouèrent la tête.

— Nous assassiner, lança-t-elle à brûle-pourpoint. Ou plutôt c'est ton double, Noël, qui voulait le faire. C'est pour ça qu'il avait un flingue.

— Tu me vois faire une chose pareille ? Passe encore pour les acrobaties en roller, mais descendre quelqu'un…

— Apparemment, c'est la seule manière de faire réellement disparaître les doubles. Anna m'a dit que tout était expliqué dans ce fameux livre.

— Où il est, à propos ?

— Sabrina l'a emporté avec elle.

Sabrina descendit du bus devant le lycée. L'horloge de l'abribus lui confirma que ses amis devaient toujours être en cours. Pour tuer le temps, elle décida de poursuivre la lecture de son livre dans un café. Il n'y avait pas grand-chose alentour, à part l'enseigne lumineuse d'une cafétéria. Elle se dirigea vers le bâtiment en luttant contre les rafales de vent.

Une clochette tinta lorsqu'elle franchit le seuil. Sabrina eut la sensation d'avoir remonté le temps. À la manière d'un *diner* américain des années cinquante, des banquettes en skaï turquoise côtoyaient des tables en Formica gris. L'endroit était désert, mis à part une serveuse occupée à remplir des grilles de mots croisés derrière le comptoir.

Sabrina choisit une table dans le fond, près de la fenêtre. Elle laissa son sac sur la banquette et entreprit de lire la carte imprimée sur le distributeur de serviettes. La serveuse ajusta son uniforme assorti aux banquettes et s'approcha d'elle.

— La même chose qu'hier, ma jolie ?

Sabrina tenta de dissimuler sa surprise.

— … un burger sans mayonnaise avec des frites, s'il vous plaît.

La serveuse nota la commande sur son calepin.

— Et un milk-shake au chocolat ?

Sabrina acquiesça d'un signe de tête. C'était exactement ce qu'elle comptait commander.

— Je t'apporte ça tout de suite.

— Merci. Les toilettes, s'il vous plaît ?

— Au fond à droite. Comme partout.

Elle lui fit un clin d'œil et retourna derrière son bar.

En sortant des W-C – une minute plus tard –, Sabrina entendit la clochette de l'entrée.

Elle trouva son milk-shake sur la table et commença à le siroter, prête à reprendre sa lecture. Elle ouvrit son sac… il était vide. Plus de livre. Plus de dossiers.

— Excusez-moi, il y avait des affaires dans mon sac, lança-t-elle à la serveuse. On vient de me les voler !

— Je n'ai vu entrer personne.

Sabrina se rapprocha du bar, nerveuse.

— Vous êtes sûre ?

— Je suis entrée une seconde à la cuisine pour transmettre ta commande. Mais je n'ai entendu personne.

Sabrina était certaine d'avoir entendu quelqu'un. Elle courut à la porte et aperçut une voiture qui s'éloignait à toute allure.

Une voiture rouge.

32

Tu as vu ça ?
https://www.youtube.com/watch?v=i-4uKgXRnpl;)

C'est pas drôle, Noël…

Si c'est drôle…

OK, j'avoue, c'est drôle.
Tu fais quoi mon chéri ?

J'attends le truc de ce soir en regardant un film que je viens de télécharger.

Lequel ?

Mes doubles, ma femme et moi

Haha ! Ce film n'existe pas…

Je te jure que si ;)
Et toi, tu fais quoi ?

J'attends aussi…
Tu viens à quelle heure ?

21 heures :) Les autres
ont dit 21 h 30 au lycée :(

Tu veux que je vienne avant ?

Non, ça va aller.
Tu fais quoi, en vrai ?

J'suis sur TOR

:O
Encore ?

Je voulais que les choses
soient bien claires ce soir.

T'es pas encore en train de
regarder les photos de Sabrina ?

Non, promis.
Ça m'a passé en la voyant.

Ouf :)

En plus, j'ai l'impression qu'elle
s'est bien entendue avec Sam ;)
Tu sais qu'hier après la gare ils sont allés
prendre un milk-shake chez Oskar ?

Ouais. Elle est sympa.

Toi encore plus

et jolie…

Toi mille fois ++++++++++
++++++++++++++++++++
++++++++++++++++++++
++++++++++++++++++++
++++++++++++++++++++

Haha.
Encore un + et je
me disais que tu en
faisais trop.

C’est toi my baby… personne d’autre.
https://www.youtube.com/watch?v=jrVbawRPO7I

Je voudrais trop être avec toi sur les tapis du gymnase.
Tout nus…

Tu réponds plus… :S
OK, je promets de ne plus
dire des trucs bizarres

Non c’est pas ça, j’étais sur TOR…
Regarde ce qu’ils ont publié sur le site de Conexo

http://Torserver//www.journaldeconexo.accidenttrain/morts/wagon/
54R3w2

Je flippe grave.

J'arrive pas à l'ouvrir.

Attends je te fais une capture d'écran.
Fichier joint : 523.jpg

Ça y est.
Punaise… Hier j'ai entendu aux infos qu'ils avaient trouvé un wagon dans le tunnel.

Moi aussi. Ils sont là, Noël.
Nos doubles sont ici !!!

Ne bouge pas, j'arrive.
J'amène le flingue.

Non !!! Ne le prends pas !
S'il te plaît !
On ne doit pas les tuer.
On doit les aider à retourner dans leur monde.

OK.
Il faut qu'on se débrouille pour qu'ils lisent le livre, alors.
Et qu'ils connaissent la vieille.

— La vieille ? Quelle vieille ?

Assis à une table du CDI, Eva, Noël et Sam tentaient de décrypter la conversation Facebook qu'ils venaient de lire.

— Ils parlent sûrement du livre qu'a pris Sabrina, *Théorie des mondes possibles*.

— Je suis encore choquée par ce que tu voulais faire dans le gymnase, Noël… murmura Eva.

— C'est pas moi, c'est mon double !

— Essaie d'ouvrir la capture d'écran, demanda Sam à Eva.

Elle double-cliqua sur la pièce jointe, mais les néons du CDI vacillèrent. Ils furent plongés dans le noir durant quelques secondes.

— C'était quoi, ça ? demanda Noël quand la lumière se ralluma.

— Ben voilà, on n'a plus Internet, se lamenta Eva. Le fichier n'a pas été téléchargé.

Noël s'approcha de la bibliothécaire, au téléphone avec le secrétariat du lycée.

— Dans tout le bâtiment ? Entendu, j'attends Fermín.

— Qu'est-ce qu'il s'est passé ? demanda-t-il quand elle eut raccroché.

— Une banale coupure de courant. Ils vont venir réparer ça tout de suite, déclara-t-elle en continuant à classer les livres en pile sur ses dossiers.

— Ça va prendre longtemps ?

— Le temps qu'il faudra, répondit-elle d'un ton sec. Vous ne devriez pas être en classe ?

— Si, si, on y allait justement.

Noël regarda l'horloge murale et retourna auprès de ses amis.

— Internet ne va pas revenir tout de suite… Vous n'avez pas l'impression que l'univers entier est contre nous ? marmonna-t-il en s'affalant sur une chaise.

— L'univers, je ne sais pas, mais Internet, ça c'est sûr, rétorqua Eva. Ça fait deux jours que j'essaie de me connecter à TOR.

— Si l'autre Eva a envoyé une capture d'écran, elle devrait encore être dans son ordi, non ?

Sam attira le portable à lui et ôta son gant pour manipuler la souris et le clavier. La recherche du fichier « 523.jpg » ne donna rien.

— C'est bizarre, la capture date d'hier. Ce devait être suffisamment important pour que ton double l'efface juste après l'avoir vue.

Sam cliqua sur la corbeille.

— Je l'ai !

DRAME DANS LA MONTAGNE

Jeudi dernier, le train Conexo-Monte Alto de 20 h 34 a déraillé en pleine montagne avec à son bord des centaines de passagers. Parmi eux, un groupe d'adolescents âgés de quinze à dix-huit ans partis skier avec leur lycée. Le train a fini sa course dans un tunnel ; selon les premiers éléments de l'enquête, un des passagers aurait tiré le signal d'alarme dans le virage où a eu lieu l'accident. L'état des voies et la vitesse du train auraient empêché le conducteur de freiner à temps. Malheureusement, on dénombre déjà onze victimes – mineures, pour la plupart – et le bilan ne cesse de s'alourdir. Certains corps sont en cours d'identification ; d'autres sont toujours portés disparus.

Flash info :

Nous venons d'apprendre qu'un des wagons manque à l'appel, le wagon de queue. Réservé aux machines, il ne transportait pas de passagers. Selon toute vraisemblance, la rame s'est détachée du reste du convoi pour se retrouver à des kilomètres du lieu de l'impact. Les recherches se poursuivent dans la montagne.

— C'est notre wagon… ils ne l'ont pas retrouvé ! s'exclama Noël.

— Dans notre monde, non, rectifia Eva. Mais ici, si.

— Ce qui est sûr, c'est que nos doubles nous attendaient, dit Sam. Comment ils ont fait pour en savoir autant ?

— Il faut qu'on aille sur TOR. C'est la clé, conclut Eva. C'est là qu'ils ont trouvé des infos sur notre monde. Les photos de nos profils, cet article…

— Mais comment un logiciel peut-il relier deux mondes parallèles ?

— J'ai vu des films avec des explications bien pires… commenta Eva. Ce que je ne comprends pas, c'est comment nos doubles sont arrivés jusqu'à TOR.

— Ce n'est peut-être pas si étrange. Je n'en avais jamais entendu parler. Gabi, en revanche, si.

— Parce qu'il avait un but précis ! Les gens normaux ne savent même pas que ça existe. Et nos doubles ÉTAIENT des gens normaux, insista Eva. Quelqu'un a dû leur en parler.

— Qui ?

— J'en sais rien, peut-être cette « vieille ». Vu la conversation, mon double voulait qu'on la rencontre, comme si c'était elle qui avait la solution…

— C'est peut-être celle qui a écrit le livre, supposa Sam. Il avait l'air suffisamment ancien pour que son auteur soit âgé maintenant, non ? On devrait chercher sur Internet. Comment elle s'appelait ?

— Clara Brown, se souvint Eva. Il nous faudrait une connexion, cela dit.

La voix d'Irène retentit soudain dans le CDI :

— Vous ne devriez pas être en classe ?

La prof de philo, en tailleur noir et chemisier blanc, rapportait une montagne de livres qu'elle posa sur le comptoir avant de s'approcher de ses élèves. Sam n'eut pas le temps de remettre son gant. Il glissa son bras sous la table.

— On avait un devoir à terminer, expliqua Eva en essayant de prendre un air convaincant.

— Oui, mais vous devriez être en classe à cette heure-ci. Je suis votre professeur principal, je pourrais en aviser mes collègues.

Irène se planta devant eux les bras croisés. Puis elle fit un mouvement du menton pour leur faire comprendre que la plaisanterie avait assez duré.

— Allez, ouste !

Le trio rassembla ses affaires. Sam enfila discrètement son gant et Noël s'empressa de ramasser son sac à dos. Irène tira d'un geste vif sur son bonnet.

— Noël, combien de fois je t'ai dit que les bonnets sont interdits au lycée…

Le garçon resta pétrifié en voyant sa frange tomber devant ses yeux. Soudain les lumières vacillèrent de nouveau et s'éteignirent. Les murs du bâtiment se mirent à trembler, ils vibrèrent de plus en plus fort.

Il y eut un grondement assourdissant.

33

Gabi se retourne et son regard se pose sur Sam. La fenêtre !

— Qu'est-ce tu fabriques ? s'indigne celui-ci alors que Gabi lui grimpe dessus, un petit marteau à la main.

En deux coups, la vitre est tombée. Sam et Anna sont couverts de morceaux de verre. Des rafales de vent chargées de grêle s'engouffrent dans le wagon.

— C'est pas vrai ! s'exclame Irène en accourant.

— Mais t'es malade ! rugit Sam en empoignant Gabi par le col.

— Me touche pas, Musclor, l'avertit l'autre.

L'image se fait plus sombre. Le train est entré dans un tunnel et prend un virage serré à toute vitesse. Parmi le tumulte des curieux, Ricky filme la bagarre qui éclate entre Gabi et Sam.

— Ça suffit ! Arrêtez ! tente de les séparer Irène.

Un coup l'atteint au visage. La prof vacille et se retient à la première chose qui lui tombe sous la main : la poignée d'arrêt d'urgence. Les freins crissent, de plus en plus fort. Sur l'image tremblotante, les valises dégringolent ; les élèves hurlent. Le téléphone de Ricky fait un vol plané et vient se fracasser contre une paroi.

Noir.

Un message apparut sur l'écran à la fin de la vidéo : « *Served by TOR* ».

Gabi reprit son souffle. C'était la quatrième fois qu'il la regardait, plongé dans l'obscurité de sa chambre, la porte fermée et les rideaux tirés. Son corps tremblait toujours autant. Il passa la souris sur le curseur et revint en arrière, au moment où l'on apercevait une partie de son visage. « Mec, j'ai ce que tu voulais. File-moi mes cinquante balles d'abord », disait-il à l'écran.

— Putain ! Comment c'est possible ?

Les questions se bousculaient dans son esprit. Gabi arrêta l'image sur Eva, qui s'installait à côté de Noël avant le départ. Il était certain que c'était cette vidéo qu'elle avait vue, celle qu'elle disait avoir reçue dans le train. Il pensa à ses quatre camarades.

— Il faut que je leur raconte ça.

La porte de sa chambre s'ouvrit. Sa mère entra ; elle paraissait pressée.

— Qu'est-ce que tu fais dans le noir ? demanda-t-elle avant d'appuyer sur l'interrupteur.

— Je regardais un film…

Gabi éteignit le moniteur de l'ordinateur et enfonça ses mains dans ses poches pour cacher ses gants.

— Gabi, il faut…

— Maman, juste un truc, l'interrompit Gabi. Est-ce que tu as trouvé une caisse noire dans ma chambre ? Je l'ai cherchée et je ne la retrouve pas…

Sa mère réfléchit un instant.

— Une grande boîte en métal fermée à clé ?

— Exactement. Tu l'as ouverte ? Je veux dire, est-ce que vous l'avez ouverte quand je n'étais pas là ?

— Non. Toi qui es si secret avec tes affaires… Je crois qu'on l'a mise à la cave.

Plus de doute. Son double avait rangé la clé USB dans la boîte *avant* l'accident. Cela signifiait qu'il avait vu la vidéo avant que les événements ne se produisent.

— D'accord, peu importe, mentit le garçon. Qu'est-ce que tu voulais ?

— Il faut que j'aille chercher ton frère à l'école.

Gabi jeta un œil au réveil sur sa table de nuit.

— Il est un peu tôt, non ? Max ne finit pas à 16 h 30 ?

— Si, mais l'école a appelé. Apparemment, les cours sont annulés pour le reste de la journée. Il y a eu une secousse dans le secteur et le bâtiment est plongé dans le noir.

— Une secousse ? Un tremblement de terre, tu veux dire ?

— Non, non, quand même pas. Ils m'ont certifié que Max allait bien et qu'il n'était rien arrivé à personne. Leur système a dû tomber en panne.

Gabi plissa les yeux, intrigué. Sa mère s'approcha et l'embrassa sur la joue.

— Toi, reste ici et fais ta valise. On part ce soir.

Gabi esquissa un sourire tandis que sa mère quittait la pièce. Il attendit que la porte d'entrée de la maison se referme pour rallumer l'ordinateur. Sur la page Actualités de Google, il inscrivit : « Lycée Conexo ». Aucune information n'apparut, mais un lien vers Twitter attira son attention. Un nouveau hashtag venait de faire son apparition sur le réseau : « #Conexocraque ». Gabi cliqua sur le lien et lut ce qu'avaient écrit les gens qui utilisaient ce hashtag :

Tinker Bell @cgm1974 · 1 min
Tremblement de terre au lycée. J'ai eu la peur de ma vie. #Conexocraque

Martín Piñol @martinpinol · 2 min
Deuxième crevasse dans le sol de Conexo aujourd'hui. Trop de gens en surpoids dans la ville ? #Conexocraque

Sirah @sirahtuitea · 2 min
Les cours sont annulés, la cour s'est ouverte en 2 et y a plus d'électricité au lycée. Vacances !!!!! #Conexocraque

adolfo valor @AdolfoValor · 3 min
Conexo part en morceaux… Qui veut perdre sa virginité avant la fin du monde ? #Conexocraque

Conexo Informations @Conexoinfo · 5 min
Selon les experts, la faille n'a aucune explication sismique. Pas de plaques tectoniques sous Conexo #Conexocraque
pic.twitter.com/zPfBi0Up

Gabi cliqua sur le dernier lien, une photo. Sur l'image, on voyait l'entrée du lycée, les escaliers et le parking. Les élèves s'agglutinaient autour d'une trouée dans le bitume qui partait de l'escalier principal et devait mesurer dix mètres de long. Identique à celle que Gabi avait vue aux informations, celle qui s'était mystérieusement ouverte à l'entrée de la ville. Celle qu'il avait vue en rêve.

Le garçon repéra le double d'Eva sur un côté de la photo, près de Noël et de Sam. Ils se tenaient à l'écart, derrière des arbustes. Gabi zooma davantage. Eva était au téléphone, les traits tirés.

— Qu'est-ce que… ?

Eva avait les cheveux courts.

— Vous ?

S'ils avaient pris la place de leurs doubles au lycée, c'est que quelque chose de grave était arrivé. Gabi parcourut le reste de la photo. Tous les élèves fixaient la fissure dans le sol. Tous, sauf Anna. Elle regardait en direction des arbustes où se cachaient les trois autres. Comme si elle savait qui ils étaient en réalité.

34

— QUOI… ? J'y crois pas.

Le téléphone collé à l'oreille, Eva s'agitait derrière les arbustes, les nerfs à vif. Sabrina, toujours à la cafétéria, venait de lui raconter ce qui s'était passé.

— Ne bouge pas. On va venir te chercher dès que possible. On dirait que les cours sont terminés pour aujourd'hui… Oui, tout va bien… pour l'instant.

Elle raccrocha et rejoignit les garçons. Noël semblait sur le point d'exploser.

— Sabrina s'est fait voler le livre, annonça Eva.

— Hein ? Comment ça ?

— Apparemment, elle est allée aux toilettes et quelqu'un en a profité pour lui piquer le livre et les dossiers.

— Elle va bien ? s'inquiéta Noël.

— Oui, ne t'en fais pas, elle n'a même pas vu le voleur. Elle dit que cette personne savait qu'elle avait le livre sur elle. Sabrina l'avait sorti dans le bus. Peut-être qu'on la suivait…

— Vous croyez qu'on nous surveille ? demanda Sam en jetant un coup d'œil circulaire dans la cour.

Les professeurs essayaient de contenir les élèves agglutinés autour de la brèche.

— Et que le sol s'ouvre en deux, vous ne trouvez pas ça bizarre ? demanda Noël.

— Sur Twitter il y a la photo d'une autre fissure, sur la route qu'on a prise hier. C'est Teresa qui me l'a dit.

— C'est qui, Teresa ? laissa échapper Eva.

— Une copine. Enfin, une copine de mon double, elle est dans sa classe.

— Il n'y a jamais eu de tremblement de terre dans cette ville, poursuivit Noël. Et ce vent n'est pas normal non plus...

— C'est vrai, je suis gelée, dit Eva en se frictionnant les bras. J'ai laissé mon manteau au CDI. Et mon ordinateur.

— Et moi, mon sac avec le flingue. Comment j'ai pu être aussi bête ?

— Vous n'aviez pas le choix, rappela Sam. Irène nous a obligés à sortir en vitesse...

Le tremblement avait déclenché l'alarme incendie, et les professeurs avaient appliqué le processus d'évacuation sans les laisser emporter quoi que ce soit.

— Dès qu'ils nous laissent rentrer, je cours chercher nos affaires. Elles y seront toujours, c'est sûr, puisque tout le monde est dehors, insista Noël. Vous savez quoi ? Il faut qu'on se calme, sinon on va se faire repérer.

— Exact, renchérit Eva en inspirant un grand coup. On va tâcher de se comporter normalement.

— En fait, on ferait mieux de ne pas traîner ensemble. On n'est pas censés être amis, dans ce monde.

Eva et Sam suivirent la direction que leur indiquaient les yeux de Noël. Anna était dans l'escalier, avec ses amies. Le regard rivé sur eux.

— OK, on se sépare, décréta Eva.

Sam localisa Teresa et les autres élèves de sa classe.

— Je vais voir si je peux aller récupérer mes affaires dans ma salle. On se retrouve à la cafét' ?

Eva et Noël sortirent des arbustes à leur tour, main dans la main. Ils se frayèrent un chemin parmi la cohue et rejoignirent

Ricky, Cerro, Ruth et Nerea en haut de l'escalier. Anna les toisa de la tête aux pieds.

— Super ambiance, pas vrai ? (Ricky filmait Noël et Eva avec la caméra de son iPad.) Eh, les amoureux ! Dites à mes abonnés où vous étiez pendant le tremblement de terre. Parce qu'on ne vous a pas vus en classe...

Mort de rire, Ricky zooma sur Eva, en train de ranger son portable dans sa poche. Elle couvrit l'objectif avec sa main :

— Arrête, Ricky.

Rien de tel pour lui rappeler la vidéo de l'accident.

— Ben oui, où vous étiez passés ? voulut savoir Anna à son tour.

— À ton avis ? (Noël s'arrêta une seconde pour s'éclaircir la voix.) On était dans le lycée...

— Où ça ? insista l'autre.

— Au CDI, on finissait un devoir. C'est quoi, cet interrogatoire ? lança Eva.

Noël lui fit signe de se contrôler.

— Oui, c'est ça, un devoir... pouffa Nerea. Ça devait être sympa.

— La secousse t'a surpris en pleine action, Noël ?

Ricky explosa de rire, sa caméra toujours allumée.

— Tu me connais, fit Noël avant de taper dans la paume de Ricky.

Eva faillit bondir, mais son ami lui intima de ne pas bouger. Elle se mordit la langue.

— Alors, on n'a pas cours cet après-midi ? demanda Noël pour changer de sujet.

— Sur Twitter ils disent que les cours sont annulés. J'aurai plus de temps pour me préparer pour la fête, comme ça, dit Ruth en s'agrippant à Cerro. Qu'est-ce que tu veux que je mette ?

— Quelque chose de facile à enlever... répondit-il en l'embrassant dans le cou.

Ricky déplaça son iPad sur le couple.

— On se voit à la fête, alors ? demanda Nerea à Noël et à Eva.

— En fait…

— Je crois qu'on ne va pas pouvoir, acheva Eva. J'ai gym ce soir, et je ne sais pas à quelle heure ça se termine.

— Et moi je vais la chercher, ajouta Noël.

— Et alors ? Vous faites ça chaque fois, s'étonna Nerea.

— Oui, mais aujourd'hui je ne me sens pas bien… mentit Eva. Je crois que je n'ai pas digéré le petit déjeuner.

— Vous êtes sûrs que vous n'avez pas d'autres plans ?

Anna était certaine qu'ils persistaient à croire à cette histoire de doubles, mais elle ne pouvait pas en parler devant tout le monde.

— Non, pourquoi ? On va juste chez moi, dit Noël au reste du groupe.

Eva et lui se forcèrent à sourire et se concentrèrent sur la pagaille alentour. La voix du directeur résonnait à travers les haut-parleurs de la cour.

— S'il vous plaît, je vous demande le plus grand calme ! Comme vous en ont déjà informés vos professeurs, le lycée va fermer ses portes. Les cours sont annulés pour aujourd'hui.

Ovation générale.

— L'accès au bâtiment est strictement interdit. Les professeurs vont vous rapporter vos affaires. Nous allons commencer par les plus jeunes, donc patience…

Eva et Noël échangèrent un regard grave.

— Week-end ! Rien à foutre de nos affaires… On se casse ! hurla Ricky en filmant ses amis.

Le groupe se frappa dans les mains et s'enlaça. Tous sauf Eva et Noël. Ils attendirent que les autres descendent l'escalier pour pouvoir en discuter tranquillement.

— Je ne peux pas les laisser récupérer mon sac, dit Noël avec angoisse. On fait quoi ?

— Il faut qu'on arrive au CDI avant eux. On n'a qu'à passer par les vestiaires du gymnase.

— C'est parti.

Ils s'assurèrent que le groupe d'amis de leurs doubles s'étaient éloignés et dévalèrent les marches. Anna, au loin, se retourna.

— Qu'est-ce qu'il y a ? l'interrogea Nerea.

Les yeux étincelants de fureur, Anna s'apprêtait à les suivre quand un klaxon retentit. La voiture était arrêtée au bord de la route. Une Golf rouge.

— On se retrouve chez moi ce soir, OK ?

Elle courut à la voiture.

— Tu ne viens pas avec nous ? s'étonna Nerea.

Pas de réponse.

Sam, du haut de l'escalier, la suivait du regard. Il fronça les sourcils en la voyant prendre place à l'avant de la Golf. Soudain, quelqu'un le tira en arrière.

— Sam, tu t'en vas sans tes dessins ?

Teresa et son éternel sourire de publicité.

— Quoi ? demanda Sam sans cesser de regarder la voiture.

— Il faut qu'on finisse le portrait pour lundi. Le prof va nous descendre nos cartons à dessin.

— Ah, oui ! J'avais oublié.

— Tu es dans la lune aujourd'hui ! Au fait, tu as vu qu'Eva s'était coupé les cheveux ? Elle ressemble vachement à la fille de ton dessin, maintenant ! Tu ne vas quand même pas te remettre à aimer les pimbêches ?

Sans cesser de parler, Teresa l'entraîna vers la porte du lycée. Sam n'eut d'autre choix que de la suivre. Il jeta un dernier coup d'œil à la route. La voiture était toujours là, mais impossible de voir qui était au volant.

Les vestiaires étaient plongés dans le noir. Eva et Noël traversèrent le gymnase et pénétrèrent dans un couloir éclairé par la seule lumière extérieure. La plupart des casiers étaient restés ouverts, comme les salles de classe. Des manteaux et des sacs à dos jonchaient le sol ; quelques panneaux en liège avaient été décrochés des murs.

— On dirait un décor de film de zombies, dit Eva.

— Sauf qu'au lieu de zombies on a des profs... Je ne sais pas ce que je préfère.

Ils montèrent au dernier étage, celui du CDI. Eva, qui ouvrait la marche, recula avant d'arriver sur le palier.

— Stop, murmura-t-elle à Noël en lui barrant le passage.

Un des professeurs, chargé de manteaux et de cartables, avançait dans le couloir. Ils l'entendirent avec soulagement dépasser le palier de l'escalier et poursuivirent leur ascension. Ils parcoururent les derniers mètres qui les séparaient du CDI en courant. La pièce était plongée dans le noir. La secousse avait fait tomber les livres de leurs rayonnages. Sur la table qu'ils avaient abandonnée un peu plus tôt, Eva découvrit...

— L'ordinateur !

Le sac de Noël était toujours au pied de la chaise, ouvert. Le garçon se baissa et jeta un œil à l'intérieur, le cœur battant.

— Ouf ! Le flingue est toujours là.

Ils retrouvèrent enfin leur souffle.

— On file, le pressa Eva en enfilant son manteau. Au fait, qu'est-ce qui t'a pris de dire ça à Ricky, tout à l'heure ? « Tu me connais » ?

Il secoua la tête.

— Je savais que tu le prendrais mal... Il fallait bien que je fasse semblant !

— Et passer pour un gros macho, c'est la meilleure solution ?

— Pour une fois que je peux dire un truc comme ça...

— C'est vrai que nos doubles n'ont pas perdu de temps, comparés à nous.

Elle voulut faire marche arrière, gênée, et ne réussit qu'à s'enfoncer davantage :

— Enfin, pas parce qu'ils sortent ensemble, mais parce qu'ils sont… plus expérimentés…

— C'est vrai. Tu n'as jamais pensé qu'on… ? (Noël s'interrompit pour avaler sa salive. Il gardait cette question en travers de la gorge depuis des années.) Qu'on pourrait… ?

— Et toi ? le coupa-t-elle avant qu'il finisse sa phrase. Tu y as déjà pensé ?

Sans oser la regarder, Noël fit « oui » de la tête.

— Mais maintenant que j'ai vu ce que ça donnait, que je nous ai vus…

— En couple, compléta Eva.

— … je sais qu'on est juste amis, termina-t-il en relevant les yeux.

Elle le dévisagea, l'air triste.

— Oui, les meilleurs amis du monde, rien de plus. À présent, pour moi aussi c'est clair, Noël.

Ils eurent chacun un grand sourire.

— En plus, je ne suis pas ton genre. Tu préfères les blondes, se moqua-t-elle en filant vers la porte.

— Sabrina ? Mais non, elle… Je…

— Arrête, ça crève les yeux. Elle t'aime bien aussi.

Noël s'immobilisa, une lueur malicieuse dans le regard.

— Eh bien toi, tu plais à Sam, répliqua-t-il.

Eva s'arrêta à son tour, choquée.

— Quoi ? C'est faux !

— C'est lui qui me l'a dit. Enfin, plus ou moins… Mais je sais que c'est vrai, ça se voit. C'est réciproque, hein ?

Elle ne répondit pas. Il suffisait de voir son sourire.

— Finalement, c'était une bonne idée d'aller au ski avec la classe ! reprit Noël. Je te l'avais dit : les gens méritent qu'on les connaisse mieux. Bon, on aurait pu éviter Anna…

— Tu sais que Nerea et Ruth ne sont pas si odieuses que je le pensais ? confessa Eva.

— Et Cerro est plutôt drôle, ajouta Noël.

— C'est un obsédé…

— Ouais, mais il est drôle.

Leurs rires s'évanouirent lorsque Irène entra.

— Qu'est-ce que vous faites là ?

— Il fallait qu'on récupère nos sacs, se justifia Eva.

— L'accès au bâtiment est formellement interdit. Vous n'avez pas entendu ce qu'a dit le directeur ?

— Si, mais je voulais récupérer mon ordinateur, insista Eva. Si je le perds, mes parents me tuent.

— Vous êtes sûrs que c'est la seule raison de votre présence ici ?

Tous deux hochèrent énergiquement la tête.

— Allez, disparaissez avant qu'il ne vous arrive quelque chose, les pressa la prof.

Elle les regarda marcher jusqu'à la porte. Noël serrait son cartable contre sa poitrine, à s'en étouffer.

— Noël, le rappela-t-elle en haussant la voix.

Le garçon fit volte-face, pétrifié. Irène s'approcha de lui, les bras croisés.

— Montre-moi ce que tu as dans ton sac.

35

— Montre-moi ton sac.

— Il n'y a rien dedans...

— Il n'a que des cours, renchérit Eva.

— Dans ce cas, laisse-moi regarder.

Irène tendit le bras et Noël recula d'un pas, cramponné à son cartable.

— Mais qu'est-ce qui t'arrive ? Ça suffit ! Donne-le-moi.

— Non, l'implora-t-il alors qu'elle essayait de le lui arracher de force.

Eva n'y réfléchit pas à deux fois et s'élança sur elle.

— Argh !

Irène bascula à la renverse. Eva attrapa Noël par le bras et l'entraîna dans le couloir. Quelques secondes plus tard, ils tombèrent sur un autre prof devant une salle de cours.

— Eh ! Qu'est-ce que vous faites là ?

Il voulut les arrêter, mais ils mirent le turbo. Une fois dans l'escalier, ils dévalèrent les marches et déboulèrent dans le gymnase. Devant les vestiaires, ils croisèrent le prof de sport, qui devait être aussi grand qu'eux deux réunis.

— Eh, vous ! les héla-t-il.

Eva et Noël freinèrent ; leurs chaussures dérapèrent sur le sol, comme s'il était mouillé. Ils firent marche arrière, poursuivis par l'entraîneur.

— Par ici, par ici !

Noël entraîna Eva dans la pièce voisine.

Les salles de classe étaient reliées entre elles par des portes intérieures. Ils les ouvrirent une à une, progressant dans les salles en enfilade, jusqu'à se heurter à une porte verrouillée.

— Merde ! s'exclama Noël.

— Celle-là est ouverte ! dit Eva en indiquant la porte principale de la salle.

Ils débouchèrent de nouveau dans le couloir, plongé dans l'obscurité. Désorientés, ils mirent une seconde à comprendre où ils étaient.

— La cantine ! s'écria Noël en bifurquant à gauche.

— Arrêtez !

L'entraîneur réapparut à l'autre bout du couloir. Noël et Eva foncèrent à la cantine, poussèrent une table contre le mur et placèrent une chaise dessus pour atteindre la fenêtre qu'ils avaient cassée la veille.

— Vite ! la pressa-t-il.

— Passe en premier ! répondit-elle, consciente qu'un des deux ne pourrait peut-être pas sortir.

— Non, Eva !

Finalement, elle grimpa la première. Au moment où elle passait de l'autre côté, l'entraîneur pénétra dans la cantine.

— Arrêtez ! leur ordonna-t-il.

Noël enfila son sac à dos et sortit à son tour en prenant soin de renverser la chaise pour ralentir les mouvements du prof, qui escaladait déjà la table.

Eva et Noël ne se retournèrent qu'une fois hors de l'enceinte du lycée. Le professeur les poursuivait toujours.

— Le bus ! hurla Noël.

Ils piquèrent un sprint et parvinrent à l'attraper in extremis. Le véhicule démarra, laissant le lycée derrière lui. En haut des escaliers, Irène relatait l'incident à ses collègues. Elle les aperçut et les suivit du regard tandis que l'autobus s'éloignait.

— Cette fois ça y est, on est foutus !

L'enseigne de la cafétéria se reflétait sur la route mouillée par la pluie battante. À l'intérieur résonnait une chanson de Frankie Lymon & The Teenagers. Sabrina était toujours là, attablée au fond de la pièce avec Sam.

— Mais qu'est-ce qu'ils font ?

— Eva m'a dit qu'ils étaient dans un bus. Ils ne vont plus tarder.

— Je ne peux pas croire ce qui leur est arrivé...

— On nous aurait démasqués tôt ou tard, non ? C'est impossible de se faire passer pour quelqu'un d'autre très longtemps.

— Pas faux. (Sam prit une gorgée de café.) Moi je n'ai rien à voir avec mon double.

— Il dessine bien ? demanda Sabrina en jetant un œil au carton à dessin.

Sam sortit le portrait qu'il avait trouvé le matin même sur son chevalet.

— Ça fait des semaines que mon double travaille dessus. De mémoire, précisa-t-il.

— La vache ! Mais c'est Eva !

Les yeux de la jeune fille semblaient plus vrais que nature.

— C'est notre Eva, pas celle de ce monde. Mon double ne l'a jamais rencontrée... C'est hallucinant !

— Avec tout ce qu'ils ont trouvé sur TOR... Il a dû regarder ses photos.

— On peut même affirmer qu'il a carrément flashé sur elle.

Sabrina dévisagea Sam. Son double et lui n'étaient pas si différents, en fin de compte.

— C'est un très beau dessin. Je suis sûre qu'Eva va l'adorer.

Sam fit la grimace.

— Je n'ai aucun mérite. Je suis incapable de faire un truc pareil. Ce matin j'ai passé une heure à feindre de retoucher les ombres. Moi je suis juste bon à... taper dans un ballon.

— Je parie que ce n'est pas vrai. Et ce n'est pas pour autant que ton double était bien dans sa peau. Il a perdu un bras, sa copine l'a quitté… il a été forcé de se remettre en question. Toi, au moins, tu sais ce que tu aimes faire.

— Mais je n'ai pas…

Découragé, Sam rangea le dessin et fixa la fenêtre, le regard perdu.

— Je ne sais pas si on va réussir à rentrer chez nous, reprit Sabrina. Toutefois, si nous réussissons, je sais déjà que je vais changer certaines choses.

— Comme quoi ?

— D'abord, je vais arrêter de reprocher à ma mère d'avoir déménagé ici. Maintenant que j'ai vu comment serait ma vie si mes parents étaient restés ensemble, à faire semblant d'être une famille heureuse sur les photos… Non, merci ! Je crois que c'est une bonne chose d'avoir vu comment serait notre vie dans un autre monde. Ça nous aide à comprendre qui on est en réalité.

Sam garda le silence. Il s'imagina dire à son père qu'il allait quitter l'équipe de foot. Il s'imagina s'inscrire en terminale Arts appliqués et faire un portrait d'Eva. Malgré lui, un sourire s'esquissa au coin de ses lèvres.

La clochette de la porte d'entrée le sortit de ses rêveries. Eva et Noël, glacés jusqu'aux os, venaient d'entrer dans la cafétéria.

— Vous allez bien ? demanda Sam en se levant.

— Oui. On a juste fait le tour complet de la ville, répondit Eva.

— On a préféré ne pas revenir tout de suite. Pas envie que les profs nous tombent dessus.

— Qu'est-ce qui vous est arrivé, alors ?

— On a merdé…

Noël s'installa à côté de Sabrina, Eva à côté de Sam.

— Je sais pas ce qui m'a pris de pousser la prof… Maintenant c'est sûr, on est foutus.

— C'était ça ou lui montrer le flingue ! Elle aurait appelé

nos parents, ou même la police, ils auraient commencé à poser des questions et ils se seraient rendu compte que… qu'on a supprimé nos doubles.

— On n'a « supprimé » personne, protesta Sam. On ne pouvait pas deviner qu'ils allaient disparaître !

— Et maintenant qu'on m'a volé le livre, on n'a plus aucun moyen de comprendre ce qui se passe.

— Et en plus, on nous recherche, gémit Eva.

— Je devrais peut-être faire comme Gabi, murmura Sabrina. Prendre un train et retourner chez mes parents.

— Ce ne sont pas tes parents, Sabrina, rectifia Noël. Ce n'est pas notre monde.

— Mais qu'est-ce qu'on va faire ? Il n'y a aucune porte nulle part. On est coincés ici pour toujours…

— Tu préfères passer ta vie à faire semblant d'être quelqu'un d'autre ? s'emporta Noël. Ces gens-là avaient beau nous ressembler, ils n'ont rien à voir avec nous. Moi je n'ai rien d'un gars hyper populaire, en tout cas.

— Il était peut-être populaire, mais surtout très superficiel. Regarde ses amis, lui rappela Eva. Je te préfère mille fois en vrai.

— Pareil, confirma Sabrina.

— Je me fiche de comment il était. Je suis… je ne sais pas ce que je suis, OK ? c'est justement pour ça que je veux retourner dans mon monde. Grandir en étant moi pour de vrai.

Un lourd silence s'abattit sur le groupe, que la serveuse brisa.

— Quel temps de chien ! Ça ne m'étonne pas que le sol craque de partout, avec un tel déluge…

— Ça a recommencé ? s'étonna Sabrina.

— J'ai entendu à la radio qu'une autre fissure s'était ouverte à la gare. Tous les trains sont annulés, expliqua la serveuse sans remarquer l'expression d'effroi sur leurs visages. Qu'est-ce que vous prendrez ?

— Un café au lait, répondit Eva.

— Un autre pour moi, dit Noël.

— C'est noté... Et rien à manger ?

Tous deux secouèrent la tête. Les événements leur avaient coupé l'appétit. Une fois la serveuse partie, les quatre amis se penchèrent sur la table.

— Vous pensez que ces fissures ont un rapport avec nous ? demanda Eva.

— Obligé. On débarque dans ce monde et comme par hasard le sol commence à craquer ?

— C'est peut-être une coïncidence ! s'exclama Sam. Vous avez remarqué comme le temps est différent ici ? Il pleut sans arrêt et le vent est infernal. Ça joue peut-être sur l'état des routes.

— Eh bien, le mauvais temps n'est pas anodin non plus, dit Sabrina.

Ils se turent quand la serveuse apporta deux tasses sur un plateau.

— Au fait, tu as retrouvé ton livre ? demanda-t-elle à Sabrina.

Celle-ci secoua la tête.

La serveuse repartie, elle apprit aux autres qu'elle avait aperçu une voiture rouge.

— Rouge ? s'étonna Sam. Anna est montée dans une voiture rouge, tout à l'heure.

— C'était peut-être ses parents.

— Aucune idée. Je n'ai pas eu le temps de voir.

— Ça fait beaucoup de coïncidences, marmonna Sabrina.

— C'est sans doute cette personne qui était au lycée hier avec nos doubles, conclut Eva.

— Et si c'était la vieille ?

— Les vieux préfèrent prendre le bus...

— N'importe quoi. Ce qui est sûr, c'est que cette personne a le livre et sait ce qu'il y a dedans. Anna m'a dit que la solution s'y trouvait.

— Ah oui ? Peut-être qu'elle connaît la vieille, alors !

— Et si on allait chez Anna ce soir ? suggéra Noël.

— Sérieux ? s'étouffa Eva. Ça m'étonnerait que la vieille y soit.

— Anna t'a dit qu'elle avait rapporté son dossier chez elle et qu'elle avait regardé des vidéos.

— Quelles vidéos ? s'étonna Sabrina.

— Aucune idée.

— Si on y va, on pourra fouiller son ordi... Après tout, on est invités !

Eva refusa catégoriquement. Sam, en revanche, trouva l'idée géniale :

— La fête a dû commencer à 19 heures, comme d'habitude. Quand on arrivera, la moitié des gens seront bourrés, ils ne nous remarqueront même pas...

— Vous, vous faites diversion avec Anna, et Sam et moi, on s'introduit dans sa chambre, proposa Sabrina.

— Vous êtes malades... lâcha Eva. C'est du suicide.

— Le voyage en ski aussi te semblait une mauvaise idée, et maintenant regarde... se moqua Noël.

Son amie lui lança un regard assassin avant de rendre les armes.

— OK... L'addition, s'il vous plaît ! Il faut qu'on aille à une fête.

36

— Est-ce qu'Eva est là ?

— Qui est à l'appareil ?

— Un ami.

— Mais encore ?

À l'autre bout de la ligne, Gabi soupira. La main gantée, le garçon faisait les cent pas dans sa chambre. Sur l'ordinateur, la vidéo de l'accident de train était arrêtée sur l'image d'Eva. Dans une autre fenêtre, les pages jaunes. Gabi y avait relevé le numéro de chez elle. Après plusieurs minutes de tergiversations, il s'était décidé à l'appeler pour la prévenir qu'il avait trouvé la vidéo, juste avant de quitter la ville avec sa mère.

— Est-ce que vous pouvez au moins me donner son numéro de portable ?

— Si elle ne te l'a pas donné elle-même, non. En plus, il doit être éteint. Elle est à la gym.

— Et à quelle heure elle revient ?

— Vers 21 heures.

Gabi jeta un œil au réveil. À 21 heures, il aurait déjà quitté Conexo.

— Peut-être même plus tard. Le vendredi, elle va souvent chez son amie Anna avec le reste de sa classe.

— Je vois... Et vous pourriez me dire où se trouve la maison de cette amie ?

— Eva y va avec son petit ami, répondit la femme en insistant sur les deux derniers mots.

Gabi entendit la porte de sa chambre s'ouvrir. Max était entré, dans son pyjama de renard blanc. Gabi raccrocha brutalement et se retourna pour ôter son gant.

— Qu'est-ce qui t'arrive, le nain ?

Il attrapa la serviette posée sur son lit, se sécha les cheveux et se pencha pour fermer ses bottes. L'enfant fixait la valise ouverte sur le lit.

— On va vivre à la plage. Génial, non ?

Gabi souriait. Max, lui, semblait très fâché.

— Je ne veux pas vivre avec toi… Je ne veux pas que tu me voles ma maman !

Gabi fit la grimace, s'accroupit pour être à la hauteur du garçon et lui parla sans détour :

— Ta « maman » est aussi ma mère, compris ?

Il le poussa du bout du doigt pour que ce soit bien clair. Une seconde plus tard, Iris entra, tenant une valise.

— Gabi, comment vas-tu ?

— Très bien, je bavardais avec Max…

Il se redressa et posa la main sur l'épaule du gamin. Celui-ci s'écarta.

— On descend les valises, on grignote un truc et on y va, d'accord ? dit sa mère en s'éloignant dans le couloir.

Max courut à sa suite et la serra de toutes ses forces.

— Qu'y a-t-il, mon cœur ?

Le garçon regarda en direction de Gabi. Il tira sur la manche de sa mère pour qu'elle se penche vers lui et lui chuchota quelque chose à l'oreille.

— Max, moi aussi je suis triste de me séparer de vous, mais ce ne sera que pour quelques jours. Ensuite vous nous rejoindrez !

— Je ne veux pas partir avec lui, dit-il à voix haute.

Iris dévisagea son petit garçon.

— Tu ne veux pas partir avec ton frère adoré ?

— Ce n'est pas mon frère. Mon frère est mort.

Gabi faillit s'emporter, mais sa mère lui fit signe de se taire.

— Tu es fatigué, Max. On va dîner et te mettre au lit. Je t'attends en bas, Gabi.

Le garçon termina sa valise et enfila sa veste. Avant de sortir, il jeta un dernier coup d'œil à sa chambre. L'ordinateur était toujours allumé. Il s'approcha et vit de nouveau le visage d'Eva sur l'écran. Il n'avait pas réussi à lui parler… mais il avait essayé. Il enleva la clé USB de l'unité centrale, provoquant une étincelle.

— Putain…

Il fourra la clé dans sa poche, empoigna la valise, éteignit la lumière et sortit. Avant d'entrer dans la cuisine, il observa sa nouvelle famille du pas de la porte : Iris et Max étaient attablés. Son beau-père remplissait les assiettes de spaghettis, et Otto attendait que quelque chose tombe.

Le chien se mit à grogner en apercevant Gabi.

— Viens manger un morceau, fiston, l'invita Lorenzo. Vous avez de la route à faire.

Il se leva pour prendre le plat de spaghettis. Gabi secoua la tête :

— Non, merci.

— Tu n'as pas faim ? s'inquiéta sa mère.

— Si, mais tu sais bien que la crème me rend malade.

Iris et Lorenzo échangèrent un regard intrigué. Finalement, Gabi et son double n'étaient pas identiques.

— Bon, tant que ça ne te fait pas comme ce poulet que nous avons mangé au restaurant il y a deux ans, se souvint son beau-père.

Iris et Max éclatèrent de rire. Gabi les imita, sans savoir à quoi ils faisaient allusion. Il dénicha un reste d'omelette dans le réfrigérateur.

— Et le serveur qui répétait : « *Tréz'* épicé, excellent ! », rappela Lorenzo en prenant un accent.

Gabi continuait de sourire, de plus en plus mal à l'aise. Il n'avait jamais été dans ce restaurant. Il enfourna l'omelette dans le micro-ondes en se répétant qu'il n'appartenait pas à cette famille.

— Ça va être bien de passer du temps au bord de la mer, dit Lorenzo en prenant la main de sa femme et en souriant à son beau-fils.

— Et je suis sûr que tu te feras un tas d'amis, Max.

— Je ne veux pas y aller, protesta l'enfant en croisant les bras.

— Allons, tu ne veux pas être avec ton frère ? Ça fait un an que tu le réclames, et maintenant qu'il est là, tu ne veux même pas lui parler ?

La peur et la colère avaient disparu des yeux de Max. Il se mit à pleurer.

— C'est vraiment toi ? demanda-t-il.

Gabi, incapable de mentir, détourna le regard et ouvrit la porte du micro-ondes. Une étincelle jaillit lorsqu'il attrapa son assiette, qui éclata en mille morceaux. Le chien se mit à aboyer comme un fou.

— Tais-toi, Otto ! Qu'est-ce qui s'est passé ? (Lorenzo se leva pour aider Gabi.) Fais-moi voir ta main…

— Non, c'est rien. Je reviens.

Il sortit en courant et alla s'enfermer dans la salle de bains. Il ouvrit le robinet, s'aspergea le visage d'eau fraîche. Le reflet que lui renvoya le miroir le surprit : il ne savait même plus qui il était. Nerveux, il ouvrit la fenêtre. Il avait besoin d'air. Un sentiment nouveau lui oppressait la poitrine : il se sentait coupable. Coupable de mentir à ces gens.

— Gabi, tu vas bien ?

La voix de sa mère retentit derrière la porte. Il n'ouvrit pas.

— Oui, ça va. J'arrive tout de suite.

— On va bientôt partir.

— Mais qu'est-ce que je suis en train de faire ? dit Gabi à voix haute.

Il regarda la fenêtre. Quelle serait sa vie s'il suivait sa mère ? Mille fois plus heureuse que celle qui l'attendait s'il s'enfuyait. Cependant, ce ne serait pas honnête. Il grimpa sur un meuble et escalada la fenêtre. Une seconde plus tard, il était dans le jardin. Il pleuvait à verse, et le vent était démentiel. Il contourna la maison, puis jeta un dernier coup d'œil. Derrière les rideaux de la cuisine, il distingua les silhouettes de sa mère et de Max enlacées. Son beau-père les entourait de ses bras.

— T'inquiète, mec… T'as fait le bon choix.

Il rabattit le col de sa veste, puis se mit à courir au milieu de la route. Il vérifia que la clé USB était toujours dans sa poche. Il fallait qu'il retrouve les autres pour leur montrer la vidéo. Qu'il trouve la maison d'Anna. À l'angle de la rue, une voiture démarra. Cela faisait des heures qu'elle était garée devant chez Gabi. La voiture prit la même direction que lui, tous feux éteints.

Une Golf rouge.

37

Noël inspira un grand coup et s'apprêta à sonner chez Anna.

— Attends ! s'écria Eva.

Elle se passa du rouge à lèvres avec un tube trouvé dans le sac de son double, resserra le nœud de son foulard et fit bouffer ses cheveux. En voyant le résultat dans son miroir de poche, elle secoua la tête avec désapprobation.

— J'ai une de ces têtes...

— Tu ressembles aux autres filles de la classe, et c'est exactement ce qu'il nous faut. Je sonne.

Ils patientèrent en silence. De l'autre côté de la porte, la fête battait son plein.

— Je déteste cette musique, souffla Noël en levant les yeux au ciel.

— Fais un effort...

Nerea vint leur ouvrir. Elle portait un bustier rose et une minijupe moulante et ses collants étaient filés à plusieurs endroits. Elle avait un verre de Malibu ananas à la main.

— Eva ! Tu es venue !

Elle la serra dans ses bras.

— Nerea ! Tu as bu ?

Anna apparut à la porte dans une robe très décolletée, les cheveux relevés et le visage maquillé comme une star de cinéma.

— Qu'est-ce que vous faites là ? Je croyais que vous ne pouviez pas venir...

— On a changé d'avis. C'est vendredi, faut s'éclater, pas vrai ? dit Noël.

— Et vous venez vous « éclater » dans l'uniforme du lycée ?

— Je ne voudrais surtout pas te faire de l'ombre, minauda Eva avec un sourire forcé. Tu es splendide.

Avant d'entrer, elle lança un regard en arrière : Sabrina et Sam étaient cachés derrière un arbre. Elle leva le pouce pour leur indiquer que tout était sous contrôle.

L'intérieur de la maison était aussi impressionnant que la façade. La majeure partie des invités se trouvait dans le salon. Eva et Noël les connaissaient presque tous, même s'ils ne leur avaient jamais parlé.

— Tous nos « amis » sont là, glissa Noël.

Pourquoi avait-il eu l'idée de venir ?

— Posez vos affaires et venez prendre un *shooter* de Jägermeister, proposa Nerea.

— Je ne bois que ce dont j'arrive à prononcer le nom, tenta de se défiler Eva.

— Je m'en occupe ! ajouta Nerea sans prêter attention à son commentaire.

Elle s'éloigna en tanguant. Eva et Noël, qu'Anna ne lâchait pas des yeux, ôtèrent leurs vestes et les posèrent par-dessus la montagne de vêtements qui s'était formée sur une chaise. Noël garda son sac sur le dos.

— Pourquoi tu ne laisses pas ton sac ?

Noël se tourna vers Eva pour qu'elle vienne à son secours. Mais elle était aussi embêtée que lui.

— Je vous ai vus rentrer au lycée cet après-midi pour aller le chercher. Qu'est-ce que vous cachez dedans ?

— Les dossiers de nos doubles... improvisa Eva dans un murmure.

— Je vous ai demandé de ne plus me mêler à cette histoire et vous les apportez chez moi ? Vous êtes bouchés ?

— Ne t'inquiète pas, on n'avait pas l'intention de t'en parler. Oublie ça et profite de ta fête.

Anna s'apprêtait à contre-attaquer mais Ricky arriva, son portable toujours greffé à la main. Caméra allumée.

— Annnna, quelle ambiance de dingue ! Heureusement que tes parents partent à la montagne le week-end !

— Ne t'avise pas de mettre ça sur YouTube. S'ils le voient, ils me tuent.

Ricky lui fit signe de se calmer, puis lui vola un baiser, un bras en l'air pour filmer la scène. Eva et Noël détournèrent les yeux. Anna repoussa Ricky et lui fit presque perdre son téléphone.

— Pas maintenant, Ricky.

— Qu'est-ce qui te prend, ma chérie ?

Anna ne répondit pas, le regard toujours rivé à Eva et à Noël. Elle ne pouvait pas parler en présence de Ricky.

— Y a un souci ?

— Aucun, affirma-t-elle. Viens, on se bouge.

Une fois seuls, Eva et Noël reprirent leur souffle.

— Tu crois qu'elle a deviné ? demanda Noël.

— Elle pense sans doute qu'on continue à croire que nos doubles vont débarquer. Suis-moi, on va chercher le bip du garage.

Sam leur avait dit où se trouvaient les clés de la maison. Le bip devait y être aussi. Eva et Noël en avaient besoin pour ouvrir à Sam et à Sabrina. L'escalier du garage les mènerait à l'étage sans que personne les voie. Prêts à mettre leur plan à exécution, Eva et Noël se dirigèrent vers la cuisine. Nerea en sortit avec deux mini-verres pleins à ras bord.

— Eva, je peux te parler ? Je me sens super mal…

— Tu vas l'être encore plus si tu continues à boire.

Noël lui fit les gros yeux.

— Bon, qu'est-ce qui t'arrive ? demanda Eva à contrecœur.

— Tu sais que Ruth va coucher avec Cerro ce soir...

— Et... ?

— On est sortis ensemble l'année dernière, mais comme je ne voulais pas le faire, il m'a plaquée, poursuivit Nerea comme si Noël n'était pas là. Tu sais que j'attends d'être prête. On en a beaucoup parlé toutes les deux...

— Oui, oui, beaucoup, ponctua Eva avec un geste théâtral.

— Mais maintenant qu'il sort avec Ruth... je crois que je regrette !

Sa confession faite, Nerea fondit en larmes et se jeta dans les bras d'Eva.

— Tu te rends compte que c'est un salaud ? Il t'a quittée uniquement parce que tu ne voulais pas coucher avec lui, dit Eva en lui donnant une tape dans le dos.

— Oui, mais... il me plaît !

Eva lança un regard désespéré à Noël.

— Je vais à la cuisine, annonça celui-ci.

Au centre de la pièce déserte, l'immense îlot disparaissait sous les bouteilles, les canettes, les gobelets en plastique et les poches à glaçons. Noël repéra la boîte où étaient rangées les clés, s'empara de clés de voiture et courut à la fenêtre. Il l'ouvrit, enfonça le bouton du bip et vit la porte du garage se lever. Ses deux amis s'engouffrèrent à l'intérieur.

— Qu'est-ce que tu fabriques ? demanda soudain quelqu'un derrière lui.

Il fit volte-face. Un garçon de son âge, en jean et sweat à capuche, portait sur la tête le même bonnet que son double.

— Rien, je prends l'air... répondit Noël avec un grand sourire. J'ai avalé un shooter de Yigermister et je me sens un peu patraque...

Le garçon le dévisagea et éclata de rire.

— Yigermister ? Ça c'est sûr, t'es bourré !

Le garçon se dirigea vers l'îlot central et Noël en profita pour fermer la fenêtre.

— Quel temps de merde. J'aimerais trop aller au skate-park.

Noël se rappela tout à coup qu'il l'avait vu en photo sur les murs de sa chambre. Il faisait partie de sa bande.

— Grave, j'ai trop envie aussi, mentit-il en passant derrière lui pour ranger les clés de voiture.

— Attends, reste là, je te sers une bière.

Le garçon lui toucha le bras et les clés chutèrent aux pieds de Noël. Le garçon se pencha pour les ramasser.

— J'y crois pas… T'as encore piqué la caisse de ta mère !

— Tu me connais, fanfaronna Noël. Dès que je peux, je vais faire un tour en ville.

— T'es un grand malade.

Le garçon secoua la tête et retourna à ses verres.

Noël en profita pour ranger les clés en vitesse et sortit de la cuisine.

— À plus.

Dans le salon, on avait poussé les meubles pour créer une piste de danse. Eva était affalée dans un fauteuil, dans un coin. Nerea, perchée sur l'accoudoir, l'écoutait en léchant son verre. Noël, un sourire figé aux lèvres, croisa une dizaine d'amis de son double en chemin.

Une fois aux côtés d'Eva, il lui fit signe que leur plan avait fonctionné.

— Tu as tellement raison, balbutiait Nerea, Cerro ne me mérite pas.

— Et quelle est la pire des attitudes pour une fille ?

— Attends… L'abnégation !

— Excellent. Et maintenant, on passe à la pratique : retourne danser sans t'occuper des garçons.

— Merci, Eva. Tu es la meilleure. Je t'aime ! s'égosilla Nerea, de plus en plus saoule, avant de l'enlacer.

Puis elle remonta son bustier et glissa à Noël :

— Tu sais ce que ça veut dire, toi, « abnégation » ?

La voix de Beyonce retentit dans les haut-parleurs et Nerea, après avoir hurlé qu'elle adorait cette chanson, se lança dans une chorégraphie endiablée en oubliant sa question. Noël prit sa place sur l'accoudoir.

— Tes conseils étaient plutôt bons, Docteur Love.

— Je n'en peux plus ! gémit Eva. Tu n'imagines même pas ce que je dois endurer…

— Mais qu'est-ce qu'elle nous veut, celle-là ? la coupa Noël, le regard tourné vers Anna.

Assise à côté de Ricky, à l'autre bout du salon, elle ne les lâchait pas des yeux.

— Peut-être qu'on devrait se montrer plus… amoureux, suggéra Eva.

Noël acquiesça. Il posa son sac par terre, passa un bras derrière le fauteuil sans oser le poser sur son amie et se pencha vers elle.

— C'est bon, ça suffit, l'arrêta Eva.

— Sam et Sabrina ne vont plus tarder, souffla Noël. Encore cinq minutes et on se tire.

Eva acquiesça et enfouit son visage dans le dossier du fauteuil. Noël remarqua qu'un garçon criait par-dessus la musique. C'était celui qui l'avait abordé dans la cuisine, celui au bonnet. Il tenait le grand sac d'Eva à la main.

— Qu'est-ce que ce type fait avec ton sac ?

Alarmée, Eva tourna la tête.

— Il y a un téléphone qui sonne, c'est à vous ? cria-t-il à tue-tête avant de s'approcher d'Anna.

Eva bondit de son siège et s'empara du sac avant qu'Anna ne le prenne.

— Qu'est-ce que tu fais ?

— J'allais te l'apporter. Je voulais répondre pour toi.

Eva fouilla dans le sac et sortit son portable. L'écran

affichait : « Anna maison ». Elle pâlit en imaginant ce qui se serait passé si elle l'avait vu.

— C'est ma mère.

Eva donna son sac à Noël et s'éloigna de quelques pas.

— Allô ? dit-elle en criant par-dessus la musique.

— C'est Sam. On a un problème.

Noël observait Eva qui faisait les cent pas dans le hall. Anna aussi.

— Elle est bizarre, non ?

— Sa mère… tu sais ce que c'est.

Noël repartit s'asseoir sur son fauteuil. Quand il regarda à ses pieds, son sang se figea.

Son sac avait disparu.

38

Le quartier était plongé dans le noir. Cela faisait un moment que les réverbères s'étaient éteints. Gabi avançait sous une pluie battante, les mains dans ses poches. Il aperçut deux opérateurs de la compagnie électrique en ciré jaune devant un compteur.

— Il n'y a pas de problème technique, disait le plus grand des deux en testant les interrupteurs.

— L'essentiel est qu'il y ait du courant dans les habitations, commenta l'autre.

Gabi poursuivit son chemin. Il cherchait la maison d'Anna, mais il ne se souvenait pas de l'endroit exact. Il tourna à l'angle de la rue et courut se cacher derrière un arbre. La voiture rouge le suivait tous feux éteints depuis son départ. Il s'empara d'une pierre et la lança de toutes ses forces sur le pare-brise arrière. Au lieu de s'arrêter, la Golf accéléra, alluma ses phares et fonça sur lui.

Gabi se mit à courir au milieu de la chaussée, la vue brouillée par la pluie. La voiture était presque sur ses talons. Au dernier moment, il sauta par-dessus la grille d'un parc et se faufila à l'intérieur. Pas de lumière là non plus. Tant bien que mal, il repéra l'aire de jeu et se retrancha dans la cabane sous le toboggan. Haletant, il vit la Golf rouge rôder autour du parc. Jusqu'à ce qu'une voiture de police arrive en face. La Golf prit la première rue à droite et disparut en un éclair.

— Putain de *stalker*… s'écria Gabi en se passant la main sur le front.

Il sortit de sa cachette. De l'autre côté de la grille, au milieu de la route, un animal l'observait.

Le renard.

Son sang ne fit qu'un tour. L'animal glapit et détala dans la direction qu'avait prise la Golf.

Gabi sauta la grille et le suivit.

Son téléphone portable à la main, Eva écartait les couples enlacés qui tournaient sur la piste. Noël n'était plus là. Elle le trouva dans la salle à manger, la tête sous une chaise.

— On a un problème, murmura-t-elle. Sam et Sabrina ne peuvent pas entrer dans la chambre d'Anna, elle est « occupée » par Cerro et Ruth.

Noël l'écouta sans cesser de fouiller la pièce du regard.

— On n'a pas un problème : on en a deux. On m'a piqué mon sac…

— Non !

— Je l'ai laissé une seconde à peine, le temps que tu répondes au téléphone. Et personne ne l'a vu.

— Même pas Anna ?

La jeune fille dansait avec Ricky au milieu de la piste.

— Ça ne peut pas être elle, elle était devant moi tout le temps. Croisons les doigts pour que celui qui l'a pris ne s'amuse pas avec le flingue…

— Quelle poisse ! Continue à chercher, je m'occupe de la chambre d'Anna.

Noël acquiesça d'un signe de tête et repartit dans le salon. Eva emprunta l'escalier de service par mesure de précaution et courut à l'étage : le couloir distribuait une dizaine de portes, toutes fermées.

— Merde, où ils sont ?

Elle pensa appeler Sam, mais devant la troisième porte,

quelqu'un la tira en arrière. Elle retint un cri : c'était Sam. Sabrina et lui s'étaient introduits dans une chambre avec un grand lit, et c'est de là qu'ils l'avaient appelée.

— Tu m'as fait peur ! Où est la chambre d'Anna ?

— Juste à côté, répondit le garçon.

— On a entendu Ruth dire à Cerro qu'elle était grosse et qu'elle avait des mots coincés dans la gorge.

Sabrina avait l'oreille collée contre le mur.

Eva haussa un sourcil.

— C'est bon, je vais les faire sortir de là.

— Comment ?

— Dire la vérité à Ruth : que son copain est un salaud ! Attendez-moi là. Quand ils seront sortis, je donnerai trois coups sur la porte.

— OK. Fais attention, dit Sam.

Eva lui adressa un petit sourire, sortit de la chambre et frappa à la porte d'Anna. Quelques secondes plus tard, Ruth passa la tête dans le couloir.

— Eva… Qu'est-ce que tu veux ?

— Euh…

— Bouge, on est occupés.

Cerro était étendu sur le lit, en caleçon. Ruth, en soutien-gorge, avait toujours sa jupe et ses collants.

Eva l'attira dans le couloir.

— Qu'est-ce qu'il y a ?

— Nerea ne va pas bien du tout… improvisa Eva à voix basse.

— Hein ? Pourquoi ?

— Ne lui dis pas que je te l'ai dit, OK ?

Ruth hocha le menton plusieurs fois.

— Nerea est super jalouse de ta relation avec Cerro.

— Jalouse ? Ça fait des mois qu'ils ont rompu ! C'était juste un flirt, non ?

— C'est ce que t'a dit Cerro ?

— Oui. Et quand je suis sortie avec lui, elle m'a dit qu'elle trouvait ça très bien.

Eva fit claquer sa langue :

— Elle n'a pas osé te raconter ce qui s'est réellement passé, voilà tout. Tu sais pourquoi il l'a quittée ?

Ruth secoua la tête.

— Parce qu'elle n'a pas voulu coucher avec lui ! Elle lui a dit qu'elle n'était pas prête, et Cerro lui a répondu qu'il allait en chercher une qui l'était vraiment.

Ruth jeta un œil dans la chambre. Cerro lui faisait des gestes impatients.

— Nerea est ta meilleure amie, continua Eva. Elle ne mérite pas que tu la fasses souffrir. Et encore moins pour un mec comme lui…

Ruth ne répondit rien. Après un instant de réflexion, elle déboula dans la chambre comme une furie.

— Alors comme ça, tu as largué ma meilleure amie parce qu'elle ne voulait pas coucher avec toi ? (Elle s'empara d'une des chaussures de Cerro et la lui balança à la figure.) Espèce de pervers !

— Mais… qu'est-ce qui te prend ?

Ruth attrapa son haut en vitesse et sortit de la pièce.

— Merci, Eva, glissa-t-elle en se rhabillant.

Puis elle descendit l'escalier en hurlant :

— Nerea !

Cerro ramassa ses vêtements avec rage.

— Qu'est-ce que tu lui as dit ? lança-t-il à Eva en sortant.

— Que tu lui allais lui refiler une IST, répliqua-t-elle avec un sourire cynique.

Cerro lui jeta un regard assassin et descendit l'escalier en finissant de s'habiller. Eva attendit quelques instants et frappa trois coups à la porte d'à côté. Sam et Sabrina apparurent.

— Cinq minutes et on se tire, décidèrent-ils en entrant dans la chambre d'Anna.

Eva s'apprêtait à retourner à la fête quand elle vit Noël à l'autre bout du couloir, son sac dans les bras.

— Tu l'as trouvé ! Ça y est, ils sont...

— C'est Nerea qui l'avait, la coupa-t-il. Elle s'est mise à vomir et c'est le premier truc qu'elle avait à portée de main... Anna va me laisser utiliser la salle de bains de sa chambre pour le nettoyer.

Noël fit un signe discret à Eva. Anna montait l'escalier, deux pas derrière lui. En voyant son amie se coller à la porte de la chambre, Noël comprit que Sam et Sabrina étaient à l'intérieur.

— Anna, je peux faire ça dans la cuisine... dit-il.

— Je t'ai déjà dit non, répliqua Anna. Je ne veux pas que tu sortes tes dossiers compromettants devant tout le monde.

— Mais personne ne les verra !

Elle n'avait aucune intention de l'écouter. Elle voulut entrer dans sa chambre, mais Eva lui barra le passage.

— C'est occupé. Ruth et Cerro.

— Mais non, je viens de les voir descendre, rétorqua Anna.

Eva ne bougea pas. Les soupçons d'Anna refirent surface.

— Et toi, qu'est-ce que tu fiches ici ?

— Je voulais appeler ma mère au calme. On n'entend rien en bas.

— Hum. Tu me laisses entrer dans ma chambre ?

Eva échangea avec Noël un regard accablé, puis n'eut d'autre choix que de s'écarter.

Anna ouvrit la porte à la volée. La pièce était déserte.

Eva et Noël retinrent leur souffle quand elle entra dans la salle de bains. Vide aussi.

— Je croyais vraiment que Cerro et Ruth étaient là, se justifia Eva. Ça arrive de se tromper !

— Vous manigancez quelque chose avec elle, c'est ça ? les interrogea Anna.

— Qui ça ?

Anna ne répondit pas. Il restait une porte dans sa chambre : celle du dressing.

— Tu es parano, Anna, déclara Eva en la prenant par le bras. Détends-toi… on a dit qu'on ne te mêlerait plus à cette histoire.

Soudain, Ricky apparut à l'entrée de la chambre, son téléphone à la main.

— Anna, tu es en train de tout rater ! Il se passe un de ces trucs en bas…

— J'arrive, fit Anna, au grand soulagement d'Eva et de Noël.

Mais avant qu'elle n'atteigne le couloir, on entendit un bruit dans la chambre.

Il venait du dressing.

— Alors comme ça, je suis parano ? lança-t-elle en faisant volte-face.

39

— C'était quoi, ça ? demanda Ricky en passant la tête dans le couloir. On dirait qu'il n'y a plus de lumière dans le quartier.

La chambre était plongée dans le noir. Les plombs avaient sauté au moment où Anna avait ouvert la porte du dressing, libérant un chat enragé, toutes griffes dehors.

— Va savoir ce qui s'est passé… Tu sais où se trouve le compteur ? demanda Eva à Anna pour la distraire.

Raté.

Le dressing était grand comme la moitié de la chambre. Sam et Sabrina étaient cachés derrière des manteaux. Ils virent avec horreur Anna s'approcher, écarter les cintres… Brusquement, un énorme fracas parvint du rez-de-chaussée, comme un bruit de céramique qu'on brise.

— Merde, ils ont dû casser un truc !

Anna fit volte-face et retourna dans la chambre. Noël ferma la porte du dressing derrière elle. Avant qu'elle sorte, Eva attrapa Anna par le bras et lui demanda sur un ton complice :

— Ça te dérange si je reste dormir ici cette nuit avec Noël ?

Le garçon regarda Eva, les sourcils levés.

— Je ne crois pas que ce soit le bon soir pour faire ça, rétorqua Anna, de mauvaise humeur.

— Allez, Anna, on est amies…

— Qu'est-ce que ça peut te faire, tes parents ne sont pas là !

intervint Ricky en lui entourant les épaules du bras. On prendra leur lit, il est bien plus moelleux.

Un autre bruit parvint du salon. Anna soupira, puis se dirigea vers la porte.

— Faites attention à ne pas enfermer le chat dans le dressing, céda Anna avant de grommeler entre ses dents : S'il a abîmé quelque chose, Cerro et Ruth vont m'entendre…

Soulagé, Noël courut verrouiller la porte derrière Ricky et Anna.

— Mince, on ne peut pas fermer à clé !

— À la place des parents d'Anna, je mettrais un verrou à *l'extérieur* de sa chambre, répliqua Eva en se dirigeant vers le dressing.

Elle ouvrit la porte et éclaira le réduit avec son téléphone portable.

— Vous êtes là ?

Sabrina et Sam émergèrent de derrière les manteaux.

— Putain, on a eu chaud, soupira Sam en s'essuyant le front. Ce foutu chat était coincé à l'intérieur et s'est déchaîné sur nos jambes…

— C'est moi qui lui ai donné un coup de pied, s'excusa Sabrina. Je suis allergique, ç'aurait été pire que je me mette à éternuer comme une folle.

— On a frôlé la cata, nous aussi, déclara Noël, qui leur raconta l'épisode du sac à dos perdu.

— Heureusement que tu l'as retrouvé… on ne voit plus rien, dit Sam en levant le store de la fenêtre qui donnait sur la rue.

— On va devoir se contenter de la lumière de mon portable, dit Eva.

— Je surveille la porte, proposa Sabrina.

— Et moi, je vais nettoyer ça… fit Noël en sortant le revolver du bout des doigts. Je crois que je vais vomir.

Sam et Eva se mirent à fouiller partout.

— Cette chambre est exactement comme celle d'Anna, commenta Sam.

En haut d'une étagère, il mit la main sur une caisse remplie de poupées Barbie.

— Si Anna cache quelque chose, ce doit être là-dedans…

— Dans les Barbie ?

Le garçon se servit de la chaise du bureau pour grimper et dénicha une petite boîte à l'intérieur de la caisse.

— C'est là qu'Anna cache ce qu'elle ne veut pas qu'on trouve.

Photo, journal intime, quelques préservatifs…

— Tu connais vraiment bien la chambre d'Anna, laissa échapper Eva.

Sam repéra un dossier au nom d'Anna dans le fond.

— Bingo !

Noël revint de la salle de bains.

— Quelqu'un sait si un flingue cesse de fonctionner s'il est mouillé ?

Il rejoignit Eva et Sam près de la fenêtre, là où il y avait le plus de lumière.

— C'est le même dossier que nous, dit Eva en sortant deux pages « *served by TOR* ». Des photos des réseaux sociaux.

— C'est moi qui ai posté cette photo ! s'écria Sam. Et ça, c'est son blog de mode.

— Un blog de mode ? Maintenant c'est sûr, je la déteste.

— Il n'y a rien à propos de la vieille ?

— Les amis, il se passe un truc en bas, avertit Sabrina depuis la porte. Je crois que les gens s'en vont.

Les trois autres regardèrent par la fenêtre. Les invités se pressaient sous la pluie, pestant contre la coupure de courant.

— Eh, ce ne serait pas… ?

— Qui ça ?

Eva avait cru entrevoir Gabi.

— Personne.

— On ferait mieux de s'en aller aussi, dit Noël. S'il n'y a plus personne, on va finir par nous entendre. Vous avez laissé la porte du garage ouverte ?

— Oui.

— Encore deux minutes, demanda Eva. Il faut qu'on trouve ces vidéos. Cherchez un portable, un DVD, quelque chose comme ça... Vite !

Sabrina bloqua la porte comme elle put et se mit à chercher avec les autres.

Gabi se cachait derrière un bac à recyclage, devant chez Anna. Il avait perdu de vue le renard après qu'il l'avait mené non loin de là.

Gabi regarda défiler la plupart des gens de sa classe, puis se concentra sur les fenêtres de l'étage. Malgré l'obscurité, il n'eut aucun mal à reconnaître les silhouettes qui s'agitaient à l'intérieur.

— Mais qu'est-ce qu'ils foutent ?

Quelques secondes plus tard, Anna et Ricky fermaient la porte de la maison. Gabi s'approcha à pas de loup de l'entrée.

— Ça ne me plaît pas du tout qu'Eva et Noël passent la nuit ici.

— À cause la coupure de courant ? Détends-toi, c'est sûrement à cause de la tempête. Et pour nous, c'est l'occasion rêvée de dormir dans le lit de tes parents.

Gabi les entendit s'embrasser, puis se séparer.

— Je préfère leur demander de partir, décida Anna.

Paniqué, Gabi sonna à la porte pour l'empêcher de monter. Mais la sonnette ne fonctionnait pas.

Anna grimpa l'escalier.

40

Gabi s'empara du premier objet qu'il trouva : un pot de fleurs. Il prit un peu d'élan et le fracassa contre la porte avant de se cacher près du garage.

Anna et Ricky coururent à la porte.

— Qui a fait ça ? vociféra Ricky.

Seules l'obscurité et la pluie lui répondirent. Anna regardait avec effroi les débris du pot dans l'entrée.

— Sûrement un des invités en colère parce que la fête est finie.

Une ombre passa devant le garage.

Depuis sa cachette, Gabi vit Anna tirer son petit ami par le bras.

— Anna, où tu vas ? on va être trempés !

— Il y a quelqu'un.

Gabi remarqua l'ouverture sous la porte du garage, et, ni une ni deux, il se faufila à l'intérieur.

— Quelqu'un est entré chez moi, s'exclama Anna trois secondes plus tard. La porte du garage est ouverte !

— Tu es sûre qu'elle était fermée ?

— Oui ! J'ai entendu des pas... Il y a quelqu'un à l'intérieur !

Elle tirait maintenant Ricky dans l'autre direction.

— On s'en va...

— Mais qu'est-ce que tu as ?

Anna était sûre que cela avait un rapport avec l'affaire des doubles.

— Écoute-moi, Ricky ! Allons-nous-en !

— Calme-toi ! Il fait noir, il pleut et on a trop bu. Je vais aller voir.

— Non, n'entre pas !

— Attends-moi là, je reviens…

Ricky rampa sous la porte du garage. Dans l'obscurité, il devina deux voitures l'une à côté de l'autre et un grand espace vide.

— Alors ? s'inquiéta Anna à l'extérieur.

— Rien. Je te l'avais dit.

Ricky entendit soudain un bruit au fond du garage.

— Qui est là ? balbutia-t-il.

— Ricky ! chuchota Anna. Qu'y a-t-il ?

Deux pas plus loin, le garçon buta contre la tondeuse à gazon. Il se retint à une étagère et fit vaciller quelques outils.

— Ricky !

— Calme-toi, j'ai trébuché.

Une clé anglaise à la main, il atteignit l'escalier et commença à monter, l'arme tendue devant lui. Sur le premier palier, Gabi surgit derrière lui et l'entoura de ses bras. Ricky lui envoya un grand coup de clé dans le genou. Gabi hurla et Ricky resta stupéfait en reconnaissant sa voix.

— C'est impossible…

Gabi en profita pour lui donner un coup de poing au visage. Ricky roula dans l'escalier, inconscient.

— Cette fille est pleine aux as. Je ne peux pas croire qu'elle n'ait pas d'ordinateur portable.

En sueur, Eva ôta son foulard et se remit à fouiller.

— Celle de notre monde a une tablette, c'est moi qui la lui ai offerte, précisa Sam. Mais elle peut être n'importe où dans la maison…

Noël déplaça une montagne de vêtements posés sur une chaise. La tablette argentée apparut enfin.

— Elle est là ! s'exclama-t-il en appuyant sur le bouton rond. Il n'y a presque plus de batterie…

Sam et Eva le rejoignirent et Sabrina fit le guet à la porte.

Sur l'écran apparut la dernière page qu'Anna avait visitée : son blog de mode.

Du bout des doigts, Sam parcourut l'historique du site.

— C'est exactement le même site, dit-il. Tout correspond.

— Pourquoi elle ressemble autant à son double ?

— C'est peut-être pour ça qu'elle a disparu et pas nous ? Regardez, elle a l'application TOR !

— C'est pas vrai… s'écria Sabrina depuis la porte.

Elle pénétra dans la chambre suivi de Gabi, qui pouvait à peine marcher.

— Qu'est-ce que tu fais là ? lança Sam. Personne ne t'a vu ?

— Taisez-vous ! Taisez-vous ! cria Gabi.

Il se dirigea vers la fenêtre en boitant. À travers la pluie qui frappait les carreaux, il vit Anna courir au portail et disparaître dans l'obscurité.

— Anna est partie… On est seuls.

— Et Ricky ? demanda Eva en le rejoignant.

— Je l'ai assommé et enfermé dans un placard, dit-il en grimaçant. J'imagine qu'Anna est partie chercher de l'aide…

— Elle t'a vu ?

— Non, mais elle sait qu'il y a quelqu'un dans la maison.

— Mieux vaut partir avant qu'elle prévienne la police, déclara Noël.

— Au fait, on peut savoir ce que vous foutez là ?

— Et toi ? répliqua Sam. Je croyais que tu n'avais pas besoin de nous ?

Gabi soupira et sortit la clé USB de sa poche.

— Mon double y a sauvegardé une vidéo de l'accident de train avant de mourir. Comment c'est possible, un truc pareil ?

— Je vous l'avais dit ! s'exclama Eva.

— J'ai pensé que vous voudriez la voir. Je suis venu vous l'apporter, c'est tout, poursuivit Gabi.

Mais il ne bougea pas du lit où il était assis.

— La fin n'était pas la même, on ne changeait pas de wagon. Je crois que c'est Ricky qui filmait.

— C'est celle que j'ai vue, affirma Eva.

— Je crois que mon double l'a téléchargée sur Internet. Il l'a trouvée sur TOR.

Eva regarda de nouveau la tablette.

— Les vidéos… Elles sont sur Internet, sur TOR !

— Il n'y a rien dans l'historique, annonça Noël.

— Une seconde…

Eva cliqua sur l'icône en forme d'oignon coupé et actualisa l'historique. Une nouvelle adresse apparut : http://servedbyTOR.www.ClaraBrown.org

— Clara Brown… c'est l'auteur de la *Théorie des mondes possibles* !

Eva cliqua sur le lien.

— TOR met des plombes à charger un truc. C'est un peu comme surfer sur Internet dans les années 1990, commenta Gabi.

— Alors on prend la tablette et on décampe.

— La batterie est quasiment morte… En plus, on n'aura pas de wifi dehors.

La page web finit enfin de charger et s'ouvrit. On entendit la voix d'une vieille femme :

— Bienvenue sur *Enlazados*, portail de connexion entre les mondes possibles.

41

Il existe des mondes parallèles. Nous ne les voyons pas, mais ils sont là, à nos côtés, formant le Multivers. Si les mondes parallèles se ressemblent, ils ont aussi de nombreuses divergences. Qu'un détail varie, et la vie change radicalement…

Imaginez que vous puissiez avoir accès à vos vies parallèles via Internet, grâce à un logiciel. The Onion Router permet de naviguer sur l'ensemble de la Toile sous couvert d'un parfait anonymat. C'est dans ce « web profond » que se trouve tout ce que Google ne voit pas : informations classées secret-défense, bases de données protégées, contenu illicite… Pour arriver à ces pages, il faut ôter une à une les couches d'Internet, comme les peaux d'un oignon. Ou comme les couches de l'univers…

Imaginez maintenant que TOR, par une sublime erreur, n'ouvre pas seulement les portes du web profond, mais qu'il permette d'accéder à ce qui est téléchargé sur Internet dans les autres mondes. *Chacun verrait alors l'activité de ses autres LUI s'afficher sur l'écran de son ordinateur.*

Ce que vous êtes en train d'imaginer s'appelle Enlazados, *portail de connexions entre les mondes possibles.*

— Qui est cette femme ? demanda Gabi à la fin de la vidéo.

— La fameuse vieille… répondit Eva entre ses dents.

Sur la page d'accueil d'Enlazados, l'image de la femme s'était figée. Le visage flétri, peu maquillée, elle portait une chemise blanche et une veste noire. Ses cheveux étaient blancs, lisses, coupés au carré. Elle était assise face à la caméra, un bureau en bois sombre derrière elle. Son nom apparaissait au bas de l'écran : « Dr Clara Brown ».

Eva cliqua sur l'onglet « Biographie ».

— « Clara Brown est docteur en physique quantique de l'Université de Boston, où elle réside et enseigne, lut Eva à voix haute. Sa thèse, *Théorie des mondes possibles*, a marqué une véritable révolution dans la communauté scientifique ; elle y révèle l'existence de connexions entre le Multivers à travers les réseaux numériques. Plus de trois décennies plus tard, le docteur Brown crée le portail Enlazados pour mettre en évidence son postulat. »

— Attends, dit Sam. La vieille a créé un site qui permet de voir tes doubles sur le web de ton monde ?

— Elle est un peu timbrée, nan ? estima Gabi.

— En tout cas, ça tient la route : Anna et les autres ont visité cette page, c'est pour ça qu'ils savaient qu'on allait arriver, déduisit Eva.

— Et c'est là qu'ils ont trouvé toutes ces infos sur nous.

— OK, mais comment ils ont découvert ce site ? Ce n'est pas évident, il faut déjà connaître TOR…

— C'est peut-être mon double qui leur en a parlé ? suggéra Gabi.

— Possible… Pourtant, je ne crois pas qu'il ait été très ami avec nos doubles. Pourquoi aller leur raconter ça ?

— L'un d'entre eux a dû rencontrer cette Clara Brown.

— Elle est censée vivre à Boston… rappela Eva.

— J'ai trouvé des tutoriels, les coupa Sam. « Théorie du Multivers », « Connexion entre les mondes possibles via un proxy », « Voyage dans l'espace-temps à travers un trou de ver »…

— Clique sur celui-là ! s'exclama Eva.

La vieille parlait à la caméra. Elle était dans son bureau, habillée différemment :

Les trous de ver sont reliés à l'espace-temps. La matière entre d'un côté et débouche dans une autre temporalité, un autre espace, un autre univers.

— « Trou de ver » ? répéta Gabi. Qu'est-ce qu'elle raconte ?

— Ce sont des sortes de ponts entre les mondes. Comme dans *Donnie Darko*, expliqua Eva sans détacher ses yeux de l'écran.

Jusqu'à aujourd'hui, il n'existe pas de preuves que les trous de ver existent, seulement une possibilité théorique. Mais sur mon portail, Enlazados, vous pouvez trouver la preuve que ces portes ont été traversées par de la matière, y compris des êtres humains...

L'image changea. On voyait désormais un reportage télévisé. Devant un tunnel, une journaliste parlait à la caméra : « Un an après le terrible déraillement d'un train à l'intérieur de ce tunnel, un des wagons a subitement réapparu. Il appartenait à la rame de queue et contenait des appareils. Or il avait déjà été retrouvé parmi les restes du train accidenté. Inexplicablement, il a réapparu dans ce tunnel, comme s'il s'était dédoublé. »

— C'est ce qu'a vu ton grand-père aux infos, dit Eva à Sam.

La vidéo continuait avec de nouvelles images, les mêmes qu'avait Gabi sur sa clé USB : un film réalisé avec un smartphone à l'intérieur du train, quelques secondes avant l'impact. La vieille femme parlait par-dessus l'enregistrement.

Voici les images d'un de mes cas les mieux documentés. Un des wagons a traversé un trou spatio-temporel, ouvert grâce au cumul de conditions universelles spécifiques. Six adolescents voyageaient à l'intérieur. Ils se sont retrouvés face à des personnes identiques.

— C'est nous ! s'exclama Sabrina.

Sur l'écran apparaissaient des photos d'eux cinq et d'Anna, en alternance avec les photos Facebook de leurs doubles.

Étant donné qu'une même matière ne peut cohabiter avec elle-même en un même univers, le principe d'entropie, déterminé par les lois de la thermodynamique, a fait que certains sont demeurés dans le spectre visible tandis que les autres ont été bannis vers un espace immatériel, invisible pour l'œil humain.

— Je ne comprends rien à ce qu'elle raconte. Comment elle sait qui on est ? s'écria Gabi en se voyant à l'écran.

— Chuut, souffla Eva.

J'ai tenté d'entrer en contact avec eux pour les prévenir du danger qu'ils couraient.

— Le message radio ! s'exclama Eva.

On voyait la vieille femme, un émetteur à la main, répétant : « Vous ne pouvez pas revenir à Conexo. » L'image changea et montra de nouveau Clara dans son bureau.

La matière extérieure doit être immédiatement éliminée pour rendre le spectre visible à celle qui a été bannie, sous peine de faire collapser le monde tangent. À défaut, la matière extérieure doit retraverser le trou de ver, profitant des conditions universelles qui déterminent son ouverture. Par exemple...

Écran noir.

— Merde ! s'écria Eva en appuyant comme une folle sur le bouton de la tablette.

Plus de batterie.

— Qu'est-ce qu'elle voulait dire par « la matière extérieure doit être éliminée » ? demanda Noël en se rongeant les ongles. Il faut qu'ils nous tuent ?

— C'est exactement ce qu'ils comptaient faire, rappela Sam. Je n'ai compris qu'un mot sur deux. C'est quoi, un monde tangent qui collapse ?

— Je n'en jurerais pas, déclara Eva, mais j'ai l'impression que ce n'est pas bon signe. Pas bon du tout.

Le ciel se déchira et la grêle vint frapper le carreau.

Noël s'approcha de la fenêtre.

— C'est le déluge, dit-il. Euh… cette voiture dont vous parliez, elle est rouge, n'est-ce pas ?

— Oui, pourquoi ?

— Parce qu'elle vient de se garer en bas.

Ils coururent à la fenêtre.

— C'est la Golf dans laquelle est montée Anna, dit Sam. C'est aussi celle que tu as vue, Sabrina ?

Elle acquiesça d'un hochement du menton.

— Moi elle m'a poursuivi toute la journée, dit Gabi. On ferait mieux de se tirer…

— C'est parti, conclut Eva avant de sortir de la pièce.

Sam lui emboîta le pas, suivi de Gabi qui clopinait, soutenu par Sabrina et Noël. La lumière refit soudain son apparition. La musique envahit le rez-de-chaussée, assourdissante.

— Vous croyez que quelqu'un est entré ? murmura Sabrina.

La musique se tut. Quelqu'un déambulait au rez-de-chaussée.

Ils firent demi-tour : changement de plan. Ils prirent le chemin de l'escalier de service. Mais une fois dans le garage, ils trouvèrent porte close.

— Elle est fermée à clé ! souffla Sabrina.

Elle ramassa le bout de carton qu'elle-même avait placé sur le détecteur de mouvements.

— Il doit bien y avoir un moyen de l'ouvrir, dit Sam en parcourant le garage du regard.

Il appuya en vain sur tous les boutons d'un panneau

électrique. Eva essaya à son tour tandis que Sam optait pour la manière forte. Il glissa les doigts sous la porte et tenta de tirer dessus. Noël et Sabrina coururent bloquer la porte qui donnait accès à la maison. Ils firent tomber une étagère.

— Mais qu'est-ce que vous foutez ? râla Gabi.

Tous les cinq levèrent la tête au plafond : les pas étaient au-dessus de leur tête.

— Noël, tu as le flingue ?

Le garçon secoua la tête. Il l'avait laissé sur le lit d'Anna.

— Il faut sortir d'ici !

Eva pressait comme une folle tous les boutons tandis que Sam tirait sur la porte, aidé par Gabi.

Enfin, la porte céda.

— Yes ! s'écria Eva, soulagée, sans savoir pourtant si elle y était pour quelque chose.

De l'autre côté, une silhouette se dessina à mesure que la porte se levait.

Anna.

Les cheveux en bataille, ruisselants, les traits déformés. D'une main, elle tenait la télécommande du garage et, de l'autre, elle les visait avec le pistolet.

— Reculez ! ordonna-t-elle. Plus vite que ça !

Sam, Eva, Noël, Sabrina et Gabi se serrèrent au centre du garage.

— Doucement, Anna, murmura Eva avec un geste de la main.

— La ferme !

Anna entra et posa les yeux sur les hirondelles tatouées dans le cou d'Eva.

— Qui es-tu ?

— Anna, calme-toi, dit Sam. Baisse ton flingue et on t'expliquera tout.

Il fit un pas vers elle, les bras tendus en avant. Anna scruta sa main gauche avec dégoût et pointa l'arme sur son visage.

— Ne t'approche pas !

Des coups retentirent sur la porte arrière du garage.

— Anna ! Ouvre-moi ! cria une femme de l'autre côté. Je sais ce qu'il faut faire !

La voix leur parut étrangement familière. Anna les contourna, sans cesser de les viser. De l'autre main, elle écarta l'étagère qui barrait le passage. La femme entra.

Irène.

42

Les cinq lycéens se regardèrent, abasourdis.

— Qu'est-ce que vous faites là ? lança Gabi.

— Je vous l'avais dit ! C'est nos doubles ! Regardez le bras de Sam, dit Anna, l'arme toujours pointée sur le groupe. Et celle-là qui a passé sa journée à dire qu'elle était Eva... Et lui, il est mort !

Irène tendit la main vers elle.

— Donne-moi le pistolet, Anna. Je m'en charge. Je sais quoi faire.

— Oh non, ne faites pas ça ici, s'il vous plaît... Emmenez-les ! Je ne veux pas être mêlée à cette histoire une seconde de plus !

— Je te promets que tu n'auras plus à t'inquiéter, répondit la prof. Baisse ton arme, Anna.

Le canon toujours pointé sur eux, Anna parcourut les quelques pas qui la séparaient d'Irène et lui donna le pistolet. Les cinq amis resserrèrent leur cercle en voyant la prof s'en emparer. Gabi, lui, fit un pas en avant.

— Alors comme ça, en plus d'être une prof archi-chiante, vous êtes une tueuse d'adolescents ?

Irène soutint son regard sans se démonter.

— Montez dans la voiture, articula-t-elle en désignant la Golf du regard.

Elle promena le canon de l'arme sur chacun d'entre eux. Pas un ne bougea.

— À quoi vous jouez ? Vous allez vraiment nous tuer ? demanda Sam.

— Dans la voiture ! aboya-t-elle.

Elle fit un pas vers Sam et le visa. Eva s'interposa, collant son visage au canon.

— Pourquoi vous voulez nous tuer ?

Sans répondre, Irène maintint le revolver pointé. Elle se rendit compte que Gabi regardait dehors.

— N'y pense même pas, l'avertit-elle en le mettant en joue.

Gabi n'avait aucune intention de s'échapper ; avec sa jambe blessée, il se serait écroulé au bout de deux pas.

— Laissez-nous partir, supplia Sabrina, au bord des larmes.

— Sortez tous ensemble et montez dans la voiture, répéta Irène en la visant.

Noël se plaça devant elle.

— Expliquez-nous d'abord ce qui se passe !

Leur professeur chassa sa frange de ses yeux d'un brusque mouvement de la tête et croisa de nouveau le regard perçant de Gabi.

— Anna, ferme la porte.

Celle-ci s'exécuta en tremblant. Gabi regarda la porte descendre lentement. Il restait encore une chance de s'échapper... Il poussa ses camarades et se jeta sur la prof.

— Tirez-vous ! cria-t-il.

— Non, Gabi !

— Arrête ! cria Irène en reculant, son arme pointée sur lui. Arrête !

Elle tira.

Ils hurlèrent, et Gabi s'effondra sur le sol.

Cependant, il n'était pas blessé. Irène avait tiré au plafond, d'où tombait à présent une fine poussière.

— Plus un geste, ordonna-t-elle en les menaçant de nouveau de son revolver.

Mais les quatre autres se baissèrent pour aider Gabi.

— C'est pas vrai… vous êtes cons !

— Hors de question qu'on s'en aille sans toi, lança Sabrina, les yeux pleins de larmes.

— Tu n'as toujours pas compris, hein ? cria Sam en le soulevant.

Soutenus par ses amis, Gabi essaya de cacher son émotion.

— J'espère qu'il vous reste assez de balles, parce qu'il va falloir nous tuer tous, lança-t-il à Irène en la défiant.

Les cinq ados formaient à présent un mur face à elle.

— Tuez-les… bredouilla Anna avant de s'écrier désespérément : TUEZ-LES !

Les autres resserrèrent le mur, épouvantés. Un coup de tonnerre assourdissant fit trembler les murs de la maison. Irène baissa son arme. Elle regarda sa montre : les aiguilles bougeaient de façon anarchique. Comme si le temps s'accélérait.

— Tuez-les ! répéta Anna, soudain juste à côté d'elle.

La prof regarda ses élèves s'agripper bras dessus bras dessous. À la hâte, elle saisit l'arme par le canon et se servit de la crosse pour frapper Anna à la nuque, qui tomba inconsciente sur le sol. Irène vérifia sa montre. Les aiguilles ralentirent peu à peu et retrouvèrent leur position normale.

— Qu'est-ce que vous… ? laissa échapper Gabi, perplexe comme ses amis.

— On s'en va avant qu'elle se réveille, ordonna Irène en baissant son arme.

Ils la dévisagèrent sans bouger. La prof soupira, puis promena son regard sur chacun d'eux.

— Je veux vous aider à retourner dans votre monde.

Irène arrêta la Golf loin de la ville, sur un chemin bordé d'arbres. Les phares illuminaient les ténèbres. Gabi, sur le siège passager, avait mal à la tête et à la jambe. Les quatre autres se serraient à l'arrière. Irène ôta sa ceinture et se retourna :

— Ça va ? demanda-t-elle en rangeant le pistolet dans la boîte à gants.

— Comment vous voulez que ça aille ? répliqua Eva. Vous alliez nous tuer !

— Non, je n'allais pas vous tuer. J'essayais d'empêcher Anna de le faire.

— Vous êtes une sacrée bonne actrice, alors, parce qu'on y a cru, lança Gabi.

— Navrée, je n'avais pas le choix. Cela fait des jours que j'essaie de vous parler.

— Vous saviez depuis le début ? Vous nous avez vus aujourd'hui au lycée, et vous n'avez rien dit !

— Non, je l'ai compris il y a peu. Et je ne sais même pas par où commencer...

— Par le début, peut-être ? lâcha Sam.

Irène prit une inspiration et déclara :

— Je suis Clara Brown.

Les yeux des cinq lycéens s'écarquillèrent en même temps.

— La femme du site *Enlazados* ?

— Ça vous a grillé le cerveau, la philo. Cette femme a au moins quarante ans de plus que vous et elle a un accent américain, dit Gabi.

— Je sais, je sais... Laissez-moi vous expliquer. Vous avez vu vos doubles dans ce monde, n'est-ce pas ? Votre prof de philo est mon double dans votre monde. Et Clara est mon double dans un autre des mondes possibles.

— Pourquoi elle ne s'appelle pas comme vous ? répliqua Eva.

— Parce que ma vie dans ce monde est très différente...

— Combien il y a de mondes, au final ?

— La théorie du Multivers établit quatre niveaux, avec ses bulles correspondantes, qui sont comme des embryons d'univers originaux.

— Des embryons ? répéta Eva.

— C'est… comme un jeu vidéo. Vous êtes en train de jouer sur un écran et tout d'un coup vous tombez sur une porte qui vous mène à un autre monde.

— Comme le monde du hibou dans *Candy Crush*, dit Gabi.

— Si tu veux. Ce sont comme des sous-mondes à l'intérieur des mondes. Il y a quatre niveaux de mondes, et d'infinies possibilités de sous-mondes.

— C'est ça, les univers tangents ? demanda Eva.

— Il s'agit plutôt d'univers entre lesquels il existe des choses tangentes ; c'est-à-dire partagées, expliqua la prof. Dans ces sous-mondes, il se peut que les choses se ressemblent, ou qu'il y ait de grandes différences. Il y a des différences entre votre monde et le mien, n'est-ce pas ?

— Pour commencer, ici, il s'est passé un an depuis l'accident de train, dit Sam.

— Eh bien, entre ce monde et celui de Clara Brown, il y a quasiment quarante ans de différence. Je serai comme elle quand je serai vieille.

— Mais cette femme est docteur en physique et vous êtes prof de philo…

— Au départ, la physique était une branche de la philosophie. Et la physique quantique y est encore plus liée.

Les cinq lycéens buvaient les paroles d'Irène.

— Plus jeune, j'ai étudié la physique à l'Université de Boston. J'ai passé mon doctorat là-bas, en tant que Clara Brown. Clara est mon premier prénom, mais j'ai cessé de l'utiliser après ce qui est arrivé. Et Brown est mon nom de femme mariée.

— Qu'est-ce qui s'est passé ? voulut savoir Eva.

Irène frotta son annulaire, où il n'y avait désormais aucun anneau.

— J'avais épousé le docteur Emmett Brown, mon directeur de thèse. Comme la Clara qui a créé le site web *Enlazados*. Mais il ne l'a pas trahie comme il m'a trahie, moi…

Irène, la gorge nouée, raconta qu'elle avait fait une découverte incroyable qui s'était révélée très dangereuse.

— À cette époque, Internet était tout nouveau. Encouragée par Emmett, j'ai décidé de consacrer ma thèse aux variations des impulsions électriques via des proxys anonymes de navigation.

— Et si vous essayiez de nous le dire en français ? répliqua Gabi.

— La navigation anonyme, c'est TOR ? devina Noël.

— Oui, même si ce logiciel n'existait pas encore. Ce qui est sûr, c'est que les scientifiques cherchaient une façon de naviguer anonymement. Et ma découverte les a rendus… nerveux.

Une rafale de vent fit tanguer la voiture. La tempête s'intensifiait.

— Est-ce que vous savez que les ondes radio voyagent dans l'espace ? Des extraterrestres pourraient nous entendre, par exemple.

— Ou pas, ricana Gabi.

— J'ai découvert, pendant mes recherches, que les ondes électriques d'Internet, lorsqu'on navigue via un proxy anonyme, peuvent nous mener à d'autres mondes.

— C'est vous qui avez découvert TOR ? s'étonna Sam.

— Non, c'est arrivé plus tard. Et pour tout vous dire, je ne pense pas que l'inventeur de TOR savait qu'il était en train de créer une porte entre les mondes.

Irène sortit le livre qu'elle avait dérobé à Sabrina.

— Dans ma thèse, j'ai décrit la formule physique de la connexion entre les mondes sous forme d'ondes électriques, expliqua-t-elle en montrant les pages concernées. J'ai émis l'hypothèse que cela se passe sur Internet.

— Pourquoi m'avoir volé le livre ? demanda Sabrina sur un ton de reproche.

— Il valait mieux que je vous l'explique en face. Ce livre pose beaucoup de questions et apporte peu de réponses. La plupart des gens le comprennent de travers… À commencer par vos doubles. Je n'aurais jamais dû le laisser à la bibliothèque. Il s'est produit la même chose avec la communauté scientifique.

— Comment ça ?

— C'est elle qui détermine ce qui est « scientifique » et ce qui ne l'est pas. Si tu émets une nouvelle théorie, comme je l'ai fait, un autre scientifique doit pouvoir la reproduire en utilisant la même méthode. Sinon, la théorie n'est pas validée.

— Et aucun physicien n'a pu reproduire ce que vous avez écrit là-dedans ?

— Si, il y en a un. Emmett, mon mari. Mais il a tout nié en bloc devant la communauté scientifique. Les pressions des autorités l'ont emporté sur son amour pour moi.

La voix d'Irène se brisa. S'efforçant de faire bonne figure, elle poursuivit :

— Je l'ai très mal vécu, puis j'ai réussi à l'oublier, à oublier la physique. Je suis partie le plus loin possible et j'ai commencé à donner des cours de philosophie, ma seconde spécialité. J'ai réussi à tout oublier jusqu'à ce que je voie une vidéo sur l'ordinateur de ton double… dit-elle à Gabi.

Le garçon sortit la clé USB de sa poche.

— J'ai trouvé une vidéo de l'accident là-dedans. C'est vous qui lui avez donnée ?

— Non. Je ne sais pas comment il l'a trouvée.

— Sur TOR, déduisit Eva. Gabi l'utilise, et son double aussi.

— Un jour, j'ai confisqué son ordinateur en classe. Il passait son temps sur Internet au lieu d'écouter. J'ai découvert avec stupeur qu'il était en train de regarder la vidéo d'un déraillement ferroviaire téléchargée sur TOR.

Elle avait alors compris que les postulats qu'elle formulait dans sa thèse étaient une réalité. Son double avait fait la même découverte et l'avait divulguée sur son site, Enlazados.

— Vous avez donc vu la vidéo de l'accident avant qu'il ne se produise, observa Eva.

Irène acquiesça sans la regarder.

— Pourquoi vous n'avez rien dit ? Vous auriez pu éviter que le train ne déraille !

— Et que je crève, par la même occasion, ajouta Gabi.

— J'ai essayé, c'est pour ça que je n'ai pas accompagné les élèves, se défendit la prof en baissant le regard, honteuse. Je savais, grâce aux infos des autres mondes que j'avais vues, que tout était ma faute. C'est moi qui tire sur la poignée d'urgence et fais dérailler le train. Malgré tout, c'est arrivé quand même…

— Comment ça ? demanda Sam. Qu'est-ce qui s'est passé dans l'accident de ce monde ?

— À peu près la même chose. Vous vous êtes disputés et un professeur a tiré sur la poignée.

— L'accident s'est produit à cause de nous, alors…

— Je vous jure que j'ai tout fait pour l'éviter ! Je t'ai envoyé cette vidéo, Eva…

Celle-ci acquiesça, ravie de comprendre enfin le pourquoi du comment.

— Mais le système d'Enlazados l'a aussi envoyée à l'Eva de ce monde. Elle et Noël ont commencé à fouiller. Ils sont remontés jusqu'à TOR et ont tout raconté aux autres. Ils ont découvert qui tu étais, Sabrina, et je crois que Noël t'a écrit pour te le raconter.

— Je ne comprends toujours pas pourquoi vous ne nous avez rien dit. Vous avez préféré nous espionner.

Une larme roula sur la joue d'Irène.

— J'ai eu peur, avoua-t-elle. Peur qu'il y ait mon double avec vous.

— Votre double ?

— J'ai découvert que j'étais avec vous dans le wagon rescapé. Il n'était pas précisé si j'étais morte ou non. Dans chaque monde, il se passe quelque chose de différent.

Irène baissa un peu la vitre. Aussitôt, la grêle s'y engouffra.

— Dans un autre monde, Emmett m'a soutenue et nous avons créé Enlazados ensemble... Je craignais de disparaître. Si j'avais disparu, qui vous aurait raconté tout ça... ? C'est pour ça que je me suis échappée quand je vous ai entendus au lycée.

— C'est vous qui m'avez enfermée dans le placard ! s'exclama Eva.

— Oui. Anna était très stressée et elle refusait d'avouer qu'elle avait vu son double, même si le tien, Sam, l'avait vu sur les boulevards.

— Bien sûr qu'Anna l'a vu. On l'a tous vu, rappela Noël.

— Et pourquoi on n'a pas disparu quand on a croisé nos doubles ? Comme Anna ?

— Je ne sais pas, répondit la prof. Peut-être à cause du principe d'entropie...

— Le principe de quoi ?

— Un exemple : vous savez qu'il n'y a pas deux plantes identiques, n'est-ce pas ? Même si elles se ressemblent beaucoup, il y a toujours une feuille, une racine, ou autre chose qui diffère. C'est dû au fait que l'univers ne reconnaît pas deux choses semblables. Deux choses identiques donnent naissance à une troisième identique, ce qui ne sert pas les desseins de l'évolution, et donc de l'univers. Vous me suivez ? Il ne peut pas non plus y avoir deux personnes identiques. L'univers ne le permettrait pas. Et s'il se trouvait qu'il y en ait deux, il garderait celle qui a le plus de chances d'évoluer. La plus robuste.

Les cinq adolescents froncèrent les sourcils. A priori, aucun d'entre eux n'aurait parié sur sa propre sélection.

— Si vous êtes arrivés jusqu'ici, c'est que vous êtes meilleurs qu'eux, assura Irène. Il se passe la même chose avec les diamants. Ce n'est rien d'autre que du carbone avec des imperfections. Mais ces imperfections sont des joyaux.

— Je parlerais plutôt de bijoux en toc, nous concernant, ironisa Eva. Et où sont passés nos doubles ?

— Quelque part dans un plan de l'existence. Toutefois, l'univers ne les laissera pas revenir tant que vous occupez leur place.

— On ne veut pas vivre ici, dit Noël au nom de tous. Ce n'est pas notre monde. Pas nos familles.

— Moi je n'habite même pas ici, ajouta Sabrina.

— Mais au moins tu es vivante, répliqua Gabi avec un sourire ironique.

— Qu'est-ce qu'on va faire, alors ? Passer notre temps à fuir pour qu'ils ne nous tuent pas ? demanda Sam.

— Nos doubles, qu'ils soient meilleurs ou non, ont le droit de vivre leur vie ici, non ? observa Eva avant de poser les yeux sur la boîte à gants. Il faut peut-être qu'on se serve de ces balles ?

Irène acquiesça. Sam, Eva, Noël et Sabrina se regardèrent avec angoisse en comprenant quel destin les attendait.

— Et moi, je peux rester ? demanda Gabi. Mon double n'existe plus !

Irène fixait sa montre, pensive.

— Il y a autre chose, ajouta-t-elle.

— Quoi ?

Elle ouvrit la bouche mais un terrible coup de tonnerre fit trembler le sol. Effrayés, ils s'accrochèrent aux parois du véhicule.

— Sortez ! Vite ! cria la prof.

Une seconde plus tard, la route se fendit sous la voiture.

— Qu'est-ce qui s'est passé ? glapit Sabrina. Le sol recommence à craquer !

La crevasse courait à perte de vue sur la route.

— Vous ne pouvez pas rester ici ! déclara Irène.

Nouveau grondement dans le ciel. Au loin, un gigantesque nuage noir approchait, touchant le sol comme s'il absorbait tout sur son passage.

— Sinon, ce monde va disparaître.

43

Irène et les cinq adolescents se réfugièrent sous un arbre touffu. Le nuage noir avançait à toute allure.

— Vous avez ouvert un trou de ver, un pont entre deux mondes ! cria Irène par-dessus la tempête. En le traversant, vous avez créé un univers tangent instable. C'est un univers plein d'irrégularités, de choses qui ne conviennent pas, comme votre présence. Le plus probable est qu'il finisse par collapser !

— Collapser, ça veut dire exploser ? demanda Eva.

Irène acquiesça.

— Ce monde va s'effondrer ? s'écria Noël en montrant la brèche sur la route.

— Et c'est nous qui avons provoqué ça ? ajouta Sam.

— C'est votre présence dans ce monde ! Il ne vous reconnaît pas ! s'époumona Irène.

Elle leur fit signe d'attendre. Elle s'engouffra dans la Golf, la fit sortir de la faille et s'arrêta sous l'arbre où se trouvaient ses élèves. Elle les invita à monter.

— Vous êtes comme un virus qui rend ce monde malade. Et le vôtre aussi est infecté…

— Notre monde aussi est en train d'exploser ?

Tous les cinq regardèrent cette espèce de Néant progresser, obscurcir le ciel. Ils pensèrent à leurs maisons, à leurs familles et à leurs amis, engloutis par la tornade.

— On fait dérailler des trains et on détruit des univers

entiers. On devrait se servir de nous comme arme de destruction massive, ironisa Gabi.

— Vous ne pouviez pas savoir… C'est une maladie, il faut éliminer le virus. Si vous quittez ce monde, les originaux pourront reprendre leur place et la terre se refermera.

— Vous êtes en train de nous dire qu'on doit mourir ? lança Gabi.

— Il y a peut-être une autre possibilité. Vous pourriez rouvrir le trou de ver et le parcourir en sens inverse. Mais c'est impossible, du moins en théorie. Il y a une forte probabilité pour que la matière qui entre dans un trou de ver soit détruite.

— On y a déjà survécu une fois ! Je suis certaine qu'on peut le refaire, dit Eva.

— Je suppose que oui… sauf que c'est de la science-fiction.

— Vous savez comment on ouvre un trou de ver, n'est-ce pas ? demanda Sabrina.

— En théorie. Cependant, j'ignore ce qu'il faut faire pour revenir au bon moment. Il se peut que vous vous retrouviez avant l'accident, ou après, ou que les choses se compliquent. Vous ne vous souviendrez peut-être de rien. Ou, pire…

— On y pensera quand on y sera. Comment on ouvre ce truc, alors ? demanda Gabi, décidé lui aussi à prendre cette option. Il faut une machine ?

— Non. C'est l'univers qui les crée. Il y en a partout autour de nous. Ils sont lumineux, mais presque invisibles à l'œil nu. Quand ils s'ouvrent, tout peut y entrer. Même un wagon.

— Il est dans le tunnel… déduisit Noël.

— Tout porte à croire que oui, répondit Irène.

— Et qu'est-ce qu'il faut faire pour l'ouvrir ? voulut savoir Eva.

— Difficile à dire. Ce qui vous est arrivé n'est pas scientifiquement démontrable.

— Et si on reprenait le train ? demanda Sam.

— La gare est fermée… Et je ne crois pas que le train soit

important. Il n'allait pas assez vite pour voyager dans l'espace-temps.

Le wagon n'était qu'un véhicule. Les vrais responsables, c'étaient eux.

— Le trou de ver fonctionne de manière universelle.

— Ça veut dire quoi ?

— Un tas d'éléments entrent en ligne de compte dans son ouverture : la composition de l'air à un instant T, la lumière, la météo… Tous ces paramètres réunis peuvent ouvrir le trou de ver. Vous me suivez ?

Ils acquiescèrent sans être certains d'avoir tout saisi.

— Il y a aussi un ingrédient déterminant : vous. Ou plutôt, vos sentiments.

— Nos sentiments ? répéta Sam.

— La peur, la joie… ces émotions libèrent toutes sortes d'hormones dans notre corps. Nous les évacuons par la respiration, la transpiration, et elles se mêlent à l'air… Je crois que c'est ainsi que s'ouvre le trou de ver.

Gabi se mit à ricaner.

— Vous êtes en train de nous dire qu'on est une espèce de machine à remonter le temps ?

— Vous vous êtes rendu compte de ce qui est arrivé dans le garage ? demanda Irène.

Les aiguilles de sa montre étaient devenues folles et Anna était apparue tout à coup à côté d'elle, comme si le temps s'était accéléré. Tout le monde avait eu cette sensation.

— Vous avez de nouveau perturbé l'espace-temps. Je crois que c'est à cause du revolver. Qu'est-ce que vous ressentiez à ce moment-là ?

— De la peur, lança Noël.

— Si bizarre que ça puisse paraître, je me suis sentie en sécurité, dit Sabrina. Parce que vous étiez là.

Ils échangèrent un regard. Elle n'était pas la seule à penser ça.

— Et qu'est-ce que vous avez ressenti dans le train avant qu'il ne déraille ?

La première réponse mit plusieurs secondes à sortir :

— Je vous aurais tous tués, dit Eva.

— Moi aussi, dit Sam en secouant la tête.

— Vous avez réussi avec moi, glissa Gabi.

— Je suppose que ce sont vos émotions négatives qui ont déclenché l'ouverture du trou de ver, dit Irène. Il faudrait tenter de reproduire ce schéma pour qu'il s'ouvre de nouveau. Et croiser les doigts pour que ça fonctionne... parce que personne ne validera jamais cette théorie.

— Avant, on se détestait parce qu'on ne se connaissait même pas, objecta Noël. Aujourd'hui, on se connaît. On ne peut pas recréer cette situation.

— Plus que la nature d'un sentiment, c'est peut-être son intensité qui compte. Vous n'avez pas le choix ! Sinon...

Un terrible coup de tonnerre retentit. La terre trembla. Le Néant était plus menaçant que jamais.

— Vous devez retourner au tunnel au plus vite, les pressa Irène. Prenez ma voiture. Vous savez conduire ?

— Oui, répondit Gabi.

— Ton genou ne te fait pas mal ? demanda Sabrina. Noël n'a qu'à conduire...

— Avec cette tempête ? Je n'y arriverai jamais...

— Je ne peux pas venir avec vous, s'excusa Irène. Il faut que je parle à Anna avant qu'elle ne raconte cette histoire à tout le monde.

— Ça va aller, dit Gabi. Je peux parfaitement conduire. C'est parti pour un voyage dans le temps !

Les quatre autres regardèrent Irène avec angoisse.

— Ne vous inquiétez pas, tout se passera bien. J'ai confiance en vous.

— Pour une fois... lança Gabi.

Irène baissa la tête. Le double de Gabriel Araujo avait visé juste. De son vivant, elle n'avait jamais pris le temps de l'écouter.

— Et si ça ne se passe pas bien ? demanda Eva.

— Dans ce cas… (la voix d'Irène se brisa, une larme roula sur sa joue)… vous avez toujours le pistolet dans la boîte à gants.

Les essuie-glaces balayaient le pare-brise à toute vitesse. Eva, Sam et Noël étaient assis à l'arrière, Sabrina, à côté de Gabi.

Le garçon dut freiner devant une barrière de balises clignotantes. La route était barrée : la fissure qui s'était formée le matin progressait sans cesse vers la ville.

— Qu'est-ce qu'on fait ? demanda Eva, penchée en avant.

Pour toute réponse, Gabi engagea la Golf sur le bas-côté. À travers le rideau de pluie qui fouettait sa vitre, il crut voir quelque chose courir sur la route.

Le renard.

Il voulut ouvrir la fenêtre, mais une étincelle jaillit quand il enfonça le bouton électrique. La voiture fit une embardée.

— Merde ! cria-t-il en secouant sa main.

Ses doigts étaient noirs.

— Gabi, tu fais fondre tout ce qui est électrique. Il doit y avoir une raison, dit Eva.

Sans répondre, il ôta la buée avec sa manche. Le renard avait disparu.

— Qu'est-ce qui t'arrive, mec ? Tu as vu quelque chose ?

— Je ne sais pas… Rien.

— Tu veux qu'on s'arrête ?

— Non, non, ça va.

« *Ut en xuep sap ritrap ceva xue, ut en xuep sap ritrap ceva xue* », entendit-il soudain dans les haut-parleurs de la voiture.

— Qu'est-ce que…

Gabi était apparemment le seul à entendre la voix. Max. En se penchant sur le volant, il vit son frère debout au milieu de la route, la tête légèrement penchée. Il portait son pyjama de renard blanc. Gabi donna un grand coup de volant ; la voiture se mit en travers de la route.

— Mais qu'est-ce que tu fais ?

— Vous ne l'avez pas vu ?

— Quoi ?

Gabi regarda derrière lui. Entre les têtes d'Eva et de Sam, il aperçut le renard. Au même endroit que son frère, trois secondes auparavant. L'animal le fixa de ses yeux noirs et se mit à courir en sens inverse.

— Rien.

— T'es bizarre, mec. Fais gaffe.

Gabi redémarra le moteur, oubliant le renard. Une lumière blanche l'aveugla.

— Une voiture vient en face, dit-il en ralentissant.

— Non, on est seuls, répliqua Sabrina.

Le garçon se rendit compte que les phares n'aveuglaient que lui. Ils ne venaient pas d'une autre voiture. C'étaient ses propres phares qui se reflétaient dans un mur en verre, un mur qui se rapprochait dangereusement. Gabi freina. Trop tard.

— Non… Nooon !

44

Les essuie-glaces balayaient le pare-brise à toute vitesse. Eva, Sam et Noël étaient assis à l'arrière, Sabrina, à côté de Gabi.

— La route est barrée, déclara celui-ci.

— Comment tu sais ça ? demanda Sabrina.

— J'en ai entendu parler aux infos… répondit-il sans conviction.

Quelques mètres plus loin, il freina devant une barrière de balises clignotantes.

— Qu'est-ce qu'on fait ? demanda Eva, penchée en avant.

Pour toute réponse, Gabi engagea la voiture sur le bas-côté. À travers le rideau de pluie qui fouettait sa vitre, il crut voir quelque chose courir sur la route.

Le renard.

Il voulut ouvrir la fenêtre, mais s'arrêta avant d'appuyer sur le bouton. Il regarda ses doigts : ils étaient noirs.

Avec sa manche, il ôta la buée de la fenêtre. Le renard avait disparu.

— Qu'est-ce qui t'arrive, mec ? Tu as vu quelque chose ?

— Je ne sais pas… Rien.

— Tu veux qu'on s'arrête ?

— Non, non, ça va.

« *Ut en xuep sap ritrap ceva xue, ut en xuep sap ritrap ceva xue* », entendit-il soudain dans les haut-parleurs de la voiture.

Comme mû par un pressentiment, il donna un grand coup de volant ; la voiture dépassa Max, debout au milieu de la route.

— Pourquoi tu as fait ça ? cria Eva.

Il comprit qu'il était seul à avoir vu le garçon. « Mais comment tu pouvais le savoir ? » se demanda-t-il à part lui.

Il regarda derrière lui. Entre les têtes d'Eva et Sam, il aperçut le renard, au même endroit que son frère, trois secondes auparavant. L'animal le fixa de ses yeux noirs et se mit à courir en sens inverse.

— Pour rien.

— T'es bizarre, mec. Fais gaffe.

Gabi redémarra le moteur, oubliant le renard. Une lumière blanche l'aveugla. Il n'y avait personne en face, mais il ne comprenait pas d'où venaient ces phares.

— Ça va, mec ? demanda Sam.

— Tu veux qu'on s'arrête ?

Gabi ne répondit pas, tenaillé par la peur. Le reflet des phares contre le mur l'éblouit. Il tenta de freiner, trop tard.

Les essuie-glaces balayaient le pare-brise à toute vitesse. Eva, Sam et Noël étaient assis à l'arrière, Sabrina, à côté de Gabi.

— La route est barrée, déclara celui-ci.

— Comment tu sais ça ? demanda Sabrina.

— J'en ai entendu parler aux infos… répondit-il sans conviction.

Quelques mètres plus loin, il freina devant une barrière de balises clignotantes.

— Qu'est-ce qu'on fait ? demanda Eva, penchée en avant.

Pour toute réponse, Gabi engagea la voiture sur le bas-côté. À travers le rideau de pluie qui fouettait sa vitre, il crut voir quelque chose courir sur la route.

Le renard.

Gabi s'apprêta à baisser sa vitre, mais il s'arrêta avant de toucher le bouton. Il regarda ses doigts : ils étaient noirs. Et tout lui revint en mémoire.

Il freina net.

— Qu'est-ce qui t'arrive ?

Penché sur le volant, Gabi regardait Max, debout au milieu de la route dans son pyjama de renard blanc.

« *Ut en xuep sap ritrap ceva xue, ut en xuep sap ritrap ceva xue* », entendit-il soudain dans les haut-parleurs de la voiture.

L'image de son frère sur la route s'évanouit à l'instant où il éteignit la radio. Gabi venait de comprendre ce que signifiait le message.

— Je ne peux pas venir avec vous, dit-il d'une voix sans timbre.

— Pourquoi ?

— Parce que cette scène s'est déjà répétée deux ou trois fois. On quitte la ville, on longe la route et on arrive au mur en verre...

Les quatre autres le regardèrent avec effarement.

— Comme hier après la gare. Chaque fois que la voiture atteint le mur, on revient en arrière. Ou juste moi, je ne sais pas.

Entre les têtes d'Eva et de Sam, Gabi aperçut le renard, qui se mit à courir en sens inverse.

— Gabi, c'est dans ta tête, tout ça.

— Je vous jure que c'est la vérité. Je vois un renard... un renard blanc, expliqua-t-il en jetant un coup d'œil dans le rétroviseur. Il ne me laisse pas tranquille depuis l'accident...

— Celui que tu as vu dans la montagne ? demanda Eva.

Il acquiesça et les regarda à nouveau.

— Je crois que le renard ne veut pas que je quitte Conexo. Je crois que c'est parce que je suis mort.

Gabi ferma les yeux. Pour la première fois, prononcer ces mots ne le mit pas en colère. Il ne pouvait plus nier l'évidence.

— Tu ne peux pas non plus rester ici, observa Sabrina. La ville est en train de disparaître à cause de nous, tu te souviens ?

— Je sais. Mais vous n'arriverez jamais à ce tunnel si je reste avec vous. Je suis foutu.

— Tu délires. On y va tous ensemble ou personne n'y va ! se récria Sam. Et si tu nous amenais devant ce mur, qu'on essaie de comprendre ce qui se passe ?

Gabi avait ouvert la boîte à gants. Il sentit un fourmillement dans ses yeux quand il en sortit le revolver.

— Qu'est-ce que tu fais ? s'exclama Sabrina.

— Vieux, tu perds la tête.

Sam lui arracha l'arme des mains, sortit en trombe de la voiture et la balança le plus loin possible.

— Qu'est-ce qui t'a pris ? hurla Gabi.

Sam l'attrapa par le revers de sa veste et colla son visage au sien.

— Je te l'ai dit, on y va tous les cinq ou personne n'y va !

Gabi regarda Sabrina, Eva, puis Noël. Tous pleuraient.

— Vous êtes chiants, bordel ! Et qu'est-ce qu'on fait ? On attend l'Apocalypse sans bouger ?

— Ce mur est en verre, non ? Si ça se trouve, on peut le briser en rentrant dedans avec la voiture.

Gabi soupira, vaincu.

— Noël, tu pourras me remplacer quand on sera de l'autre côté ? Ma jambe me fait un peu mal.

Noël acquiesça.

— Merci, mon pote.

Il n'appelait jamais quelqu'un ainsi si ce n'était pas sincère. Eva, Sam, Noël et Sabrina lui rendirent son sourire. Gabi engagea la voiture sur le bas-côté.

— Attachez vos ceintures, décollage immédiat !

L'aiguille du compteur monta en flèche. Tout le monde se tint aux parois du véhicule. Gabi repéra les phares qui venaient en face.

Et il enfonça l'accélérateur.

45

Les cris d'Eva, Sam, Noël et Sabrina fendirent l'air quand Gabi tira sur le frein à main. Les roues dérapèrent sur la chaussée, si vite qu'elles ne touchaient plus le sol. La voiture fit un tonneau et traversa le mur transparent, comme une paroi de gélatine. La Golf finit par se stabiliser et retrouva sa position initiale.

— Vous allez bien ? demanda Sam une fois qu'il eut repris son souffle.

— Je crois que oui, murmura Sabrina en écartant ses cheveux de son visage.

Eva et Noël hochèrent le menton. Les ceintures de sécurité les avaient maintenus en place. Sam regarda derrière lui ; ils avaient dépassé le panneau de sortie de la ville.

— On a traversé… on a traversé !

Mais les trois autres fixaient avec horreur le siège à côté de Sabrina. Le garçon porta les mains à sa bouche. Il était vide.

Étendu sur le sol, Gabi tentait de respirer, les côtes enfoncées dans ses poumons. L'eau de pluie se mêlait à la flaque de sang qui se formait autour de sa tête. À bout de forces, il vit ses amis sortir de la voiture et courir vers lui.

— Gabi !

Quand Sam voulut s'agenouiller à côté de lui, il se cogna contre une paroi invisible et tomba à la renverse. Déconcertés, les trois autres passèrent les mains sur le mur de verre aux ondes oscillantes.

— Gabi !

Sam frappa le verre de toutes ses forces. Il ne réussit même pas à le faire trembler.

— Il faut à tout prix passer ! cria Sabrina sans pouvoir retenir ses larmes.

— Mon Dieu… geignit Eva en voyant que Gabi peinait à respirer.

— Gabi ! hurla à son tour Noël en frappant le mur aux côtés de Sam.

Ils ne réussirent qu'à se bousiller les poings.

De l'autre côté, Gabi contemplait ce qui allait être les dernières images de sa vie. C'était exactement le final qu'il avait décidé d'écrire. Il savait qu'eux seuls pouvaient traverser le mur. Il avait fait exprès de ne pas attacher sa ceinture. « Ça revient au même, avait-il songé juste avant que son corps ne soit projeté sur la route. De toute façon, je suis déjà mort. » À présent, alors qu'il ne sentait plus ni la grêle ni le vent sur son visage, il songea qu'il n'avait jamais été aussi vivant. Ces derniers jours avaient tout changé. *Ils* avaient tout changé. Gabi voyait ses amis tambouriner sur le mur avec l'énergie du désespoir. Il ouvrit la bouche pour leur dire de s'en aller, pour leur répéter qu'il n'avait pas besoin d'eux. Mais sa voix était éteinte. À quoi bon partir sur un mensonge ? La dernière chose à laquelle il pensa, c'est qu'il n'était plus seul.

Lentement, ses lèvres esquissèrent un sourire. Ses paupières se fermèrent. Son cœur se serra.

Et Gabi mourut.

Sam, Eva, Noël et Sabrina sentirent qu'une partie d'eux-mêmes s'en était allée en même temps que lui. Accablés de tristesse, ils s'agenouillèrent. Mais un grondement venu du ciel les obligea à lever les yeux. Les nuages défilaient à toute allure, comme en accéléré. Bientôt, l'immense orage noir qui couvrait le ciel quelques instants plus tôt disparut. La tempête avait laissé place à une belle nuit étoilée.

— Qu'est-ce qui s'est passé ? balbutia Noël en se relevant, le visage baigné de larmes.

— Il faut y aller, dit Eva d'un ton grave en se redressant à son tour.

— Mais… on va laisser Gabi ?

Sabrina avait toujours les mains collées au mur.

— Elle a raison, le temps presse, fit Sam en s'essuyant les yeux.

— C'est toi qui conduis, Noël, ajouta Eva.

— Mais je…

— Qu'est-ce qui se passe là-bas ? lança Sam en regardant à travers le mur.

Le nuage noir survolait désormais la ville, l'enveloppant presque entièrement.

— Noël, s'il te plaît, supplia Sabrina. Si on ne s'en va pas tout de suite, tout va être anéanti.

Tremblant, Noël s'installa au volant. Le moteur tournait toujours. Sabrina prit place à côté de lui. Ils ôtèrent ce qui restait du pare-brise.

— Je n'y arriverai jamais, gémit Noël.

— Tu peux le faire, vieux, l'encouragea Sam en posant la main sur son épaule. Pour Gabi.

Noël passa une vitesse et lâcha le frein à main. Doucement, il leva le pied de l'embrayage et se mit à rouler.

Un coup d'œil dans le rétroviseur le fit sursauter.

— Regardez derrière, souffla-t-il à Sam et aux filles.

Les trois autres se retournèrent, les yeux écarquillés.

Le corps de Gabi n'était plus là. À sa place, un renard blanc hurlait à la mort.

L'aube se levait quand ils atteignirent la montagne. Noël conduisait lentement sur la route en lacets. Malgré la fatigue, tout le monde était réveillé. Le trajet s'était déroulé en silence. L'absence de Gabi leur pesait tant qu'ils ne pouvaient pas parler.

Tandis qu'ils traversaient le barrage, qui ne débordait plus, Sabrina avança son visage dans l'encadrement du pare-brise. Les flocons de neige qui flottaient dans l'air se figeaient en atteignant le sol. Paradoxalement, cette montagne, là où tout avait commencé, évoqua à Sabrina le décor d'un conte.

— À partir d'ici, il faut qu'on continue à pied, indiqua Noël en se garant au bord de la route.

Au-dessus, on apercevait les rails qui menaient au tunnel. Ils furent ravis de se dégourdir les jambes, mais le froid les transperça en quelques secondes.

— Allez, on y va.

Ils progressèrent sur les rails en silence, enveloppés par le sifflement du vent et de la neige.

Bientôt, l'entrée du tunnel apparut. Ils échangèrent un regard aussi terrifié que soulagé.

— Retour à la case départ, déclara Eva en se frictionnant les bras.

— Et maintenant, qu'est-ce qu'on fait ? demanda Noël.

— Je suppose qu'il faut entrer, répondit Sam.

La masse noire qui avait avalé Conexo gagnait désormais la montagne. Un ouragan monstrueux engloutissait tout sur son passage. Les rails se mirent à vibrer.

— Il, il nous suit… balbutia Sabrina.

— Allons-y, les pressa Sam.

Ils coururent jusqu'au tunnel. Le vent s'y engouffrait en hurlant. Les ténèbres les enveloppèrent dès le premier virage, là où leur train avait déraillé. Ils se tinrent aux parois pour avancer.

— Regardez, là-bas ! s'exclama Eva en accélérant le pas.

Dans l'obscurité, un point bleu brillait intensément, pas plus grand qu'un grain de sable.

Le trou de ver.

46

— Comment un truc aussi minuscule a-t-il pu provoquer une telle pagaille ? dit Noël en collant ses yeux au point bleu qui flottait devant eux.

Eva se risqua à approcher sa main.

— On ne peut pas l'attraper... On dirait une particule d'air.

— Comment on va faire pour l'ouvrir ?

— Irène a dit que c'était notre dispute qui l'avait ouvert, rappela Sabrina.

— Il faut qu'on recommence à s'insulter ? C'est ridicule. Remarque, si Anna était là, ce ne serait pas si difficile... fit Eva en haussant un sourcil.

— Gabi non plus n'est pas là, intervint Sam. Peut-être que ça ne marche pas s'il manque quelqu'un ?

— Et les choses sont différentes entre nous, maintenant, ajouta Noël.

— On ne va jamais y arriver, se lamenta Sabrina en s'adossant à la paroi noire.

— Vous vous rendez compte que si on n'avait pas traversé ce trou de ver, on serait morts dans le tunnel ? dit Eva.

— En fait, si on ne s'était pas disputés, rien de tout cela ne serait arrivé, nuança Sam.

— Donc tu penses que c'est ma faute, c'est ça ?

— Non, non… commença-t-il, mais Eva ne le laissa pas parler.

— Je suis sûre que tu penses que j'aurais pu éviter mon petit numéro dans le train. Je sais que tout le monde le pense…

— Personne ne pense ça, Eva, intervint Noël. Ce n'est pas toi qui as fait dérailler le train.

— Bien sûr que non ! s'exclama Sabrina.

— On est tous un peu coupables, en fait.

Eva s'éloigna en courant.

— Eva, attends !

— Fichez-moi la paix !

Elle avait atteint l'entrée du tunnel.

— Mieux vaut la laisser tranquille. Elle déteste qu'on la voie pleurer.

Sam n'écouta pas Noël et courut derrière Eva. Les deux autres se retrouvèrent seuls.

— Je suis gelée… dit Sabrina.

— Viens là, proposa Noël en ouvrant ses bras.

Elle se cala contre son torse.

— Le pire, dans cette histoire, c'est que quoi qu'on fasse, on va mourir, murmura-t-elle.

— Pourquoi tu dis ça ?

— Si on n'arrive pas à ouvrir le trou de ver, on va disparaître avec le reste du monde. Mais même si on l'ouvre, on ne sait pas où on va atterrir. Un an après, un an avant… ou juste avant l'accident.

Noël n'avait pas réfléchi à ça.

— Sam perdra peut-être son bras, Gabi mourra… poursuivit Sabrina, la voix brisée. Moi je n'habiterai peut-être même pas ici. Alors toi et moi…

Elle leva le menton et le regarda. La lueur bleue faisait briller ses yeux verts.

— C'est possible qu'on ne se connaisse jamais.

Noël essuya du bout des doigts la larme qui roulait sur sa joue.

— Dans ce cas, je préfère que ce trou de ver ne s'ouvre pas.

La mâchoire tremblante, Noël osa finalement déclarer :

— Je préfère mourir ici avec toi plutôt que de vivre dans mille autres mondes sans t'avoir connue.

Sabrina sourit. Lentement, il approcha ses lèvres. Elle se mit sur la pointe des pieds et ils s'embrassèrent.

La lueur bleue s'intensifia.

Le trou de ver était en train de s'ouvrir.

— Eva, attends !

— Laisse-moi !

Les yeux embués de larmes, Eva se prit les pieds dans les rails et tomba à la renverse. Sam accourut.

— Ça va ? demanda-t-il en l'aidant à se relever. Eva, je ne voulais pas dire ça. Je ne pense vraiment pas que c'est ta faute.

Le visage caché dans ses mains, elle essayait de sécher ses larmes.

— Et tu sais quoi ? Au fond, je suis content que tout ça soit arrivé.

— Tu dis n'importe quoi.

— Pas du tout ! Si on réussit à rentrer chez nous, je t'assure que je vais changer beaucoup de choses. Peut-être me mettre à dessiner, comme mon double. Et toi…

Sam détourna le regard.

— Tu as vu comment est ton double : si tu avais un peu plus…

— Si je devenais un peu plus comme elle, tu veux dire ? le coupa Eva. Une fille sexy et populaire, comme les aiment les garçons dans ton genre…

— Hein ? Mais non, tu ne m'as pas compris ! Tant pis…

Sam fit demi-tour et s'éloigna.

— Qu'est-ce que tu voulais dire, alors ? demanda Eva, contrariée.

— Que tu devrais croire en toi ! cria-t-il.

Déconcertée, Eva l'écouta déballer le fond de sa pensée :

— Tu ne te rends même pas compte à quel point ton double était pire que toi. Elle n'avait rien de spécial. Toi tu as quelque chose en plus, mais tu n'as pas confiance en toi. Et les garçons comme moi aiment beaucoup les filles comme toi, si tu veux savoir.

Paralysée, Eva ne sut que répondre. Elle courut pour le rattraper. Arrivée à sa hauteur, elle le força à se retourner et l'embrassa. Les deux lycéens tremblèrent, puis la terre se mit à gronder. Le nuage noir n'était plus qu'à quelques mètres du tunnel.

— Viens !

Sam l'entraîna vers l'intérieur.

Ils rejoignirent Sabrina et Noël à toute allure et durent mettre leur main en visière pour se protéger de la lumière bleutée, intense. Le trou de ver avait désormais la taille d'une porte ovale.

— Qu'est-ce qui s'est passé ? demanda Eva.

— On ne sait pas. C'est en train de s'ouvrir !

— Mais impossible d'entrer.

Noël illustra ses propos en s'approchant de la lumière bleue. Rien ne se produisit.

— Il faut que ça marche ! hurla Sam.

La tornade faisait un vacarme assourdissant. Elle s'immisçait dans le tunnel, faisant vibrer les rails. Les graviers volaient en tous sens.

— Alors c'est tout ? On va mourir comme ça ? demanda Sabrina.

Atterrés, ils se rapprochèrent les uns des autres et se préparèrent à affronter le nuage de ténèbres. Derrière eux, la lumière bleue brillait plus fort que jamais. Noël serra la main de Sabrina de toutes ses forces et donna son autre main à Eva, qui unit ses doigts à ceux de Sam. Luttant contre le vent, Sabrina tendit le bras et attrapa Sam par la main.

Le trou de ver les absorba tous les quatre.

Et l'univers vacilla.

47

— Noël… Noël, réveille-toi !

Eva le secoua jusqu'à ce qu'il sorte du sommeil.

— On est arrivés ? dit-il en ôtant ses écouteurs.

— Non, on est dans la montagne.

Eva ne décollait pas les yeux de sa tablette.

— Et qu'est-ce que tu veux ?

— Tu ronfles, ça m'empêche de lire.

Eva était plongée dans *Les Montagnes hallucinées* de H.P. Lovecraft. Noël décolla sa tête de la vitre glacée et remonta le col de sa veste.

— Tu n'as qu'à changer de place. Je te rappelle qu'on est venus ici pour se faire des amis.

— Parle pour toi. Moi je suis venue pour ne plus avoir ma mère sur le dos pendant une semaine.

Noël regarda par-dessus les sièges. Sabrina était assise un peu plus loin, de l'autre côté du couloir. Comme si elle avait senti le regard de Noël, elle tourna la tête.

— OK, je change de place pour que tu puisses draguer la nouvelle, dit-elle en se levant.

— Quoi ? Non ! Elle ne me plaît pas…

— Mon œil. Tu n'arrêtes pas de la regarder depuis qu'elle est arrivée au lycée. Et elle voulait s'asseoir à côté de toi quand on est montés… Si elle te voit tout le temps avec moi, elle va croire qu'on est…

Elle secoua la tête sans finir sa phrase.

— Prends ton courage à deux mains, pour une fois. Au premier abord, je l'ai trouvée un peu bizarre, mais je ne sais pas pourquoi, j'ai l'impression qu'elle est sympa.

Eva lui fit un clin d'œil et se leva. Debout dans le couloir, elle regarda à la ronde, à la recherche d'un siège libre. À l'autre bout du wagon, Ricky était en train de filmer les autres avec son portable. Eva eut une franche impression de déjà-vu. Son regard croisa celui de la prof, assise non loin de là.

— Tout va bien, Eva ?

Elle ne répondit pas. Quelqu'un la poussa dans le dos.

— Pardon, je t'avais pas vue, la geek, lança Anna en passant devant elle.

— Anna, ça suffit, intervint Irène.

La tablette d'Eva lui glissa des mains. Sam se pencha pour la ramasser et la lui rendit en demandant pardon.

— Pardon pour quoi ? Parce que ta copine m'a bousculée ou parce que tu vas l'aider à perpétuer son espèce ? répliqua-t-elle en saisissant l'appareil. Tu ne dois pas t'aimer beaucoup pour sortir avec une fille pareille.

Et elle se laissa tomber sur un siège voisin.

Sam leva les yeux vers Anna. Les paroles d'Eva lui semblaient étrangement familières.

— Bon, tu viens ? s'impatienta Anna, les bras croisés, deux mètres plus loin.

— J'abandonne le foot, que ça te plaise ou non, dit-il soudain.

Eva, suspendue aux lèvres de Sam, feignait de lire sur sa tablette.

— Que les choses soient bien claires : c'est moi qui t'ai quitté. Ne t'avise pas de raconter une version divergente, conclut Anna en pivotant sur ses talons.

Sam s'assit près d'Eva, de l'autre côté du couloir.

— Merci... glissa-t-il.

— De quoi ?

— De m'avoir montré mon avenir.

— Ah, ben… de rien.

Eva se replongea dans sa lecture. Ricky s'avança dans le couloir, marqua un temps d'arrêt en voyant à côté de qui Sam était assis, puis disparut dans l'autre wagon. Sam ne lâchait pas Eva des yeux.

— On peut savoir ce que tu veux ?

— On s'est déjà parlé ? demanda-t-il.

Elle le regarda, perplexe.

— Ce que tu m'as dit, là, que « je ne m'aimais pas beaucoup », j'ai l'impression de l'avoir déjà entendu… Est-ce qu'on se connaît ?

— Tu te moques de moi ? On se connaît depuis le primaire.

— Non, je veux dire se connaître pour de vrai.

Eva ouvrit la bouche pour le rembarrer, mais leurs yeux se croisèrent et quelque chose l'en empêcha. Il faisait partie de ce souvenir flou, elle en était sûre. Avant qu'elle ait pu le lui dire, elle aperçut Gabi et Ricky derrière la porte vitrée, à l'extérieur de la rame. Ils s'échangeaient des stylos remplis de poudre blanche contre de l'argent. Puis ils rentrèrent dans la voiture l'air de rien.

— Qu'est-ce qui se passe ? demanda Sam en voyant qu'Eva se levait et suivait Gabi des yeux.

Pas de réponse. Le crâne d'Eva était sur le point d'exploser.

— Gabi, montre-moi ce qu'il y a dans ton sac, dit Irène.

Gabi, Irène et Eva s'agrippèrent aux sièges pour ne pas tomber.

Le train venait d'entrer dans un tunnel.

48

— Il va se passer quelque chose… murmura Eva sans desserrer les lèvres.

— Hein ?

Eva ne prit pas la peine de répondre à Sam. Elle courut vers Gabi et Irène, Sam sur ses talons.

— Pourquoi vous me faites jamais confiance ? C'est une obsession, ma parole ! Tout ça parce que je suis redoublant…

— C'est ça, c'est une obsession. Si tu ne me montres pas ce qu'il y a dans ton sac, je te renvoie à Conexo dès notre arrivée.

Le garçon finit par ôter son sac et l'ouvrit à contrecœur.

— Allez-y, vérifiez ! Y a rien d'autre que mes affaires. Mon portable, mes chewing-gums et ça…

Il ne la laissa jeter qu'un bref coup d'œil et tourna les talons, Eva et Sam, un mètre plus loin, observaient la scène.

— Qu'est-ce qui se passe ?

— Je ne sais pas trop, répondit Eva en se massant la nuque.

— Gabi, attends…

Le garçon esquiva la prof d'un coup sec.

— Je voulais te dire : peu importe ce que tu trafiques. J'aimerais plutôt savoir pourquoi tu t'obstines à te comporter ainsi.

Gabi resta coi tandis que la prof poursuivait :

— Tu as raison, je ne te fais pas assez confiance. Je devrais essayer de te comprendre.

— Si vous le dites, répliqua-t-il, désarçonné.

— Je suis là si tu as besoin de parler, quand tu veux, conclut-elle.

Le garçon acquiesça et se hâta de regagner son siège. La prof sourit.

— Eva, ça va ? murmura Sam.

Elle ne répondit pas. Le souvenir qui lui vrillait le crâne quelques secondes plus tôt s'était évaporé.

— Asseyez-vous, on est en plein virage, dit encore Irène.

Eva et Sam se rassirent à leurs places.

— Tu me promets de ne pas me prendre pour une folle ? murmura-t-elle.

Le garçon acquiesça et la regarda dans les yeux.

— Moi aussi je crois que je te connais, confessa-t-elle. Que je te connais pour de vrai.

Deux banquettes devant, Noël observait Sabrina du coin de l'œil. Elle faisait semblant de regarder le film qui passait sur un des écrans fixés au plafond.

« Courage », se répéta Noël.

Il inspira un grand coup et se leva, son MP3 à la main. Il parcourut le mètre qui les séparait et prit place à côté d'un garçon de sa classe, de l'autre côté du couloir. Celui-ci le fusilla du regard. Sabrina se tourna vers Noël, qui faisait semblant de regarder le film.

— C'est sympa, un film sans son, se moqua-t-elle.

Aucun des deux ne portait d'oreillettes. Pris sur le fait, Noël sortit les écouteurs de son MP3 et les brancha à l'accoudoir.

— Les miens ne marchent pas, dit Sabrina.

— Tu veux qu'on partage ?

Sabrina accepta avec un sourire. Elle se glissa près de la fenêtre et Noël vint s'asseoir à côté d'elle. Son odeur lui sembla terriblement familière.

— J'adore les Smashing Pumpkins, dit-elle en voyant son tee-shirt.

— C'est vrai ? C'est mon groupe préféré. Surtout leurs premiers albums.

— Ce qu'ils font maintenant, ça craint, dirent-ils à l'unisson.

Sourire réciproque.

— J'étais justement en train de les écouter. Tu préfères qu'on fasse ça, plutôt ?

Sabrina acquiesça d'un geste. Le garçon rebrancha ses écouteurs sur son MP3 et lui en tendit un.

— Ça va te sembler complètement stupide – et surtout impossible –, déclara Sabrina, mais j'ai l'impression qu'on se connaît déjà…

Il la regarda dans les yeux et dit :

— Tu sais quoi ? J'ai la même sensation.

Time is never time at all
You can never ever leave without leaving a piece of youth
And our lives are forever changed
We will never be the same
The more you change the less you feel
Believe, believe in me, believe
That life can change, that you're not stuck in vain
We're not the same, we're different tonight
Tonigh, so bright
Tonight
And you know you're never sure
But you're sure you could be right
If you held yourself up to the light
And the embers never fade in your city by the lake
The place where you were born
Believe, believe in me, believe
In the resolute urgency of now

And if you believe there's not a chance tonight
Tonight, so bright
Tonight
We'll crucify the insincere tonight
We'll make things right, we'll feel it all tonight
We'll find a way to offer up the night tonight
The indescribable moments of your life tonight
The impossible is possible tonight
Believe in me as I believe in you, tonight

Le train sortit du tunnel et continua son chemin dans la montagne enneigée.

Remerciements

Au bout du tunnel fut un véritable voyage en train, et je n'aurais jamais pu parcourir les mondes possibles si je n'avais pas été assis à côté d'Irene Lucas ; sans elle, je n'aurais jamais été capable de trouver le trou de ver, et encore moins de l'ouvrir ni de le fermer.

Si Marta Bueno ne m'avait pas donné mon billet et si Alba Peña ne m'avait pas accompagné d'une gare à l'autre dans mon précédent voyage, je n'aurais jamais pu monter dans ce wagon. Merci, Destino !

Merci à Guillermo Miranda de m'avoir prêté son passeport d'astrophysicien, il m'a permis de franchir les frontières.

Merci à tous les voyageurs qui ont suivi la voie de mon précédent livre, *Enlazados*, et qui ont rendu cet autre voyage possible. Merci aux libraires qui leur ont conseillé de suivre mon itinéraire.

Merci à ceux qui conduisent leurs propres trains et m'ont invité à y monter : Martín Piñol, Imma Turbau, Francisco de Paula et Santiago García Clairac.

Merci aux amis qui m'ont accompagné dans ce voyage depuis des années : Adolfo, Cristóbal, Miguel, Dani, Sofía, Álvaro, Belén, Eli, Pedro, Marta, Bárbara, Ángela, Antón, Claudia, Ester, Bigg, Mery, Inma, Gloria, Victor, Clara, Caribous, Magpies, Foro de la Bestia, Silvia, Luis, Pablo, Xela, Teresa et Teresa de l'italien.

Merci à ma famille d'être ma locomotive. Merci à mes sœurs de m'avoir permis de ne jamais voyager seul. Merci à Carlota, Alicia et Luca de m'avoir fait rire aux éclats pendant ce voyage, et à leurs parents, qui les ont fait monter à bord du train. Merci à ma mère de m'aider à décider dans quelle gare je dois descendre. Merci à mon père de se lancer à ma recherche chaque fois que je me perds.

Ouvrage composé par
PCA - 44400 Rezé

Cet ouvrage a été imprimé
en Allemagne par

GGP Media GmbH
à Pößneck

Dépôt légal : mai 2016

MIXTE
Papier issu de
sources responsables
FSC® C003309
FSC
www.fsc.org

Pocket Jeunesse, une marque d'Univers Poche,
est un éditeur qui s'engage pour
la préservation de son environnement
et qui utilise du papier fabriqué à partir
de bois provenant de forêts gérées
de manière responsable.

PKJ • www.pocketjeunesse.fr
POCKET JEUNESSE

12, avenue d'Italie - 75627 PARIS Cedex 13